A L L
ABOUT
LOVE

A L L
ABOUT
L O V E

十五年等待候鳥

盈風——著

Waiting for You

All about Love 26

台灣版專序

二〇〇四年，我的第一本小說《預約你的未來》面世，同年繁體版亦在台灣上市。十二年後，我的另一本小說《十五年等待候鳥》再一次回到台灣，唯有慶幸這一漫長的等待比黎璃十五年的暗戀要少去幾年。

大概在小學三年級的暑假，很偶然的機會翻到了父母的藏書，是瓊瑤女士的《彩霞滿天》。我不知道父母從何管道購得，但是家裡竟然收藏有六本瓊瑤小說。那年暑假，我一口氣看完了全部。彼時年少的我並未看懂書裡的愛情，然而多年後重新翻開這六本舊書，我卻突然理解了曾經生活在台北的那群年輕人，他們面對生活的壓力時會咒天罵地之後奮起努力，他們面對未來時會感覺前途渺茫依舊砥礪前行，他們的愛情同樣是希望所愛之人和自己都能幸福……優秀的作品總能引起共鳴，因此永遠不必擔心讀者缺席。

我想寫的，正是這樣的故事。

《十五年等待候鳥》，講述了一九九〇——二〇〇五年的上海，一個不好看的女生黎璃和一個好看男生裴尙軒的十五年，他們以『朋友』的名義結伴而行，伴隨上海這座城市一同成長。當城市變得越來越國際化，愛情逐漸呈現兩極分化態勢，不是快速消費品就是奢侈品，黎璃卻將一份不求回報的感情進行到底。

年少時的我們多多少少都有過憧憬的對象，用現在流行的詞彙概括便是『男神』、『女神』，他們通常會成爲別人的男朋友、女朋友，然後我們就能說服自己死心，將愛慕存放於記憶的盒子並掛上鎖，從此相忘於江湖。暗戀是一種永遠不會失戀的感情，因爲從未屬於過自己，也就無所謂失去與否。也許多年以後，因爲一首歌、一部電影、一段文字我們會突然想起曾經的那個人，可是心動的時間已經過去了，僅剩下淡淡的惆悵而已。如同《一代宗師》宮二對葉問的那一句「我心裡有過你，可也只能到喜歡爲止了」，這是屬於大多數人的青春，暗戀不過其中的一個片段，或許會懷念，卻不可能當成終生的感情寄託。我們活得很務實，所以，我們都不是黎璃。

我在高中時代暗戀過隔壁班的一個男孩子。沒有特別的原因，就是某一天他戴了一條白圍巾站在操場邊，陽光正好照在他的臉上，那一瞬間他帥氣得讓人難忘。看，年少時喜歡一個人的理由多麼簡單，那樣單純的喜歡，十年後簡直不可想像。我們不可避免的成爲現實主義者，接受不可能改變的事實：總有一個人，他/她不會屬於我。

這個故事，我希望你能從字裡行間看到另一個城市曾經的模樣，看到一個與你不同的校園，看到一段似曾相識的感情。

不管你有沒有以『朋友』的名義愛過一個人，我祈禱你能得到幸福！

盈風

2016.1.10 於上海

楔子

夜色深濃，時針滑過午夜零點。除了偶爾疾馳而過的汽車，天與地在經歷喧囂的一天後重歸寧靜。大多數人家的窗口都已沒有了光亮，只有零星幾盞燈兀自等待著都市裡夜歸的人。隨著斷斷續續的開門關門聲，燈光次第熄滅，唯獨一盞燈始終亮著，宛如倔強的守望者，等待一個不知何時才能歸家的人。

這是一間用簡約風格裝修的客廳，黑色吊頂別出心裁地做了四道凹槽，多盞吸頂式吊燈嵌入凹槽，此刻明亮的光線灑在剛剛打過蠟的實木地板上，光可鑑人。

此間主人顯然偏愛冷色調，電視機背景牆採用了黑白色塊組合，立體幾何圖形帶有怪異的壓迫感，難以想像坐在對面白色沙發上的男人竟然會有興致投入即將開始的視聽娛樂活動。

那是一個英俊的男人，即便他的嘴角處貼了一塊有礙觀瞻的膠布，仍無損帥哥形象，反而增添幾分受傷男人的魅力。他目不轉睛盯著對面顯示「正在讀碟」的電視螢幕，薄薄的嘴唇抿得死緊，下巴因而繃直了線條，顯得頗爲嚴肅。他的這份嚴肅不同於皓首窮經的老學究，倒像是面臨生死抉擇一般，令人不由對DVD機器正在讀取的碟片內容產生了好奇。

影片開始的時候，漆黑一片的螢幕上只有一輪滿月高掛蒼穹，身歷聲環繞音箱傳出鳥兒宛轉悠揚的鳴啼，隨著動人的吟唱，他不認識的三個法語單詞慢慢浮現。

Le Peuple Migrateur——底下是中文譯名——鳥的遷徙。

他的手伸向沙發前的茶几，從堆疊得整整齊齊的日記本中隨意抽了一本取到眼前。他看了一眼封面，鄉土氣濃厚的粉紅色，憨態可掬的維尼熊在正版引入中國很久以前早已登陸大大小小的文具用品，包括手中這本明顯屬於上個世紀的日記本。

日記本是帶鎖的，似乎暗示他裡面藏著無數隱秘，等待他打開鎖扣一窺究竟。茶几上攤著好多把金燦燦的鑰匙，他很有耐心的一把把試過去，終於用第十五把鑰匙打開了日記本。

紀錄於第一頁的時間是一九九四年一月一日，整整一頁只有一句話。

「今年我不要再喜歡裴尚軒這個笨蛋！」

他的手指撫過自己的名字，在「笨蛋」兩個字上停留了一下。她說得一點都沒錯，他確實是個不折不扣的笨蛋！

影碟機根本不知道觀衆的心思已轉向他處，它只懂得按部就班讀取碟片。於是伴隨著鳥鳴，醇厚的男中音低沉地訴說：「For them, it is a promise, the promise for return.」

他的耳邊卻是另一個聲音，帶著玻璃碎裂的決絕。「我，沒力氣再飛回來了。」

這是黎璃留給裴尚軒的最後一句話。

第一章　那一年，我和你的賭

一九九〇年六月十五日，坐在學校大禮堂等著年級大會召開的黎璃被後排的人拍了一下肩膀，她回過頭。

濃眉大眼的裴尚軒笑嘻嘻地問：「黎璃，妳猜誰會贏大力神盃？」

六月八日，義大利世界盃開幕。黎璃本來對足球沒有興趣，她的舅舅卻是個球迷，從世界盃開始便進入莫名興奮的狀態，半夜調了鬧鐘起來看球。

黎璃被鬧鐘吵醒，醒來發現手臂被蚊子叮了好幾個包，奇癢無比。她迷迷糊糊走到廚房拿花露水，看到小舅舅在擺弄黑白的十四吋電視機。

她走過去幫忙，打著哈欠把天線斜向下轉，畫面果然變得清晰了。還沒結婚的小舅舅平時和她沒大沒小的，見她醒來便拖她一起看。於是黎璃坐下來看了生平第一場足球比賽的實況轉播，阿根廷對喀麥隆。

阿根廷是衛冕冠軍，小舅舅指著螢幕上不斷被喀麥隆人放倒的矮個子，用激動的口吻告訴黎璃他就是球王馬拉杜納，接著忿忿不平指責非洲人的野蠻犯規。她看了一眼倒在球場上的男人痛苦的表情，無動於衷。

反正也睡不著了，黎璃從房間裡拿了語文書，背起過幾天要默寫的古文。她偶爾瞥一眼電視機，不明白沉悶的比賽如何能令小舅舅如此心情澎湃。

然後，解說員宋世雄稍顯尖利的聲音送入黎璃耳中：「風之子卡尼吉亞將替換魯傑里上場。」

風之子？這個頭銜倒有點意思。她抬起了頭，場邊纖瘦英俊的男子抓住了她的視線。

第二天黎璃翻閱《每週廣播電視報》查到足球賽重播的時間，打開彩色電視機看揭幕戰的重播。她看到了他，一頭飄逸的金髮，身上藍白色相間的隊服，輕巧靈活的跑位……他果然不愧「風之子」這個外號。

從此後愛上了足球，愛上了阿根廷，根深蒂固的熱愛。她不容易動心，可是一旦喜歡了就會持久不變。

黎璃看著裴尚軒五官端正的臉，吐出六個字：「當然是阿根廷。」

「我猜是德國。」少年興致勃勃，嘴巴咧得很大，笑容晃眼。黎璃一聲不響轉了回去，道不同，不相爲謀。

裴尚軒又拍了拍她的肩膀，她只得再轉過頭去。

「要不要打個賭？我賭德國。」他自信滿滿，彷彿穩操勝券。

黎璃不太明白裴尚軒今天怎麼回事，爲什麼非要和自己爭論這個問題。她每隔三星期與他同桌一次，除此之外沒有交集。

黎璃的班級和其他班不太一樣，她有個喜歡別出心裁的班導。爲了防止男女同桌時間過長引起不必要的感情糾葛，班導想出每週輪換同桌的辦法。

黎璃不以爲然，但習慣了用順從的面具來掩飾無所謂的內心。她不在乎身邊坐著誰，反正也沒人會在意她。所以她覺得裴尙軒的行爲相當反常。

「我賭阿根廷。」她慢悠悠說了一句，來不及問他賭注是什麼，年級組長宣布大會開始。全場肅靜的嚴厲聲音伴著麥克風尖銳的嘯叫衝擊了耳膜，她掩住耳朵轉過了身。

七月八日，阿根廷在決賽中輸給了德國，黎璃喜歡的「風之子」被停賽。導播切了一個卡尼吉亞的特寫鏡頭，他落寞的眼神讓人銘心刻骨。

黎璃同樣輸給了裴尙軒，暑假中一次返校，他一邊抄著她的暑期作業一邊得意自己的勝利。她挑起眉毛，不甘示弱地說道：「我不記得我們說過賭注。」

裴尙軒一愣，懊惱於這個失誤。他歪著腦袋看了看黎璃，隨即笑開：「那好，妳就記著欠了我一個賭注。」

她欠著這個賭注，在此後漫長的十五年。

十三歲半的黎璃是個內心自卑的女孩。她不好看，家裡人也說她「長得醜」，久而久之黎璃對自己的外表從難過變成了完全漠視，有種豁出去的意思。以前她不明白爲什麼幼稚園的阿姨總是給別的小孩玩最新的玩具，小學裡男生總是幫助別的女孩做美勞，進了初中後她才知道人人皆有愛美之心。

她不再躲起來委屈地哭，反而將嘴巴咧得大大用力地笑，儘管心裡某個角落下著傾盆大雨。

黎璃讀書成績非常好，年級第一的寶座從未落入他人之手。小學一年級第一次考試前，小舅舅幫她複習數學，摸著她的頭說：「小璃，女孩子長得不漂亮就要想辦法變聰明一點，否則以後真的沒人要了。」

她似懂非懂，既然小舅舅要她做聰明女孩，她就認真地做了。

黎璃從母姓，在她尚無明確記憶之前父親就和母親離婚了。母親黎美晴帶她回了娘家，給她改了姓。黎璃有一次從小舅舅口中套出了話，自己的親生父親姓劉，她原來的名字是劉璃。

她在家找不到任何關於父親的點滴，黎美晴把所有的痕跡都擦除了，但是黎璃還在她眼前。進了中學後黎璃常常想，自己或許就是母親心裡的那根刺，時時刻刻提醒著她失敗的婚姻，無奈扔不掉這個包袱。由此她推測到另一個可能性：那個毫無印象的父親，是不是比黎美晴更討厭自己？

自卑的孩子一般比同齡人更敏感早熟，黎璃就是這樣。在學校裡她和其他女生一起跳橡皮筋，爭論小虎隊裡哪一個更帥，竊竊私語某某男生喜歡某某女生，笑得最大聲，看上去就和這個年紀癡頭怪腦的女孩一般無二。然而在離開眾人視線的地方，黎璃從來不笑。

她所在的四班是年級裡有名的美女班，有好事之徒偷偷評選過「年級之花」，好幾個在黎璃班上。漂亮的女孩號召力驚人，班幹部選舉中無一例外高票當選，而且承擔的盡是些班長、組織股長、文藝股長這類頭銜光燦燦輕輕鬆鬆的職務，就連應該由她這個年級第一擔任的學藝股長一職，也被柔弱的邱月蓉嬌滴滴一句「我不要做衛生股長啦」輕易奪走。

黎璃大方地笑著，任勞任怨當起了衛生股長。這是個苦差，每天要盯著值日生打掃完教室才能回家。碰到女生做值日還好，男生則是個個一到下課就變著法兒開溜，她圍追堵截也不止一次兩次。學校大掃除，她這個衛生股長在講台上聲情並茂動員男生半天，還比不上漂亮班長的一句發嗲。

六月中旬和裴尚軒打賭之前，黎璃寫了一份辭職信，辭去班級衛生股長的職務，在這所建了只有三十年的學校裡不大不小轟動了一把。她那個喜歡標新立異的班導陶海娟看到「辭職信」三個字激動萬分，當即在辦公室傳閱了一遍，連校長都驚動了。

衛生股長這個官說大不大，就是左臂戴個中隊長的兩條槓；但說小卻也不小，畢竟班級選舉幹部在一九九〇年的初中校園還是挺正經八百的一回事，而且學校都有紀錄。所以這件事鬧到最後議論紛紛，黎璃還被請進了校長室。

慈眉善目的沈校長笑瞇瞇的樣子很像外婆帶黎璃去廟裡拜過的彌勒佛，她在校長室的沙發上正襟危坐，雙手交握擱在膝蓋上。

沈校長拿著她那封辭職信，先讚揚她的字漂亮。黎璃仰起頭咧開嘴巴笑了笑，說這是小舅舅敦促她練字的功勞。

在和黎璃交談之前，沈校長特意找陶海娟瞭解過黎璃的情況。對於一個不滿十四歲的少女而言，辭職是一個屬於成人世界的術語。

看著笑得肆無忌憚醜醜的女生，溫和的校長大人很難不被這雙眼睛中的冷冽震動。他和善地問她爲什麼決心辭職。

「人盡其才，有人比我更有號召力。」黎璃輕描淡寫說道，「而且，沒意思。」

「那，做什麼才有意思呢？」處於叛逆期的孩子，看什麼都不會順眼。

左右手的食指互相繞著打轉，她低頭玩得興高采烈，嘴裡不慌不忙回答：「校長，這是自信心的問題。目前階段，我的自我人格尚未完全定型，我不希望自己今後的人生都在不自信中度過。繼續擔任班級幹部，只會讓我越來越挫敗，進而形成自卑人格。」

沈校長眞正目瞪口呆了，這是初一學生會說的話嗎？

黎璃走出校長室，發現裴尙軒站在走廊盡頭，用腳尖在水泥地面畫著什麼。她遲疑片刻，向這個每月只有一週坐在一起的同桌走了過去。

以裴尙軒的身高，坐在教室第三排事實上非常突兀，而且他兩眼的視力都在1.5。黎璃每次換到與他同桌總不免腹誹他這麼不熱愛學習的人，坐教室前排簡直是對老師的侮辱。

裴尙軒算是個異類，讀書馬馬虎虎，但就是能博得每個老師的歡心。黎璃不服氣也沒用，因爲這個男生就是屬於外表好看的那一類型。

她不止一次聽到女生私下討論年級裡哪個男生最帥，每次都聽到有人提名裴尙軒。她對這個間隔三星期才輪上一次的同桌印象不深刻，倒是聽了旁人的議論再看看他，居然越看越順眼起來。

「裴尙軒，你在這裡幹嘛？」黎璃走到他面前，微微仰著臉說話。

「那個，那個，妳辭職是不是因爲我？」男孩結結巴巴地問，目光閃爍。

黎璃一怔，不禁奇怪他哪裡來的結論。「喂，你把自己想得太偉大了吧。」爲他辭職？別笑死人了！

裴尙軒像是鬆了口氣，嘴巴裡依舊嘟嘟噥噥：「上次妳抓我做值日生，被我逃掉了，我以爲妳是爲了這個生氣。」

他不提，黎璃壓根兒忘了還有這回事。她咧嘴一笑，捏著拳頭當胸捶了他一拳，嘻嘻哈哈道：「我都忘了，現在想起來得補你一頓打。」

「過時不補。」裴尙軒轉身奔下樓梯，衝她比了個「V」字。

裴尙軒這樣的男生，註定能成爲學校裡的風雲人物，當然是指學習成績以外的方面。學生大多崇拜兩種人：第一類是讀書出類拔萃頭腦好得離譜讓人恨不得比對方晚生一年避免一同參加考試，第二類則是慣於混水摸魚體育打架吃喝玩樂樣樣精通讓人恨不得與對方稱兄道弟一同「不良」。相比之下第二類人因爲叛逆期的少年男女對循規蹈矩下意識的抗拒而更受歡迎。

裴尙軒剛入校就和高年級的學長打了一架。幾乎每所學校都有些壞學生，喜歡欺負敲詐低年級學弟學妹。囿於身材方面的劣勢，一般的學生都會乖乖被欺壓，但是裴尙軒不在乎，和對方大打出手，雖然被扁到光榮掛彩但憑此一戰成名。

他是一年級的風雲人物，對認眞讀書的好學生不屑一顧，偏偏陶海娟想出了什麼輪換同桌的制度，他每隔三星期就被迫要和書呆子黎璃同桌，滿心不樂意。

裴尙軒對黎璃談不上有什麼感覺，他和大多數男生一樣喜歡看美女，除了偶爾借黎璃的作業抄襲會和她交談兩句，基本上一星期的對話控制在三十句左右。黎璃對他的冷淡倒也不以爲意，她是上課認眞聽講的好學生，一句廢話都不講。

和黎璃同桌的幾天通常是裴尙軒最苦悶的時光，他始終認爲她是難以親近的怪人，儘管和別的女生相處時非常正常。直到有一次他忘了拿需要父母簽字的考卷在放學後折返教室，看到了黎璃在暮色蒼茫中流淚。

他站在教室門外，聽著她壓抑在喉嚨口的抽泣聲，猶豫不決。

黎璃揹著書包走出來打算鎖門，靠牆站立的裴尙軒嚇了她一跳。她不動聲色擦了擦臉頰，抹去最後的淚痕。

「我回來拿卷子。」他衝進教室，從桌肚裡翻出試卷，向倚門而立的她揚了揚手。

她不予理會，翻了個白眼。裴尙軒挫敗地撓撓頭，樂呵呵跑回來說：「黎璃，我看到妳哭了。」活像是抓到了對方的把柄那樣得意。

她的手按在門閂上，冷冰冰開口說道：「你希望我把你鎖在教室裡過夜？」

他趕緊逃出教室，黎璃是那種說到做到的女生而且絕不會心慈手軟。男生在背地裡給她起了個「母夜叉」的綽號，她長得不好看脾氣也不好，這個外號就像是爲了形容她才存在的。

「妳，爲什麼哭啊？」裴尙軒在一邊等她鎖門，克制不住好奇心。

她揹著書包低頭走路，雙手插在外套的口袋裡，漫不經心開口：「有人當面說你是笨蛋，就算是事實，你也不會高興吧？」

「黎璃！」聽出她繞著彎子罵自己笨，裴尙軒氣得臉色都變了。不就是數學測驗不及格，而她考了全年級唯一的滿分嘛，有什麼好炫耀的！

黎璃轉過頭看看他生氣的表情，聳了聳肩膀。「你氣什麼啊，反正你們男生只要漂亮女生奉承不就夠了？」她輕巧地在樓梯上跳著走，裴尙軒想學她的樣，無奈腳步笨拙一下踩空滑下了最後兩級台階。

黎璃咯咯笑了，把手遞給他。「說你笨，你還不肯承認。」言下之意就是他果然是傻瓜。

十三歲的裴尙軒不明白黎璃究竟是怎樣一個女生，他只是覺得她和其他人有些不同。兩人的同桌關係在此後有了改善，當然最大的受益者是裴尙軒，他抄起作業來更加方便了。

裴尙軒和黎璃住在同一個里弄，石庫門結構的老房子。他們隔著四條巷弄，在成爲同班同學之前素未謀面。裴尙軒是這一片的孩子王，整天帶著一群小孩扮解放軍衝鋒陷陣，在狹長的巷弄裡呼嘯而過。

有一次在巷口碰到去上學的黎璃，裴尙軒驚訝地問她是不是剛搬來這裡。

他可以肯定自己沒見過她。在初中入學報到的那天全班上台作自我介紹時，他對黎璃的第一眼印象是——這個女生好醜！如果見過面，他不可能一點都不記得。

「我從小就住這裡了。」她沒看他，筆直往學校方向走。

裴尙軒緊跟著黎璃，「我怎麼沒見過妳？」

她這才抬頭賞賜般看了他一眼，「因爲，我不想讓你看見。」

裴尙軒聽不懂。他們年齡相仿，但大腦的發育顯然在兩個級別。裴尙軒的世界是童年打打鬧鬧遊戲時代的延續，而黎璃則用稚嫩的雙眼觀察起了成人的世界。

黎璃的「辭職事件」讓裴尙軒感到內疚。在她遞辭職信給班導之前，自己逃掉了值日生的工作。那天他心情莫名其妙的糟糕，每節課後由值日生負責擦的黑板也是懶洋洋馬馬虎虎完成，留著七零八落的粉筆字痕跡，讓下一個老師板書之前不得不再擦一遍。

放學後裴尙軒揹著書包就想開溜，黎璃在後面叫他的名字。那個星期他們不是同桌，中間隔著一排。

他腳步不停，她追了上來拽住他的書包帶。「裴尙軒，今天你是值日生。」

「不做。」他一口回絕，扯開她的手。

「你發什麼神經，快點回去掃地。」黎璃挑起眉，聲音提高了。

剛放學，正是學生離開教室的高峰時段，走廊上滿滿都是同年級的學生。想他裴尙軒是個頂天立地的英雄好漢，被一個弱女子吼「回去掃地」已經很沒面子了，如果聽話回教室更是丟臉到黃浦江。他咬了咬牙，眼睛瞪得跟凶神惡煞似的，氣呼呼說道：「男子漢才不做掃地這種娘娘腔的事。」

不僅四班常常被黎璃捉回去做值日的男同學鼓掌叫好，其他班的男生也跟著吹口哨起鬨。黎璃輕蔑地笑了笑，「一屋不掃，何以掃天下？就你這德性，掃地的娘娘腔都比你像個男子漢。」

裴尙軒面子上掛不住了，大聲吼道：「醜八怪，誰要妳來管！」

她死死盯著他看，眼神古怪，對旁人的譏笑充耳不聞。「你以爲我很想管？」扔下一句反問，黎璃轉身走回了教室。

裴尙軒認定黎璃辭職和自己脫不了干係，聽說她被校長找去談話，更加忐忑不安。他偷偷摸摸跑到校長室門口，門開了一條縫，他偷聽到黎璃的答覆。

裴尙軒仍然聽不懂黎璃在說什麼，不過他牢牢記住了她最後說的那個詞彙——自卑。回家後他立刻翻《現代漢語詞典》，找到了解釋。

「自卑：輕視自己，認爲無法趕上別人。」裴尙軒咀嚼著詞條的釋義，想不通黎璃有什麼理由要輕視她自己。

黎璃的辭職生效，她交還了兩條槓的中隊長標誌，一身輕鬆當起了平民百姓。

裴尙軒問黎璃後不後悔，他們坐在學校高高的司令台上，西沉的落日將最後的光輝留給了他們。

這是她最後一次行使衛生股長的職責，而他補了先前逃掉的値日生工作。

「不屬於自己的，佔著也沒有用。」她雙手抱膝，輕聲說道。

裴尙軒發現自己眞的不懂黎璃在想些什麼，這個認知一度讓他挫敗。

六月十日，黎璃一早就興奮地對裴尙軒說：「我喜歡上一個人。」

他嚇了一跳，好奇地問：「我們班的？」

黎璃搖頭，神秘兮兮不肯告訴裴尙軒自己喜歡的人是誰。他琢磨了一個上午，在午飯時間捉住她追問：「在哪個班級？」

「什麼？」他沒頭沒腦的問題讓黎璃一時間反應不過來。

「早上，妳告訴我有了喜歡的人。」裴尙軒曲起手指在她高高的腦門上敲了一個爆栗，這丫頭什麼記性啊？

「你不認識的人。」黎璃的臉頰飛過了緋紅，居然忸怩起來，看得裴尙軒突然一陣惡寒。

他沒好氣翻了個白眼，「黎璃，他是誰？」

「卡尼吉亞。」被逼不過，黎璃只得說出風之子的名字，不出意外看到裴尙軒茫然的神色。她高興起來，神氣活現朝他努了努嘴：「說了你也不認識，他是阿根廷隊的前鋒，外號『風之子』，我從沒見過這麼好看的人。」說到這裡，黎璃稍稍停頓，在心裡補充一句「當然你也不算差」。

作爲男生，閒著無事裴尙軒會和同學在操場上踢足球，但球賽看得並不多。世界盃的比賽都是在凌晨轉播，他睡得天昏地暗根本爬不起來。

他不服氣，回家動員非球迷的老爸一起看球。黎璃常常說一些讓他雲裡霧裡的話，他不想再和她拉開差距。爲什麼耿耿於懷兩人之間的距離，裴尙軒不懂。

六月十五日，裴尙軒在學校禮堂問黎璃哪支球隊會贏得大力神盃。她一口咬定阿根廷，而他選擇了德國。

多年後的事實證明，他們站錯了位置。

第二章　外白渡橋上的生日願望

升上二年級，黎璃和裴尙軒的同桌關係固定下來，因爲他們換了一個新班導。

陶海娟沒有跟班升上二年級，她雖然有很多治理班級的奇思妙想，但唯獨對學生的成績採取「無爲而治」的態度。這般放任自流情況下，四班除了黎璃考到年級第一挽回些許顏面，其餘的學生竟無人擠進年級前五十名。在唯成績論英雄的一九九〇年，陶海娟不得不承擔教導不力的責任。

原先教三年級畢業班的李鳳竹成了他們的班導，翻了翻成績表把成績好的同學和差的安排成爲同桌，希望優等生能幫助提升差生的成績，從而整體提高班級總分。

沒有錯，但是功利性太強。黎璃如是評價。裴尙軒笑著扯她的馬尾辮，嚷嚷道：「管它呢，總算我不用每個星期換一次同桌了。隔了三個星期，誰還記得最後講了什麼話。」

她拍開他在肆虐自己頭髮的手，用力之大讓裴尙軒哇哇叫了起來，一邊嘟噥著她這麼粗魯，將來怎麼嫁得出去。

「要你來多管閒事。」黎璃翻翻白眼，拿起新的英語課本預習單字，懶得理會他。「嫁不出去」這四個字經常掛在黎美晴嘴邊，她有牴觸情緒。

黎璃一看書，裴尙軒就感到無趣，想方設法引起她的注意和自己聊天。他是耐不住性子的好動分子，做不到像她那樣靜若止水。

「黎璃，等到妳三十歲還嫁不出去，我就勉爲其難和妳結婚吧。」他把臉湊過去，用手撥開她擋在眼前的英語書。十四歲的少年，對結婚兩字的理解僅限於字典上的解釋，以及折騰得驚天動地的八點檔。

她抬起眼睫，不屑地打量著裴尙軒：「如果三十歲你還沒有憑這張臉騙到一個老婆，我就勉強考慮一下你這個笨蛋好了。」說完，黎璃重新豎起了課本。

一句玩笑，落到好事者耳中變成了流言蜚語。他是年級裡排得上名次的小帥哥，而她則是「有才無貌」這四個字最好的詮釋。說來也怪，謠言只說她高攀了裴尙軒，卻沒有版本認爲成績倒數的裴尙軒能被她另眼相看是多麼幸運的一件事。

黎璃一笑而過，她不清楚謠言從何時開始甚囂塵上，等她察覺時已成爲各班女生的話題人物，就連上個廁所都有人在背後指指點點。

她當作笑話一樣說給他聽，沒心沒肺肆無忌憚大笑，裴尙軒陰沉著臉一言不發。

「你不高興了？」她發現了他的反常，在弄堂口的報攤前停下步子。裴尙軒不管她，垂著頭徑直往前走。

黎璃買了一份晚報，拿著報紙跑步追上他。「裴尙軒，你發什麼脾氣？」

「我沒有。」他心虛地辯解，有點底氣不足。

一般的女生通常會大聲說「你有」來駁斥對方，但黎璃卻一眨不眨盯著裴尙軒看了半天，點點頭說道：「我明白了。」

轉身，向自己家的方向走去。他雙手插著褲袋，踢著腳下的碎石目送她的背影。整個二年級都在盛傳「裴尚軒喜歡黎璃」，爲此他沒少和人翻過臉。他討厭別人把他們相提並論，至於原因不甚了了。

小舅舅黎國強有了女朋友，一個身材苗條的漂亮女孩。他忙著談情說愛每天很晚才回來，黎美晴也正與一位離婚男士交往，家裡通常只有外婆和黎璃兩人相對無言。

她在廚房做功課，光線昏暗，老式的收音機放著咿咿呀呀的越劇。外婆是戲迷，黎璃在經年累月的薰陶下隨口能夠哼唱幾句，頗有尹桂芳那一流派的韻味。客觀地說，黎璃歌唱水準一般，不走音算是萬幸。每逢全校合唱比賽，她混在人堆裡濫竽充數，不服氣地望著聚光燈下神采飛揚的裴尚軒。與她相比，主課成績險險過關的他頗有音樂天賦，是合唱團成員，理所當然成爲班級領唱。

她的視力一直在下降，已經發展到眼睛瞇成一條線才能看清板書的地步了。她和外婆說過要去配眼鏡，戴著老花眼鏡的外婆停下手裡的針線看了看她，說女孩子戴眼鏡不好看。

「我已經不好看了。」黎璃有點鬱悶，「不戴眼鏡上課沒辦法聽講，以後就更糟糕了。」外婆將她的要求轉達給黎美晴，從她那裡拿了配眼鏡的錢交給黎璃。黎璃覺得相當諷刺，母女間的隔閡竟然到了這般地步。

陪她去配眼鏡的人是裴尚軒，少年自告奮勇說要替她選鏡架。黎璃認爲這是他和解的姿態，爲前幾天放學的不歡而散道歉。

裴尚軒挑剔得很，一會兒說她頭很大圓形鏡架不適合，一會兒說細邊的鏡架看上去更像書呆子，挑了半天他悶悶不樂對她說道：「大不了以後上課我專心記筆記，然後借給妳抄。」

心裡沒來由泛起了甜蜜，像吃了蜂蜜，讓人牙疼的甜。黎璃打了一個寒顫，眉頭皺成了「川」字。「裴尙軒，就說你是笨蛋了，你能替我抄一輩子筆記嗎？」

雖是賭氣話，但說出口之後失落感卻油然而生。她和裴尙軒註定是要分別的，就像她暑假前喜歡上的卡尼吉亞，在那之後她找不到關於他的消息。

他不聲不響，指著一副紫色橢圓形的鏡架，示意黎璃試戴。

黎璃的五官平凡無奇，好在皮膚白皙彌補了缺憾。淡淡的銀紫很襯她的膚色，裴尙軒總算滿意地點了點頭。

店員讓黎璃去驗光，他在外面耐心等她。眼鏡店外偏巧有同班的男生經過，看到裴尙軒在店內，便大呼小叫地衝了進來。

「裴尙軒，你在這裡幹嘛？」爲首的張勇正處於變聲期，難聽的公鴨嗓偏不知收斂，每次都扯直了嗓門大喊。

他們來湊什麼熱鬧！裴尙軒想起班裡盛傳的謠言，一個頭兩個大了。「不想回家，到處逛逛。」他心中所想儘快帶這群傢伙離開眼鏡店，千萬不能讓人發現自己和黎璃在一起。

「那，去撞球房玩吧？有個地方初中生也能去。」叫鄧劍峰的男生成績是年級倒數第一，但說起到哪裡玩卻是個中高手。

「OK，我們一起去。」裴尙軒未及細想一口應承，一馬當先衝出了眼鏡店。

黎璃驗完光走到店堂，沒看到裴尙軒的身影。店員告訴黎璃那個挑剔的男生和幾個男同學一起走了，聯想到前些日子他的反常，她恍然大悟。

和自己做朋友，對於裴尙軒來說，原來是一件非常丟臉的事。

黎璃孤單地回家，耳畔迴響著之前他說的話：「大不了以後上課我專心記筆記，然後借給妳抄。」

果然，這只是裴尙軒隨口說說的話，當不了眞。

在沒有拿到眼鏡之前，上課抄筆記對於黎璃依然是一件困難的事。看她瞇著眼努力想看清楚黑板上的粉筆字，裴尙軒忍不住奪過她的筆記本打算代勞。

「放手。」她抬起胳膊用力壓住自己的本子，「我還要抄筆記呢。」她壓低嗓門說道。

「就妳那視力，我看還是算了吧。」拽住她的手臂毫不費勁地抬起，另一隻手順勢抽走筆記本，裴尙軒瞄著她寫的內容同語文老師的板書對照。

黎璃咬著筆桿，若有所思瞧著一臉認眞的少年。這個傢伙，明明在意別人誤會他們的關係，偏偏有時候像少根筋似的做出些親密舉止來製造更多的誤解，令她哭笑不得。

裴尙軒讀書成績不怎麼樣，字倒是出人意料的漂亮。每個任課老師都說他不專心，若是肯花些心思在學習上，一定能進年級前十。偏偏他就是左耳進右耳出，虛心接受屢教不改。

閒著無聊時黎璃會試圖說服他做個「好好學習，天天向上」的學生，別成天盡想著吃喝玩樂。他挑著眉揉亂她的頭髮，說她的口氣像自己老媽。

黎璃便瞪起眼睛，跳起來狠命卡住裴尙軒的脖子，一連聲痛罵他可惡。

信。

全班同學都有眼睛看著，說他們兩個完全沒有關係，連班上最老實的女生陳倩都搖頭說不相信。

以前在巷口碰到是巧合，不知從何時起變成有意的等待。每天他們一同上學，步行走十分鐘的路。放學後若是他不出去玩，會和黎璃一起回家。

這時期的少年男女是敏感的，人人都像戴著顯微鏡，把蛛絲馬跡無限放大。黎璃和裴尚軒，是大家看不明白的一對組合。

他把筆記本還給她，帶著明顯屬於邀功的表情。「我說過會幫妳抄筆記，沒說謊吧？」

「過兩天就能拿眼鏡了，不用再麻煩你。」黎璃淡淡道謝，轉過頭不再與他多話。

「什麼時候？我陪妳去。」那天匆促中未及告別就先走了，他過意不去。「度數深不深？」見黎璃不理睬自己，他大半個身子趴在課桌上，硬是將五官端正的臉湊到她的眼皮底下。

「妳在生氣？」裴尚軒記得黎璃生氣時喜歡咬嘴唇，似乎鮮血淋漓的疼痛能轉移內心的憤怒。他稱這種行爲是「自虐」，試圖阻止她繼續虐待自己，卻總是屢戰屢敗。

黎璃是個頑固的女孩，很難說服。他有時甚至認爲她是故意不合作，好像藉著傷害自己身體的一部分來發洩。

她突然鬆開牙齒，心平氣和看了他一眼。「我沒有生氣，你才沒本事惹我不高興呢。」昂起頭，她笑容絢爛。

裴尚軒霎時覺得眼前一花，黎璃的確不是漂亮的女生，第一眼印象還有點醜，但習慣了她的五官之後，偶爾也能找到動人的時刻。

好比現在，讓人煩躁心緒一掃而光的歡快笑臉。很多年以後，裴尙軒終於明白這樣笑著的黎璃，她的內心從來只有烏雲密佈。她是一個開朗的悲觀主義者，一身矛盾。

裴尙軒不瞭解黎璃，儘管這個女孩在漫長的十五年中一直在他左右。

最後，他問她：「是不是因爲太熟悉，我反而看不透妳的心思？」

她展露十五年來他熟悉的笑容，雲淡風輕回答：「因爲，你不愛我。」

裴尙軒和黎璃一前一後離開學校，他在眼鏡店門口等她。

「喂，妳走路的速度簡直像烏龜爬。」明明是差不多時間走出教室，他卻足足等了她一刻鐘。對於急性子的裴尙軒，這十五分鐘簡直比十五個世紀更漫長。

黎璃在心裡翻了個白眼，止不住抱怨：還不是顧慮被其他同學發現讓你爲難嗎？眞是不識好人心！話說回來，這傢伙幹嘛非要陪我來取眼鏡啊？

店員從紙袋裡拿出做好的眼鏡，打開鏡架請她試戴。黎璃伸手接過戴上，細細的金屬架子勾住左右耳，鼻梁上頓時有了輕微的壓迫感。

「頭暈。」她按照店員指示看地板，感到天旋地轉。

「不會吧，難道是驗光不準確？」裴尙軒扳轉黎璃的臉，讓她正面朝著自己。他想第一個看到她戴眼鏡的樣子，果然如他想像中那樣——不太好看。

店員是個微胖的中年婦女，聽到裴尙軒的指責後連忙辯解剛開始戴眼鏡不適應是正常現象。

鏡片後的黑色瞳仁平靜地注視他，黎璃淡然說道：「OK，你不喜歡我的眼鏡，是不是？莫名其妙，我配眼鏡是我自己的事，一沒要你掏錢，二和你非親非故，輪不到你來挑剔。」圓潤的下巴微微抬起，她的語氣有幾分挑釁。

裴尚軒張口結舌，論口才他一向說不過黎璃，每次都被她的言論駁得啞口無言。正在生悶氣，張勇和鄧劍峰喳喳呼呼地跑進店內。

「裴尚軒，你和黎璃果然在約會啊！」

他惱羞成怒地瞪眼，弧線好看的薄唇撇了撇，輕蔑地說道：「我才不喜歡醜八怪呢。」他在氣頭上又適逢遭人誤會，頓時口不擇言。

裴尚軒的話挑起了黎璃深藏在心底的自卑，她看著他，目光深遠。黎璃可以讓自己變成聰明女生，但沒有辦法讓自己漂亮起來。她裝作滿不在乎，可是遠遠望著那些走到哪裡都能贏得矚目的漂亮女孩，黎璃克制不住羡慕。

她不止一次想過，假若智慧能和美貌交換，她情願做一個美麗的笨女孩。

店堂內霎時安靜，空氣彷彿凝滯般不動。裴尚軒在吼出傷人的話之後暗自後悔，千言萬語，他怎麼就挑了這一句話？

鄧劍峰意識到氣氛不對，與張勇互相遞了個眼色低頭溜了出去。裴尚軒掀動嘴唇想道歉，卻被黎璃疏遠冷漠的眼神嚇得噤聲。

她神色自若挑了鏡盒、眼鏡布，把調整好鏡架間距的眼鏡放入鏡盒，向店員道謝後離去。由始至終，黎璃一眼都沒看裴尚軒。

他心裡不是滋味，耷拉著腦袋亦步亦趨跟在她身後。黎璃仍是不理睬他，逕自走回家去。

裴尙軒在黎璃家那條巷口轉了三圈，提不起勇氣敲門道歉。我幹嘛要道歉？是她先罵我多管閒事！十四歲的少年在心裡爲自己無心的失言辯護，馬上又理直氣壯了。

黎璃你還是個小氣鬼！他在少女家門前做了個鬼臉，大吼大叫著跑開。

她站在天井裡，聽著門外裴尙軒的大叫，面無表情。

黎璃想知道喜歡一個人究竟是什麼感覺，會不會爲了對方貶低自己而傷心難過？她在深夜裡聆聽古老的掛鐘慢悠悠走過時光的腳步，寂靜蒼涼。

黎國強喜歡的女子叫嚴麗明，他帶黎璃一同去吃小紹興三黃雞。以前小舅舅會把雞翅膀挾給黎璃，現在筷子則轉向了另一個人。

黎璃咬著筷子覺得雞肉變了味道，尤其是看到極有可能成爲自己舅媽的女子笑靨如花，她心裡的失落又沉了幾分。

黎國強把嚴麗明先送回家，牽著黎璃的手走在深秋的四川北路。她抬起頭看著小舅舅的側面，想起幾個月前半夜看世界盃的日子，彷彿已經隔了很長很長一段時間，漸漸模糊了影像。

「小舅舅，你很喜歡嚴阿姨？」

「嗯。」

「你們，會不會結婚？」她心有戚戚，想著不相干的女人爲何要同自己爭奪小舅舅的寵愛？

黎國強笑了，彎下腰拍拍她的頭：「小璃，是不是因爲沒吃到雞翅膀生氣了？」

她翻了個白眼，「我又不是三歲小孩那麼幼稚，爲這種事情生氣幹嘛？」

「小璃，嘴巴不饒人的女孩，將來很難嫁出去哦。」黎國強故作擔憂地說著，黎璃掙脫開他的手，一臉懷疑地問：「舅舅，從小到大你都說我嫁不出去，到底怎麼樣的女生才討人喜歡？」

黎國強哈哈大笑，嘴裡不停地說「我家的小璃終於長大成人，想著要嫁人了」，黎璃翻了好幾個白眼都沒讓他停止胡說八道，終於忍無可忍給了小舅舅一拳。

「小舅舅，我十四歲還沒到，你這是在鼓勵我早戀。」

黎國強收住笑容，蹲下來與她平視。嬉笑的表情淡去，他嚴肅地對外甥女說：「黎璃，千萬不要在不可能喜歡妳的人身上浪費感情和時間，明白嗎？」

她似懂非懂點點頭，繼而又搖了搖頭。「我怎麼知道那個人不可能喜歡我？」

「傻丫頭，等妳遇到了，自然就會明白了。」

十五年後，二十九歲的黎璃認爲自己的啓蒙老師十分不盡責，所以她輸得潰不成軍。

一九九〇年十二月五日，星期三，黎璃十四歲生日。

外婆特意做了白煮蛋粉絲湯給她做早點，滿滿一大碗。上早班的黎國強出門之前把生日禮物交到她手上，是時下流行的帶有香味的圓珠筆。

「小舅舅，我愛你！」班上的女生幾乎人人都有，她也想要一支，寫作業記筆記都能聞到香噴噴的味道。

「虛僞吧虛僞吧。」黎國強用力捏她圓圓的臉，痛得她大叫。

「吵死了！」睡眼惺忪的黎美晴走出臥室，到洗手間前洗漱。黎國強擺了擺手溜出家門，黎璃趕緊低頭吃早飯，打算速戰速決吃完就去學校，以免惹黎美晴討厭。

「吃這麼快幹嘛，趕著投胎啊？」黎美晴洗漱完在八仙桌前坐下，瞟了一眼她碗裡的白煮蛋粉絲湯，斜飛入鬢的眉毛高高挑起：「我說媽，這麼多年的生日，妳也不搞點新意？吃了十幾年，不膩才怪。」

黎璃開心地抬起頭，趕緊把嘴裡咬著的半截粉絲吞嚥下肚。「媽媽，妳記得今天是我生日？」

「怎麼可能忘記，十四年前辛辛苦苦把妳生下來，差點沒把我痛死過去。」黎美晴把遮住女兒臉頰的碎髮撥到耳後，細細端詳：「橫看豎看，妳都沒長得好看一點。」

即使被罵難看，黎璃依然很高興，難得母親會和自己說這麼多話。

黎美晴卻已放下手，自顧自吃起了早點，隨口說了一句：「我要結婚了，妳就快有新爸爸了。」

黎璃轉過視線看外婆，老人家同樣也是一臉驚訝。她一直知道母親在和人交往，也做好了有新爸爸的心理準備，只是乍聽之下難免吃驚。

「下課後早點回來，帶妳去和柳叔叔吃飯。」黎美晴掃了一眼還處在呆愣狀態的女兒，惡聲惡氣道：「晚上吃飯妳別給我做出這副傻頭傻腦的樣子，丟人現眼。」

黎璃一整天精神恍惚，今天是她十四歲生日，她要有新爸爸了。

作爲同桌，裴尚軒自然發現了她的反常。無奈的是他們正處於氣氛微妙的冷戰時期，黎璃把他當作空氣那樣無視，自從上次在眼鏡店他大叫「我才不喜歡醜八怪」開始，她拒絕再與他有交集。

他在巷口等她，左等右等見不到人。待他在早自修前一分鐘匆忙衝進教室，卻發現黎璃早就坐在了位子上。他嬉皮笑臉責怪她差點害自己遲到，她連眼皮都不抬一下，轉身把作業本遞給後面的人抄。

顯而易見的拒絕姿態令裴尙軒氣餒，從進入中學他就是出盡風頭的人物，何時受過這般冷落。於是他也倔強起來，和她賭氣看誰先低頭。

謠言漸止，裴尙軒本想著不必再為別人硬把他們扯成一對生悶氣了，可心情反而更低落。這個歲數的少年，最反感被別人說成喜歡某某某，面子上覺得掛不住，好像喜歡人是一件可恥的事。他不只反感這個，隱隱還有一絲對黎璃的嫌棄。少年的想法十分單純：黎璃是好朋友，是哥們，唯獨不能做女朋友。

他喜歡漂亮的女孩子，和大多數人一樣。

放學後，正打算和張勇他們去打撞球的裴尙軒見黎璃死氣沉沉趴在課桌上，猶豫不決中放下書包詢問。他做好了吃閉門羹的準備，卻意外得到了她的答覆。

「媽媽要帶我和她的結婚對象吃飯，」她的臉壓在手臂上，聲音經過壓抑後變得粗礪，「今天，是我的生日。」

裴尙軒抓著黎璃的肩膀讓她抬起頭來，她的眼簾中躍入一張年輕好看的臉，帶著興奮的神色。

「跟我走，黎璃。」從她的課桌肚裡抽出書包，七手八腳將文具盒、書本塞進去，裴尙軒一邊動手整理一邊接著說：「我帶妳去一個地方，保證能讓妳心情好起來。」

她看著眉飛色舞的少年，自動忽略了先前他傷人的話語。裴尚軒這個人，黎璃總是難以真正生他的氣。

他帶她去了外灘，站在舉世聞名的外白渡橋上對著黑沉沉的黃浦江水跳著腳大喊：「黎璃，生日快樂！」

來往黃浦江的渡輪靠岸，蜂鳴的汽笛從遠處傳來，似乎與他的祝福遙相呼應。

黎璃抬起手在嘴邊做成喇叭狀，竭盡全力向著滔滔江水叫道：「謝謝你，裴尚軒！」

十四歲，她想喜歡一個人或許就是這種感覺：很想很想和他在一起，一輩子都不分開。

第三章　我們生命中的另兩個重要參與者

黎璃生日這天的故意缺席讓黎美晴勃然大怒，發狠把女兒打了一頓。黎璃不肯道歉，黎美晴越發生氣下手也越來越狠，連母親的阻止都不聽。最後還是下班回來的黎國強奪下姐姐手裡的直尺，救了黎璃。

「痛不痛？」黎國強看著一聲不吭的外甥女，心有餘悸問道。

「除了臉。」身上穿著毛衣，再怎麼用力打也不會很痛，倒是尺子抽在臉上火辣辣的生疼。

黎國強搖頭歎氣，「小璃，太倔強不是好事。妳哭幾聲，我姐不就心軟了？」偏偏這小妮子是強脾氣，不到黃河心不死的個性，把父母的缺點學了個十成。

「媽媽，她討厭我。」她面無表情地說出這個事實，摸了摸臉上破皮的部位，心灰意冷。

她摸黑進了房間，鑽進冷冰冰的被窩，一動不動躺著流眼淚。十四歲的第一天，裴尙軒在寒風中對著黃浦江水大叫「生日快樂」的一幕，在靈魂中深深鐫刻，溫暖著黎璃的心。

裴尙軒拉著她的手跑到麵包店，拿出原先準備去打撞球的錢，買了一塊馬蹄蛋糕送給她作爲生日禮物。他買了一盒火柴，在蛋糕上插了四根當作十四歲的生日蠟燭。

他要黎璃許願，江風吹著小小蛋糕上微弱的火苗，他用手護著讓她快點說出願望。

黎璃閉上眼睛喃喃自語，然後趕在火柴被風吹熄之前一口氣吹滅。裴尙軒鬆了口氣，雙手往後撐著防汛牆，傾聽海關大樓敲響六點的晚鐘。「妳許了什麼願？」他只看到她的嘴巴在動，卻聽不見她的聲音。

黎璃低著頭將火柴一根根拔下，「說出來的話，就不靈驗了。」她拿起蛋糕咬了一口，遞給裴尚軒。見他搖頭不肯吃，她固執地舉著手說：「這是生日蛋糕，沒有人分享，會很孤單。」

他的眼睛很亮，比頭頂上空的啓明星更明亮。這雙眼睛看了看她，然後他把頭湊過來，張開嘴咬了一大口。「我正好餓了。」

她許的願望——和裴尚軒做一輩子的朋友，不離不棄。

黎璃把頭埋在被子裡無聲哭泣，她想如果此刻生命結束，那麼這個叫裴尚軒的漂亮少年將是自己人生唯一的暖色。

很多年以後的生日，黎璃收到過嬌豔的玫瑰、名貴的禮物、巧克力慕斯蛋糕，可是她念念不忘十四歲那年在外灘吃到的馬蹄蛋糕。她記不清味道，但忘不了當時非常幸福的感覺。

她陪著公司的客戶瀏覽外灘夜景，東方明珠和金茂大廈作爲上海的標誌性建築點綴著黃浦江，熠熠生輝。她笑著說起有一年在防汛牆前面，一個男孩子替自己慶祝生日。「I think the cake was more delicious than anything else.」

「You must love him very much.」來自德國的金髮美女笑容溫柔，肯定無比的語氣。

她愣了愣，想起十四歲那天來自他的溫暖，回答了一句「Yeah.」

裴尚軒第一次爲女孩子慶祝生日，對象是黎璃。他常常開玩笑說自己的「第一次」給了她，黎璃一定要對他負責。

她笑著，並不當一回事。裴尚軒在此後的十五年中爲好幾個女孩慶祝過生日，他早已忘了第一次在寒風凜冽中瑟縮的祝福。

他說：「黎璃，我要妳一生快樂，做個勇敢的女孩。」末了一句是裴尚軒化用小虎隊歌詞而來。他霸道的不用「希望」這個詞彙，直接用了命令句式。

黎璃告訴自己要做勇敢的女孩，可是成年後她發現堅強果敢的女人引不起男人的愛憐。裴尚軒用一句話誤導了她，二十九歲的男人不記得十四歲時最討厭看到蟑螂就尖叫哭哭啼啼的女孩，享受著小鳥依人軟玉溫香抱滿懷。

他慢慢長大，遺失了少年；她的戀慕則從十四歲生日那天開始，用十五年時間等待著他回頭撿起撒落一路的長長相思。

黎璃臉上破皮的地方結痂後，和自己未來的繼父柳之賢終於見面了，同時還見到了柳之賢的兒子——比她大了兩歲的柳千仁。

那是一個漂亮中帶有陰柔之氣的男孩，高高瘦瘦的身材。往黎璃面前一站，簡直把她比得無地自容。面對面站著互相問候時，她偷偷覷了他兩眼，感歎老天爺根本就是個偏心眼，男生長這麼好看真的很浪費！

做教師的柳之賢是個溫和斯文的男子，笑容讓人感覺莫名安心。除了小舅舅，黎璃第一次與成年男子接觸，他寬厚的長者風度不知不覺融化了她的牴觸情緒。黎璃甚至偷偷摸摸地想：不管從哪方面看，黎美晴都配不上這個風度翩翩的男人。

讀高一的柳千仁和父親截然相反，眼神陰鷙態度桀驁不馴，整個晚上說的話不超過五句。飯桌上，黎璃坐在他對面，偶爾抬頭看著對方，總覺得絲絲寒意從腳底冒出來，像蛇一般纏繞全身。

裴尙軒帶她去菜市場看過別人玩蛇，她本以爲和鬥猢猻一樣有趣，就興高采烈跟著去了。結果看到的卻是滑溜溜的蛇爬上人的身軀，在脖子上層層環繞。

黎璃當場就吐了，裴尙軒一邊拿手帕給她擦嘴，一邊嘲笑她膽小。

柳千仁給人的感覺，就像一條吐信的蛇，不知何時會撲上來咬你一口。她有些忐忑，儘量避免與他對視，低著頭猛吃菜。

男孩陰森的目光停在她的頭頂，嘴角肌肉牽扯了一下，神色詭異。

告別的時候，柳千仁停在黎璃面前，他低下頭說道：「以後我會好好和妳相處的，妹妹。」

兩邊的家長很滿意他的友善表現，但只有黎璃看到了他臉上滿懷惡意的微笑。

她愣住，無言以對。回家路上黎美晴絮絮責怪她沒有家教，好歹也該回答柳千仁一句。黎璃垂頭默默聽著，腦海裡彷彿慢鏡頭一般重播著柳千仁的笑容。

她害怕這個少年，不希望再與他有牽扯。但是黎美晴同柳之賢結婚勢所必然，她反對也沒有用。

第二天上學，裴尙軒在巷口等她，先問她黎美晴的結婚對象是不是好相處的人。黎璃忽然安心，糾纏的夢魘遠離了生活。不管發生了什麼不好的事，至少還有裴尙軒關心自己。

「柳叔叔看上去是個很和藹的人。」她的右手放在裴尙軒的大衣口袋裡，少年溫暖的手握著她。圓圓潤潤的黎璃看上去身體健康，實則氣血不足，一到冬天手就冰涼。他無意中發現，自告奮勇當火爐給她取暖。

裴尚軒一臉放心的表情，打結的眉頭這才舒展開來。她嚥下了對於柳千仁的評價，輕輕鬆鬆笑起來。

「你很關心我啊？」她嬉笑著問，抬起頭神情得意。裴尚軒側轉過身，抬起右手揉著黎璃的頭髮，「傻丫頭，我們是好朋友，我不管妳還有誰會關心妳？」

少年無意中說出了事實，黎璃看上去和班上每個人都關係不錯，但她幾乎沒有眞正意義上的朋友。裴尚軒在很久之後才意識到黎璃其實是個矛盾的人，既渴望眞情又本能抗拒著相信，緣由於內心深處的不安全感。可是年少時節，他只覺得她是個挑剔的人，連選擇朋友都要挑三揀四。

不像他豪爽地認為四海之內皆兄弟，只要投緣就是朋友。她批評他的朋友太濫，而他不服氣地指責她高傲，誰都說服不了誰。

黎璃在一年年秋風起時認識裴尚軒的新朋友，每年他的生日聚會都會有新面孔出現，男男女女都有。她嘲笑他交遊廣闊，但經過時間長河蕩滌之後剩下的交情寥寥無幾。

他理所當然要反駁，卻愕然發現這麼多年，只有黎璃一直在自己身邊。

一九九〇年和一九九一年相交之際，十二月三十一日放學回家，裴尚軒拉了拉黎璃細長的馬尾辮，眉開眼笑祝她新年快樂，明年能從醜小鴨變成白天鵝。

黎璃氣惱地握拳追打裴尚軒，他哈哈大笑著飛快跑走。這半年來他的個頭飛速往上竄，佔盡了人高腿長的優勢。黎璃追了半天，兩人之間的距離未見縮短反而拉開。

「裴尙軒，我最討厭你了！」她索性停下，氣喘吁吁衝他的背影大吼。他似乎做了一個回頭的動作，沒有戴眼鏡的黎璃看不清楚他的反應，她轉個身往自己家的方向走。

「妳好像過得很開心。」半冷不熱的聲音嚇了黎璃一跳，下意識看向聲源，靠牆處站著一個高高瘦瘦的男孩，穿著米色格子大衣，半長的頭髮下面是一張漂亮的臉。

冰冷滑溜的感覺又一次襲上心頭，黎璃情不自禁後退了小半步，這才想起早上出門時曾聽黎美晴說過晚上邀請柳之賢父子來家裡吃飯。

「你沒找到我家嗎？」黎璃垂著頭語速飛快，「我帶你過去。」

「無聊，我才出來。」柳千仁笑了笑，一隻手搭上黎璃的肩膀，明顯感到她的身體一僵。

「妳很怕我，妹妹？」邪魅的臉逼近她，惡意笑容在她眼前驀然放大數倍。黎璃出於本能抗拒著他的接近。

「妳這樣拒絕我的好意，我這個哥哥很傷心哦。」灼灼逼人的眼神和薄唇吐出的話語完全是兩碼事，驚慌失措的她在那雙眼睛裡看到了嫌惡。

「放開她！」熟悉的聲音讓黎璃鬆了一口氣，連忙抬頭看著救星。裴尙軒比柳千仁矮了半個頭，氣勢上卻毫不示弱。

柳千仁放開抓住她肩膀的手，若無其事插回衣袋。「想不到妳小小年紀就有了護花使者，果然是有其母必有其女。」他不屑地開口。

「你說什麼？」看到黎璃臉色發白，裴尙軒直覺對方的話一定很惡毒，遂衝上前揪住柳千仁的衣領，可惜身高差距令他的威脅顯得非常沒有說服力。

「你聽不懂嗎？」柳千仁輕蔑一笑，「像你這種頭腦不好只會使用暴力的傢伙，聽不懂也很正常。」

裴尚軒氣急，掄起拳頭就想揍這張看得人分外不爽的小白臉，黎璃拉住了他的手。

「裴尚軒，他是柳叔叔的兒子，你不能打他。」她心急如焚大叫。柳千仁看上去不是好惹的角色，裴尚軒未必能佔到上風。

掰開裴尚軒的手指，柳千仁冷冷打量面前比自己小了兩歲的少年，然後森冷的目光轉向黎璃。「妳最好記住，我討厭妳媽媽，包括妳在內。」

望著柳千仁的背影，裴尚軒轉過頭看了看黎璃，氣呼呼地說道：「我也能肯定，我討厭他。」

多年以後，即使淡忘了這段往事，他仍然討厭這個叫做柳千仁的英俊男子。

黎美晴在大年夜那天和柳之賢登記結婚了，二月十四日恰逢除夕又是西方的情人節，他們便趕在民政局下班前領了結婚證。黎璃從黎國強那裡聽說了黎美晴結婚的計畫，一直擔心會跟隨母親搬到柳家和那個讓自己害怕的少年同住，她滿腦子想著這件事，期末考第一次失了年級第一的頭銜。

班導李鳳竹把黎璃叫到辦公室，旁敲側擊詢問她的成績退步是不是和裴尚軒有關。學校裡前陣子流傳過關於他倆的謠言，李鳳竹當時聽了差點沒笑出來。她和辦公室其他老師開玩笑，說黎璃假如有學藝股長邱月蓉一半漂亮，那倒是值得注意他們會否有早戀傾向了。

黎璃成績下滑讓李鳳竹必須正視這個問題了，已經不止一次有任課老師向她反映裴尙軒上課纏著黎璃閒聊，且兩人態度親密。在接手四班之前，李鳳竹就知道黎璃的名字，包括那次辭職事件。多年作育英才的經驗讓她看出這個女孩骨子裡的我行我素，順從僅僅是表面，她的內心絕對是自我主義。

這樣的學生，反而令老師更加頭痛。你無法控制她，她不會讓你猜到哪一刻決定反抗。

李鳳竹語重心長說道：「黎璃，老師對妳的期望很高，不希望連妳也被差生影響。」

她微微抬起下巴，很快又縮了回去垂頭做深刻反省狀。李鳳竹只看到她頭頂淺褐色的髮，看不見表情。

「對不起李老師，我保證下次考試會奪回年級第一。」她低著頭，勾起嘴角自負地笑笑。「這次是我大意失荊州，和其他人沒有關係，特別是裴尙軒。」

李鳳竹聽了這話並不滿意，她顯然解讀爲黎璃在替裴尙軒那個壞學生開脫，心下做了決定要重新安排座位。

黎璃偷偷打量班導凝重的神色，有預感自己和裴尙軒的同桌關係即將結束。她有些失落，同時感覺不甘心。

「李老師，裴尙軒和我是好朋友，我希望他能和我一同進步。」她委婉地表達了自己的意見。

不知李鳳竹是查看了裴尙軒的成績發現他有了進步，還是看在黎璃的份上做了妥協，反正到了寒假過去再度開學的時候，他們依然是同桌。

整個寒假除了年初一去給繼父柳之賢拜年，她並未隨黎美晴搬過去，還住在外婆家。柳家住的是學校宿舍，柳千仁有自己單獨的房間，黎璃就算想搬過去同住也沒有空房間給她了。

柳之賢爲拆散她們母女倆表示了歉意，黎璃心想這個男人眞是個大好人，一迭聲說著「沒關係」希望他不必介意。她和黎美晴的關係，並不如柳之賢看到的那樣親密無間。更何況有柳千仁在，她只有敬而遠之的想法。

一雙陰鷙的眼在角落裡注視她，黎璃轉過臉避開柳千仁的視線。

寒假過後，一個超級漂亮的女孩韓以晨轉學進了四班，李鳳竹帶她走進教室的那一刻，全班同學集體「哇哦」了一聲。

韓以晨落落大方站在講台上，漂亮女生知道自己優勢所在，走到哪裡都能自信滿滿抬頭挺胸。她自我介紹說因爲搬家緣故轉學，希望能很快融入群體。

例行公事般鼓掌歡迎新同學加入，黎璃發現了同桌裴尙軒專注的眼神，心裡莫名滋生了一絲酸澀。

短短半天，也就是上午四節課之後，韓以晨的大名已經傳遍了全校。湧到初二四班門口看美女的人如過江之鯽，黎璃幾乎以爲整個學校的男生都來瞻仰過美女的容貌了。她暗自琢磨著應該在班級門口擺個攤位，每人收取五角錢的參觀費。

四班原先的美女群體感受到空前的威脅，於是平日面合心不合的幾個聚在一起對著眉目如畫的韓以晨竊竊私語。裴尙軒看到這一幕，譏諷地嘲笑女人的嫉妒心極爲可怕，說話的同時他的視線逗留在斜後方——韓以晨的身上。

黎璃忽然意識到這樣一個事實：裴尙軒終有一天會喜歡某個女生，然後疏遠自己。

所謂永遠的朋友，眞的存在嗎？

班上的氣氛日漸微妙，從原先的勾心鬥角演變成涇渭分明的兩派。在黎璃漫不經心的指點下，班長吳麗娜和幾個同樣被搶了風頭的漂亮女孩結成了同盟，同進同出製造成倍的美女效果。

黎璃本來抱著置身事外的心態看好戲上演，可是裴尙軒看韓以晨的目光讓她心裡不舒服，像是有根刺時刻戳著。於是在某個中午聽到吳麗娜邱月蓉她們忿忿不平在廁所議論韓以晨的是非，黎璃便裝作無意地說道：「一個人比不過，Double一下還怕壓不住她的風頭？」

果然她們成功吸引了更多的回頭率，針對韓以晨的種種排擠暫時偃旗息鼓。但是黎璃仍舊開心不起來，因爲裴尙軒回頭看韓以晨的次數越來越多。

「你喜歡她？」兩個星期後的回家路上，黎璃開門見山問道。

裴尙軒不自在地紅了臉，故作茫然不解狀：「妳說誰啊？」

「你少裝模作樣了。」黎璃嗤之以鼻，「司馬昭之心，路人皆知。你每節課都回過頭看韓以晨，比看老師認眞多了。」

「我才不是看她。」少年狡辯，抵死不認。面對黎璃了然的神情，他期期艾艾辯解：「就算是看了兩眼，那也是她回答問題的時候。」

「哦，是嗎？」黎璃歪著頭莫測高深咧開嘴笑，「裴尙軒，我回答問題的時候你幹嘛不看我？」

被她一句話將軍，好看的臉頓時漲得通紅，惱羞成怒的少年索性坦率承認：「是啊是啊，我就是喜歡韓以晨，可不可以？要妳來多管閒事！」

她霎時胸口發悶，好像被人當胸打了一拳。聽到裴尚軒親口說出喜歡韓以晨，就算黎璃有心理準備還是挺難接受，她想起小舅舅把雞翅膀挾給嚴麗明的那一幕，心有戚戚焉。

那些暫時屬於自己的關愛，一旦找到了真正的主人，都會毫不猶豫轉向另一個方向吧？

黎璃努力微笑，絕不讓裴尚軒看出自己的難過。

韓以晨對於裴尚軒而言，是讓少年情竇初開的人。許多年過去，他相信了黎璃的論斷：男生在有了對異性的憧憬之後，才會真正走向成熟。

他始終記得韓以晨站在講台前作自我介紹時淺淺的笑容，柔美精緻的五官鑲嵌在巴掌大小的臉上，額前細碎的劉海讓她的臉型看上去就像一顆心。

她含蓄地微笑，眉眼彎成令人著迷的弧度，裴尚軒的心跳猛然加快。

班上漂亮的女孩並不少，看久了他覺得不過如此，而韓以晨卻十分耐看。至少她轉來了幾個星期，他尚未厭倦這張心形的小臉。

韓以晨是個精明的少女，縱使讓大部分女生不喜歡，她仍每天掛著一臉甜美親切的笑容來到學校。美麗女孩目中無人的驕傲習性在她身上尋不到絲毫，逐漸讓人生出了親近之意。黎璃冷眼旁觀她不動聲色地收買人心，莫名其妙擔心起裴尚軒的未來。喜歡有心計的女生，對這個笨頭笨腦的傢伙來說，將會是件很辛苦的事情。

黎璃不希望韓以晨介入自己的生活，無論班上的女生如何明爭暗鬥都與她無關。黎國強有一句話說得沒錯，長得不好看是先天不足，努力讓自己成為有用之人則是後天的成果，老天爺不會總是虧待同一個人，用較為詩意的話陳述就是「上帝關了門，但會為你開一扇窗」。漂亮女生固然有其鐵杆擁護者，不美麗但成績數一數二的黎璃背後有老師撐腰支持，誰都不敢故意為難她。

她是玲瓏剔透的人，明白中學只不過是人生小小的驛站。對於無關痛癢的惡作劇一笑置之，就算被男生罵作「醜八怪」也就自己掉兩滴眼淚為外表難過一陣子，除非是真正讓她覺得有必要反擊，她才會有所行動。

裴尙軒並不眞正瞭解黎璃，但他知道這個好朋友在班級裡的地位事實上非同小可，畢竟每到考試大家都要仰仗黎璃詳細的筆記輔助複習，有時候還要依靠她猜題。

四月，校園裡櫻花盛開的時節，一簇簇粉白熱熱鬧鬧擠在枝頭。裴尙軒一大清早到黎璃家把她拖到了學校。

「什麼事這麼神秘兮兮的？」她手裡拿著油條，邊吃邊問。

裴尙軒拉了拉她的辮子，一本正經說道：「能請妳幫一個忙嗎？」

難得見他這麼正經嚴肅的樣子，黎璃來了興趣，趕緊吞下油條順便嚥了口唾沫：「說吧，要我做什麼？」

「和韓以晨做朋友，行不行？」裴尙軒期待地看著黎璃。

她側著頭，神情古怪，將他上上下下打量好幾遍方才開口：「今天不是愚人節吧？」

「妳以爲我開玩笑啊！」裴尙軒對她的反應不太滿意，哇哇叫起來。

她這才相信他是認眞的拜託，沉甸甸的苦悶堆積在胸口令她眼眶刺痛，黎璃勉強笑了笑。

「裴尙軒，你要我站在韓以晨這一邊？」兩派女生之間的矛盾成了公開的秘密，連李鳳竹都在班會上警告一些人不要搞小團體分裂班級。

他點點頭，勾住她的肩膀用力拍了幾下。「妳是我的好朋友，我喜歡的人，妳當然也要喜歡。」

後來有人告訴他，這個要求不僅無理，並且極其殘忍。

第四章　候鳥，離別之後還能不能再見？

裴尚軒與韓以晨第一次單獨說話時，他聽到心如擂鼓的聲音。急切跳動的心臟，似乎迫不及待想要衝出喉嚨口。

女孩微笑著，彷彿吹醒大地的春風，和煦動人。韓以晨側著頭聆聽校園外喧囂的聲音，慢悠悠開口說道：「眞是一個很噪雜的世界呢。」

裴尚軒保持沉默，看上去很酷。若是黎璃在場，保準會大笑他在裝模作樣掩飾自己的手足無措。幸好韓以晨和他沒這麼熟悉，只覺得他是個很有性格的男生。

「裴尚軒，我喜歡你。」女孩大大方方坦白，不像一般女生遞張生日賀卡給他都扭扭捏捏磨蹭半天。

他幸福得幾乎要暈過去了，嘴唇動了動，卻吐不出什麼像樣的句子。愣了半天裴尚軒才粗聲粗氣說了一句：「這種事，應該男生先開口才對。」

韓以晨莞爾一笑，撲閃著長長的睫毛，「那，你喜不喜歡我？」

他失神地看著這雙黑白分明的眼睛，學電視劇裡的樣子，湊過身親了親她的臉頰。在放學後寂靜的後操場，輕柔如羽毛的親吻美好得就像童話故事。

「你，喜不喜歡我？」她追問道。

十五歲不到的少年突然用力握住少女纖瘦的肩膀，拽向自己稚嫩的懷抱。他狠狠捉住她的嘴唇，肆意吮吸。

「妳說，我喜不喜歡妳？」裴尙軒氣勢洶洶質問。

韓以晨用手背擦擦嘴唇，眨著眼語氣輕柔道：「裴尙軒，我要聽你親口說。」

這是屬於漂亮女孩的自信，她瞭解自己的優勢所在，且能善加利用。他仰起好看的臉，望著教學樓頂端的旗杆飛快說道：「我喜歡妳，韓以晨。」

她粲然一笑，紅顏如花。裴尙軒和韓以晨開始了交往。

四月某個清晨，薄霧裊繞靜悄悄的校園，早起的鳥兒吃到了蟲子歡快地鳴唱。裴尙軒拍著黎璃的肩膀對她說：「我希望妳和韓以晨做朋友。」

她深深凝視一臉嚴肅的俊俏少年，在心裡長長歎了口氣。有些事情黎璃猜中了開頭，也預測到了結局。他果然有了喜歡的人，並且非同一般的漂亮。

昨晚的露水還未蒸發殆盡，在剛冒出頭的嫩綠草葉上閃閃滾動著，這是一個清新得讓人感覺不到殘酷的早晨。

黎璃曾經對小舅舅抱怨：「我怎麼知道哪些人不可能喜歡我？」當時她的確不懂，但此刻隱約明白了一個道理：不可能喜歡自己，這個事實讓人心碎。

她點了點頭，淡淡應了一聲：「好。」

黎璃成爲了韓以晨的朋友。因爲她的介入和裴尙軒的號召力，班級裡兩個陣營的力量對比發生了顯著的變化。原先保持中立或是被吳麗娜她們硬拖著針對韓以晨的女生倒戈相向了，韓以晨的朋友圈子一下子擴大了很多。

走出校門以後，黎璃常常目睹裴尚軒牽起韓以晨的手，熙熙攘攘的人群中這一對組合非常顯眼。她在後面幾步之外，不疾不徐踱回家。

那些嬉嬉鬧鬧一同回家的愉悅時光，漸漸沾上了歲月的塵埃。懷念，但已隨風而逝。

裴尚軒退出了合唱團，一方面是他還有一年就要畢業了，另一方面是他正處在變聲時期最難聽的階段，打定主意少說話爲妙。

黎璃最先察覺他的異常，平時上課廢話多得讓人想給他嘴巴貼膠布的少年，破天荒在班會課上被李鳳竹當衆讚揚爲遵守紀律有進步，讓同學們跌破了眼鏡。

她吃完飯，藉口散步有利消化蹭到裴尚軒家門口，在窗下大聲叫他的名字。他捧著飯碗探頭出來，指指自己的碗示意她稍等片刻。

黎璃等了五分鐘，樓梯燈亮了，一會兒他打開門出來。他朝她抬抬下巴，仍然不說話。

「喂，變聲而已，你有必要弄得這麼緊張嗎？」男孩子的變聲期是段尷尬時光，沒心沒肺的少男少女常常在聽到同伴發出的怪聲時哄堂大笑，讓本就難堪的人更無措。

他摸摸她的馬尾辮，粗嘎著聲音說道：「不是爲這個。」他的嗓音有些怪異，好像在粗礪的沙皮上抹滾打爬了一圈似的。

她仰著頭，瞇起眼樂呵呵笑得興高采烈，他能讀出和其他人的不同。「笨蛋，等到大家重視你說的話勝過其他，不管你的聲音變成什麼樣，沒有人會在乎。」

裴尚軒沒有完全理解她的意思，但明白了一件事：黎璃在安慰自己不要在意。奇怪的是，他的心情莫名其妙就好了起來。

「妳有沒有取笑過我？」他不放心地追問。

黎璃狡黠一笑，揮揮手轉身：「我散步時間到了，回家了，bye。」

「喂，ㄚ頭，妳還沒回答我的問題。」裴尙軒叫了起來，全然不顧古怪的聲音會不會丟人現眼。

她回過頭，粲然一笑。「不笑你，我豈不是很虧本？」

少年站在原地跺腳抱怨，指責她這個朋友做得相當過分。他忘了探究，爲何黎璃只說了一句話，自己便走出了陰影？

升上三年級，裴尙軒準備向李鳳竹提出換座位的申請。在剛過去的那個暑假，他和韓以晨經常去游泳，感情突飛猛進如膠似漆。

在去辦公室找班導之前，裴尙軒向黎璃徵求了意見。畢竟他們是好朋友，遇到上課開小差被老師逮住回答問題這種尷尬場合，她總是不遺餘力幫忙度過難關。

她有一種被人拋棄的奇怪感覺，頗爲滑稽。黎璃無所謂地笑笑，假裝不在意地說：「謝天謝地，我總算能夠擺脫你這個笨蛋了！」

神采飛揚的少年彎下腰，揉亂她的短髮。暑假裡她剪掉留了很久的長髮，剪了一個清爽的鮑伯頭，這個髮型比她過去細長的馬尾辮好看。返校時他大驚小怪按著她的腦袋轉過來轉過去研究半天，奇怪以往死活不肯改髮型的黎璃居然會下了狠心剪掉一頭長髮。她嘿嘿笑著不說話，裴尙軒永遠不會瞭解她剪頭髮的用意何在。

她看到電視劇裡的女孩失戀之後通常會做的事就是去剪頭髮，似乎在髮型師靈巧的剪子下，不單是三千煩惱絲一併包括那些傷心，統統離自身而去。

黎璃並非失戀，而是她的眷戀成了破碎的肥皂泡。曾經五光十色，最終逃不過崩裂的命運。

裴尚軒亂七八糟嚷著黎璃嘴巴太壞，她仰起頭看著他，目光深遠哀戚。眼睛不會說謊，洩露了秘密，她捨不得身邊沒有他。微微一怔，他下意識放開摧殘她短髮的手。怪異的情緒滑過心房，令少年措手不及。

「假如沒有韓以晨，你想不想換座位？」手指絞著衣角，黎璃忐忑不安。

裴尚軒搖了搖頭，若不是韓以晨撒嬌說想和他更接近，他壓根兒沒想過這件事。他習慣了每節課從瞌睡中醒來枕著手臂看她認眞地抄寫筆記，黎璃戴眼鏡的樣子看久了也就不再覺得醜；他習慣了被她揪著耳朵罵「笨蛋」，被她批評整天吃喝玩樂不求上進，他明白黎璃嘴巴刻薄實際上是在關心自己；他習慣了她雲深霧罩高深莫測的話語，雖然囿於理解力還是不太明白。

「你去的話，成功機率不會很高。你和韓以晨交往的事情全校都在傳流言，你以爲李老師會放任你們公開發展？說你笨，果然不動腦子。」黎璃恢復常態，毫不留情揶揄。「我替你去說，讓你欠我一個人情。」

「我才不要咧！」裴尚軒不滿黎璃一切盡在掌握的態度，「我自己能搞定。」

他在辦公室門前停下腳步，心裡忽然說不出的難受，好像骨肉分離生生的痛。遲疑了兩分鐘，他毅然決然轉身離開。回到教室，裴尚軒走到韓以晨面前，神色自若地撒謊：「李老師拒絕了，對不起。」

韓以晨難掩失望之色，心有不甘問道：「你怎麼對李老師說的？還有，老師爲什麼不同意啊？」

他不耐煩翻了個白眼，雙手插著褲袋坐上韓以晨的課桌，向她俯下身。「妳問這麼多幹嘛，不同意就是不同意，反正李老師早就看我不順眼了。」

「那麼，讓黎璃去說呢？如果說你影響她上課聽講，李老師肯定會同意。」她仰著秀麗的小臉，雙手拽著他的衣袖晃了晃，「尙軒，我想你坐在我附近嘛。」

他轉過頭，視線在剛回到教室的黎璃身上轉了一圈。「我們還是低調一點好。」上課鈴打響，他走向自己的座位。

「喂，黎璃，看來妳甩不掉我這個笨蛋了。」裴尙軒輕輕鬆鬆笑著，搶過她的物理課本。「我沒帶課本，妳借我看。」

禿頂的物理老師走進教室，黎璃不方便和他上演書本爭奪戰，狠狠瞪了裴尙軒一眼。雖說是凶巴巴的樣子，但眼眸中柔和的光芒卻暗示了她內心的愉快。

眞好，裴尙軒不會離開了。

電視台引進了一部日本動畫片《聖鬥士星矢》，全校頓時刮起了一股聖鬥士的旋風。黎璃和大家一樣沉迷於此，一有閒置時間不是翻看漫畫就是趴在桌上刻聖衣，體育課八百公尺測試之前也要大吼一句「燃燒吧，小宇宙」。

黎璃不擅長美勞，即使和其他人一樣努力，她都沒能刻完一張完整的黃金聖鬥士的聖衣刻紙。裴尙軒難得找到自己能完全勝過黎璃的地方，每次刻完一張都會得意洋洋向她展示成果。他買了一套黃金聖衣的刻紙，打算刻完後送給韓以晨作爲禮物。

黎璃喜歡水瓶座聖鬥士卡妙，即便刻壞了好幾張，她仍屢戰屢敗誓要成功爲止。裴尙軒當面嘲笑她笨手笨腳，黎璃卻在某一天翻開筆記本時發現了一張精心琢刻的水瓶星座黃金聖衣。

她撕了一張白紙，在上面寫下「是不是你送的？」，推給同桌的他。

他很快將白紙推回給她，在她的問題下面寫了一個很大的「No」。黎璃在心底偷偷笑，她根本沒說送了什麼，裴尙軒的答覆等同於此地無銀三百兩。

她一整天都很開心，好心情延續到晚上去繼父家吃飯見到柳千仁時戛然而止。自從二月份黎美晴和柳之賢結婚，她和柳千仁照面的機會屈指可數。不知是她挑選的時機湊巧還是柳千仁不想見她刻意迴避，每次黎璃去柳家拜訪千仁總是不在，要不是和同學出去玩，要不就是去了自己母親那裡。

他說過討厭她，把對黎美晴的厭惡一併轉嫁給了黎璃。她記得那天在他眼睛裡看到的憎恨，強烈而刻骨。

黎璃始終不明白柳千仁的牴觸情緒從何而來，父母再婚是他們自己的事，像他這樣帶有敵意的兒女還眞少見。幾年前黎國強對心理學感興趣，家裡擺著一本佛洛伊德《夢的解析》，是星期天帶著黎璃從舊書攤買來的舊書。他翻了幾頁隨手丢在一邊，倒是她從頭看到了底。她猜想柳千仁或許是戀母情結作祟，不過只敢自己私下裡隨便想想，絕沒有膽量向他求證。

開飯前黎璃坐在客廳地板，趴在茶几上寫作業。初三面臨著升學考，各科老師從一開學就加快了授課進度，務求騰出下半學期的時間給學生進行全面複習，因此她每天都有很多功課要做。

柳之賢從廚房端著菜經過她面前，過意不去抱歉飯桌太小不能讓她舒服地寫作業，同時建議她不妨去千仁哥哥的房間裡做。

她嚇了一跳，連忙表示這樣就很好了。對於黎璃，最恐怖的事情莫過於和柳千仁單獨相處。除了裴尚軒，沒有人知道千仁對她們母女的厭惡，大家只是覺得這個很漂亮的少年過於冷淡，不喜歡浪費口舌。

柳千仁從自己房間出來，走到茶几前倒水喝。見狀，黎璃把書本稍稍移開幾許，以免他倒水的時候濺濕了作業本。

他壞心地勾起淺笑，手腕一轉水杯略略傾斜，一道水柱頓時從杯口傾瀉而下打濕了她的本子，水漬立刻就花了一大片她剛做完的題目。

「幼稚。」黎璃抬起頭，冷靜地看著漂亮男孩。

柳千仁滿不在乎聳了聳肩膀，「不好意思妹妹，我一時失手。」噙著挑剔刺眼的笑容，他挺不屑地接著評價：「妳戴眼鏡的樣子，眞難看。」

「好看難看，與閣下無關吧。」黎璃抖落作業本上的水，動手整理茶几上的課本。柳千仁目光閃爍，捧著水杯在沙發上落座，隨手翻開她的筆記本。

「水瓶座聖衣，嗯？」纖長白皙的手指夾起剪紙，他挑著眉看了看黎璃，「妳喜歡？」

她左右爲難，照自己的推測柳千仁的問題絕對是個陷阱。若是回答「喜歡」，他肯定會毫不猶豫撕掉；若是回答「不喜歡」，他也會說著「不喜歡就撕掉好了」並付諸行動。總之，這個少年不會讓自己好過。

黎璃伸長手臂，索性跳過他的問題直接要求他放手：「還給我，這是我的東西。」

冷酷笑痕浮現於嘴角，柳千仁突然收攏手掌，在黎璃的驚呼聲中把紅色的剪紙揉成了一團。她憤怒了，氣得渾身發抖，想也不想一個巴掌甩上他的俊臉。

「黎璃，妳幹什麼！」端著碗筷走出廚房的黎美晴恰好目睹這一幕，厲聲喝斥女兒大膽的行爲。

柳千仁捂著火辣辣疼痛的臉頰，冰寒的眸子緊緊盯著眼前怒髮衝冠的女孩。黎美晴衝過來戳著黎璃的腦門要她趕快道歉，她倔強地抿緊嘴唇一聲不吭。

煩躁焦灼的感覺突然奔襲心臟，方才挨她耳光時他光顧著震驚，到此刻仍然不敢置信她會動手打人。看來這張沒什麼分量的刻紙對於她的意義非同小可。

柳千仁半垂下頭，頰旁柔軟的髮絲遮住了表情，他和她的關係在交集的最初就已註定——以惡魔的姿態出現於她的生活中。

黎璃毫不理會母親的絮絮叨叨，一聲不吭收拾了書包起身告辭。柳之賢不明就裡，手足無措看了看保持沉默的兒子，又看了看態度堅決的黎璃，萬般無奈下只得提醒她回去的路上要注意安全。

她「蹬蹬蹬」一口氣跑下樓梯，拚命忍耐的眼淚掉了下來，黎璃蹲下身一屁股坐在樓梯上倚靠著牆壁傷心哭泣。

那是卡妙的黃金聖衣，是裴尚軒送給自己的禮物啊！她越想越難受，把腦袋埋在臂彎裡不肯抬起來。

從樓上下來的腳步聲停在她旁邊，黎璃往裡側挪了挪身子以便讓對方經過，但這個人的目標顯然是她，停在她身邊一動不動。

黎璃抬起了頭，出現在視野中的陰鬱少年嚇了她一大跳。她迅速拎起書包從地上爬起來，踩著樓梯飛快往下衝。

柳千仁很快追上了她，攔在黎璃身前。她朝左一步，他也順勢移向左側；她往右想繞過去，他又堵在前面，擺明了不打算放她過關。

「你不服氣是不是？」眼看躲不過，黎璃豁出去了，挺起胸膛抬高下巴大聲說道：「我讓你打回一巴掌好了。」

路燈將他的影子拖得很長，柳千仁不聲不響站在她面前。黎璃沒戴眼鏡，看不清背光的他是什麼神情。

「打女人，這是野蠻人才幹的事。」他走前一步，拉近與她之間的距離。「妳想不想知道我為什麼討厭妳媽媽？」

黎璃頓住想要後退的腳步，靜待下文。柳千仁見自己的話語成功引起了她的注意，微勾著嘴角笑了起來。他的漂亮本已偏向陰柔，詭異的微笑更讓人覺得妖豔不似凡人，她莫名其妙就聯想到了《聊齋》裡的狐仙鬼怪，噤若寒蟬。

「我的父母因為妳媽離婚了，這就是理由。」他雲淡風輕說出了真相，刻骨的憎厭埋藏在看似乎淡的聲音下面。

黎璃明顯被這個事實打擊到了，她一直以爲柳之賢離婚後才認識了黎美晴，萬料不到竟是母親介入破壞了他人的家庭。她看著漂亮的男孩，深感抱歉。

「對不起，我……」黎璃誠心誠意爲母親做了不光彩的「第三者」道歉。難怪柳千仁這麼討厭她們母女，易地而處她也不會給人好臉色看。

黎美晴是黎美晴，她的所作所爲和黎璃沒關係，柳千仁非常清楚這一點。他本不想遷怒於黎璃，可第一次見面時這個女孩表現出的順從與欣喜讓他火冒三丈，不甘心只有自己一個人承受折磨。

他伸出手，將沒有防備一門心思道歉的女孩拉到身前。「黎璃，妳媽欠我的，就由妳來償還吧。」他滿懷怨恨地宣言，同時將手探入她的襯衣下襬。

黎璃刹那僵立，少年手掌經過的部位燃起了陌生的高熱，當他的手覆住胸前微微隆起的女性象徵，羞恥感籠罩了少女全身。她用盡氣力推開柳千仁，單手揪緊胸口的衣服，滿臉通紅。

柳千仁面色陰晴不定，他的本意是個惡劣的玩笑，可掌心觸摸到的柔軟身軀令他欲罷不能。她是個才發育的黃毛丫頭，班級裡隨便哪個女生都能把黎璃比到跳黃浦江去，偏偏是這具還沒有成熟曲線的身體讓他的下腹部湧起了熱流。

「我警告妳，別在我眼前出現。」撂下陰狠的威脅，柳千仁轉身走向居住的樓宇。

黎璃如蒙大赦，拔腿飛奔而去。她沒看見他轉過身，眼神複雜凝視著自己的背影。

秋風起，北雁南飛，上海成爲候鳥一年一度遷移的過境之地。裴尙軒迷上了看鳥，他對黎璃感慨遷徙是鳥類最奇妙的一種生活習性。

「飛越幾千公里，牠們是怎麼找到自己要去的地方？」他手搭涼篷，仰首望著城市上空飛過的鳥群，「快看，黎璃，快來看，人字形的雁群。」

黎璃忙不迭抬頭望天，果然看到小學時書本上讀到過的「排成人字形」的大雁飛過了天空。

裴尙軒意猶未盡，回頭看著黎璃：「星期天我們去南匯玩，聽說那裡的濕地有很多候鳥落腳。」

「我才不做你和韓以晨的電燈泡呢。」她一口回絕，莫名情緒抑鬱。

「以晨不喜歡鳥，她說長羽毛尖嘴巴的東西都很可怕。我們從菜市場經過，她看到老母雞都會尖叫。」裴尙軒抱怨不已，「妳比她勇敢多了。」

可惜勇敢的女孩你不喜歡。黎璃在心中輕蔑冷哼。裴尙軒或許永無機會明瞭她的勇敢全來源於他，十四歲生日那天他如此要求。他說過的話，好像在她心裡裝上了一部留聲機，不會隨著年華流逝而蒼老。

裴尙軒習慣性揉她的短髮，冷峻少年在她面前卸下僞裝的酷哥面具，即使被她罵作「笨蛋」也不會生氣動怒。他的聲音經過變聲期後轉爲磁性好聽的男中音，黎璃常取笑他光憑聲音也能迷倒一片女生了。現在他正用這把迷惑人的聲線央求她陪自己去南匯看望經過上海的候鳥，他說：「妳就不想看看嗎？也許明年還能再見，也可能一輩子都不會再見了。」

我沒事幹嘛要和一隻鳥再見啊？黎璃覺得裴尙軒有些走火入魔了，剛想開口嘲諷他是「爲賦新詞強說愁」，卻突然聯想到有一天自己和他也將不可避免面臨分離，就像候鳥離開棲息之地開始漫長的旅程，誰都不知道能不能如期歸來。

「好，就當作陪你這個笨蛋去秋遊。」最終從她嘴裡說出來的話，變成了這樣。

星期天秋高氣爽陽光明媚，黎璃和裴尙軒坐車到人民廣場換了去南匯的班車。車行緩慢，外灘這一段路堵車厲害，裴尙軒枕著黎璃的肩膀沉沉睡去。

她享受著與他難得的肢體接觸，俊秀的少年是她十五年人生中最好的朋友，但他不可能喜歡她。

汽車開上斜拉索架構的南浦大橋，開發浦東的決策讓黃浦江另一邊的土地成爲全世界關注的焦點。原先荒蕪的農田翻新成寬闊的大道，低矮平房變成了高樓廣廈，橫跨黃浦江兩岸的南浦大橋也在去年十一月建成通車了，這個城市日新月異發展迅猛，黎璃覺得自己的時間也被帶動著飛快流逝。

她推醒裴尙軒，第一次認眞問他初中畢業後有何打算。「你準備讀高中嗎？」

裴尙軒打了個哈欠，透過車窗望著遠處濛濛的黃浦江水，他頗有自知之明地笑笑：「黎璃，我的成績絕對進不了高中。」

「我替你補習，你裴尙軒又不是眞的笨蛋。」聽他的口吻是決心放棄繼續升學了，黎璃一陣難過。

他注視她半晌，用非比尋常的認眞眼神。「黎璃，我對讀書考大學沒有興趣，別浪費妳自己的時間來幫我。」他緩緩開口，隱約帶有留戀之意，「以後妳會習慣，另一個人做妳的同桌。」

黎璃看到了現實，裴尙軒和她不在同一個世界。

彷彿候鳥過境，只是短暫居留。

他們在南匯轉了半天車，好不容易來到傳說中的濕地灘塗，如願以償見到一大群過境候鳥飛翔降落的美景。裴尙軒滿懷感動望著前方振翅翱翔的鳥群，而黎璃看著他。

他是候鳥，離別之後她期待再見的那一個！

第五章　不能說出口的愛

天氣一日比一日涼，過境上海的候鳥全已南飛，裴尙軒的迷戀告一段落了。這般年紀的少年心性不定，他的好奇與熱情來去如風，喜歡或不喜歡也就在朝夕之間。

黎璃卻受了他的影響，在每年候鳥來往的季節抬頭仰望高樓間狹窄的天空。她有時候會想，在這些自由飛翔的精靈之中，是否有一九九一年深秋她曾經見過的那一隻鳥？

二〇〇二年上海國際電影節，法國導演雅克．貝漢帶來了他歷時四年的心血之作——《Le Peuple Migrateur》，黎璃買了兩張很貴的電影票，一個人去看。

「The migration has only one single purpose: Survival. For them, it is a promise, the promise for return.」

旁白的字幕極酷——鳥的遷徙是一個關於承諾的故事。

黎璃的眼淚，在黑暗的影院中安靜滑落。

一九九二年元旦，十二點的新年鐘聲敲響，黎璃打著哈欠翻開帶鎖的日記本，在第一頁寫了「今年我不要再喜歡裴尙軒」這十一個字。

她合上日記本，轉動鑰匙落鎖。將粉紅色HelloKitty作封面的日記本放進抽屜，黎璃躡手躡腳走到廚房打開房門，把金黃色的小小鑰匙用力扔了出去。

少女心事，除非世上還有一把相同的鑰匙，否則再無人開啓。

此後每一年，買本帶鎖的日記本，在元旦鐘聲響起那一刻寫下「今年我不要再喜歡裴尚軒」成了她的習慣，然後黎璃會打開窗子，將完成歷史使命的鑰匙扔到樓下。

第一學期的期末考試使用區裡的模擬試卷，在初三升學考之前直接把這群學生送上了較量台，用二〇〇五年最流行的一個詞彙形容就是「PK」。黎璃的成績不錯，同虹口區其他學校橫向比較下來，李鳳竹說她的成績進市重點沒有問題。

裴尚軒考得很差，韓以晨也不比他好到哪裡去。這兩個人閒置時間忙著逛公園看電影四處玩樂，成績會好才是怪事。他無所謂，打算塡志願時隨便找個中專職校再混個兩三年就能工作了，但韓以晨家裡對她的期望値卻不小。

她衝裴尚軒發脾氣，把成績下降的原因都怪罪到他頭上。裴尚軒哪裡是能受半點委屈的人，當下也發起了火，兩人就差沒把「分手」二字直接說出口。

寒假中黎璃去裴尚軒家給他補課，以他的成績連順利畢業都成問題，她自告奮勇幫他補上差距，卻沒想到學生根本不懂好好合作。看他抓耳撓腮冥思苦想的模樣，黎璃一時氣不過，抄起書本對著他的腦袋猛敲下去。

「妳幹嘛？」他吃了一擊，大喊大叫質問她是不是瘋了。

「我是要發瘋了，怎麼認識了你這樣的笨蛋！」黎璃扔下化學參考書，氣呼呼在他對面坐下，指著他的鼻子罵：「裴尚軒，昨天讓你背的公式你幹嘛不背？你成天都在想些什麼！」看他萎靡不振的沮喪樣子，她拳頭發癢想扁人的心都有了。

「以晨和我吵架了。」他悶悶不樂說道。

沒好氣翻了個白眼，果然還是因爲她嗎？黎璃歎了口氣，「你前天、昨天都說過了，我沒有失憶，不用一再重複。」

「我也沒有失憶。」裴尙軒托著腮幫凝望窗外藍天，苦惱的口吻，「黎璃，我心裡很難過，做什麼事情都沒有樂趣。妳教教我有什麼辦法可以不想她？」

如果我有辦法，也就不必爲你難過了，傻瓜。她在心底苦澀地回答了他，但現實中只能沉默相對。

「黎璃，妳也替以晨補課好不好？」他回頭，視線停在她身上，眼中的熱切讓她吐不出拒絕的詞彙。

就像好幾個月以前，櫻花盛開的季節，他對她說：「我喜歡的人，妳也要喜歡。」

黎璃點了點頭，嚴肅地翻開化學筆記本，指著自己整理的化學方程式說道：「你把這兩頁方程式背出來，我就幫她補課。」

因爲喜歡，所以願意爲那個人做任何事，無怨無悔。就像黎璃爲了裴尙軒答應替韓以晨補課，裴尙軒爲了韓以晨只用了半天時間就背出了整整兩頁的化學方程式。看他興高采烈騎著腳踏車飛馳去找韓以晨，黎璃在凜冽北風中歎了口氣，呼出的氣體與清冷空氣接觸凝結成了白霧。

小舅舅一直忘了提醒黎璃：其實喜歡一個人，是一件很辛苦的事情。特別是當你喜歡的人，愛著另外一個人。

春節到柳家向母親和繼父拜年，對於黎璃來說像是脖子上套了絞索，就等著見到柳千仁時收緊繩扣把自己勒死算了。她忘不了這個男孩對待自己的惡劣行徑，總是藉故避免與他碰面。每次避無可避不得不與他同桌進食，她要不吃得飛快趕緊離座，要不低頭猛吃，回家常常因消化不良而胃痛。

黎璃磨蹭了半天，才在外婆的敦促下心不甘情不願穿上紅色的新大衣出門。在巷口遇見了和父母一同去親戚家拜年的裴尙軒，她禮貌地先向兩位長輩拜年。

「黎璃，今天很漂亮嘛。」裴母拉著她的手細細端詳。

漂亮？這兩個字在黎璃的生活中幾乎絕跡，關於她的外表，最善意的評價是「五官端正」。說了和沒說一個樣，這年頭五官不端正的人倒是比較稀缺。她不想辜負裴母的一番好意，努力打消想要發笑的衝動。

裴尙軒的父母很喜歡黎璃，這個女孩經常來找自家那不成器的兒子，不遺餘力幫著他提高成績，這些他們都看在眼裡。裴父私下裡旁敲側擊問過裴尙軒是不是喜歡黎璃，得到的答案卻是滿不在乎的一句「我們是好朋友」。起先他們還以爲是尙軒試圖掩飾，直到後來韓以晨也加入補習小組，看看自己兒子對兩個女孩截然不同的態度，這才明白了。

可惜這麼好的女孩子，不知哪戶人家有這福氣娶回家做媳婦。裴母不止一次對丈夫嘮叨，黎璃第一眼雖然不好看，但相處久了也讓人覺得可愛。

黎璃轉頭看看從見了自己就沒說過話的裴尙軒，用胳膊肘頂了頂他，「裴尙軒，〈出師表〉、〈岳陽樓記〉都背了沒有？春節過完，我要考你的。」

他沒有像往常那樣「My God」的亂叫，穿著黑色大衣的少年身高已接近一七五，顯得玉樹臨風。

他看著黎璃，勾起嘴角笑了笑當作收到。俊朗的臉，含蓄的淺笑，無不讓黎璃的心跳悄然加快。

她忽然有一種感覺，稚嫩少年逐漸褪去青澀的外殼，慢慢走向成熟。裴尚軒，有些不一樣了。

裴尚軒揮揮手和她道別。他沒有告訴黎璃，那件火紅色的大衣讓她看上去真的靚麗了幾分。母親沒有說錯，今天她很漂亮，雖然此「漂亮」並非他用來誇獎韓以晨的那個「漂亮」。

黎璃到達母親那裡是上午十點，她在樓下溜達了十分鐘，好不容易說服自己上樓敲門。替她開門的人，恰恰是她最害怕見到的柳千仁。

乍然相見，況且是沒有外人在場相對獨立的空間，兩人臉上不自在的神情暗示著他們不約而同想起那一夜。不過僅僅瞬息之間，柳千仁已恢復了鎮定。

他微微側身請她入內，黎璃深吸口氣，目不斜視走進門。經過他身邊，她仍不由加快了步子。

「放心，我對妳沒興趣。」他低聲說道。

黎璃豁然回頭，抓住男孩漂亮臉上稍縱即逝的詭異笑容。她有自知之明，憑自己的外表想要吸引帥哥關注，那只有百分之零點一的可能性，而且還是在出糗的情況下。可是柳千仁惡意的戲弄就另當別論了。

她沒搭理他，低著頭往客廳走。柳之賢和黎美晴坐在沙發上看重播的春節聯歡晚會，黎璃立刻微笑，雙手抱拳向他們拜年。

柳之賢笑呵呵封了一個紅包當作壓歲錢送給黎璃，她客氣地稍作推辭，在黎美晴示意下收進了衣袋。她坐在母親身邊，假裝對春節晚會很感興趣，一眨不眨盯著電視機看。黎璃不敢看別的地方，與柳千仁同處一個空間給她的壓迫感太過強烈。她忘不了那天晚上他說討厭時那種帶著恨意的眼神，以及隨後肆意輕薄自己的舉止。

他是個漂亮的少年，黎璃和大多數女生一樣喜歡對帥哥品頭論足，唯獨柳千仁例外。哪怕他帥得天地變色，她只有避之唯恐不及的份。

在廚房燒菜的柳之賢發現米酒用完了，走出廚房要柳千仁去買。黎美晴哪敢勞駕這個半冷不熱陰陽怪氣的繼子，趕緊推了推女兒暗示她主動提出幫忙。

黎璃無可奈何站起身，「叔叔，讓我去吧。」

「對啊，這丫頭要多運動運動。」黎美晴比比黎璃的腰圍，「妳又胖了。」

她簡直是無語問蒼天，還在感慨自己母親的過分，又一個打擊接踵而至。柳千仁長腿一伸從沙發上起來，淡淡開口：「她不認識路，我陪她去。」黎璃懊悔大年夜外婆給菩薩上香的時候，自己怎麼就睡著了呢？

他走在她身邊，踩著一地爆竹鞭炮的碎紅殘屑。中國人過年就圖個熱鬧，儘管市政府三令五申劃出了焰火禁放區，市民卻依舊照放不誤。

黎璃裹緊大衣，時刻提防著柳千仁像上次那樣搞個突然襲擊。他不疾不徐跟著，目視前方一言不發。

到附近的雜貨店買了米酒，兩人繼續上演沉默的回程。眼看快到家門口順利完成任務，黎璃繃緊的神經放鬆了。

「黎璃。」柳千仁忽然出聲叫她的名字，他的聲音其實非常柔和悅耳，但她每次都聽得陰惻惻渾身不舒服。

她停住，轉頭看著他。

柳千仁抽出籠在衣袋裡的手，探向她的頭髮。黎璃心裡一慌，差點沒站穩摔下樓梯。她避不開他的觸碰，睜著眼像任他宰割的羔羊，心裡暗自決定他若是再敢輕薄自己，手上的玻璃瓶就朝他腦袋上招呼。她胡思亂想一臉戒備，千仁卻只是從她的髮絲間拿下一片被風吹起黏上她頭髮的鞭炮碎屑，隨手拋棄。

「啊，謝謝。」她不好意思地笑笑，自己未免大驚小怪了。

柳千仁不再看她，越過黎璃逕自上樓。她搖著頭聳聳肩，揣測柳千仁剛才肯定是神經錯亂了。

柔和親切的表情，第一次出現在那張五官精緻的臉上，她不習慣。

進入三年級下半學期，班上的學習氣氛前所未有的濃厚。各科老師搶佔每一分秒的閒置時間，常常是好幾個任課老師手拿試卷同時出現於教室門口。每當看到這種情形裴尚軒必定掩嘴偷笑，樂得跟天上掉了個金元寶似的。

他沒有宏圖壯志，曾經望子成龍的父母在經年累月家長會被點名批評後也放棄了對他的期待，只要他能考進職校將來找份工作養活自己就成了。

自從去年秋天一同去看鳥的路上明白了裴尙軒的志向，黎璃絕口不提希望他努力提高成績的事。他和她能成爲朋友最主要的原因就是黎璃尊重他的選擇。她或許並不贊同他對待人生的態度，但她不會橫加干涉。至於黎璃爲何會與截然相反的自己成爲朋友，裴尙軒始終記不得探究，似乎是最自然不過的事，回頭的時候總能看到她。

她默默守在一旁，在他需要幫助的時刻伸出援手，且毫不猶豫。

十多年過去，裴尙軒才意識到黎璃是自己生命中不可或缺的一部分。他可以失去所有，唯獨不能沒有她。

他明白的時候，她對他說：「對不起，已經太晚了。」

黎璃的眼睛度數加深了，他又陪她去配了一副眼鏡。與上一次不同的是，韓以晨也在場。

「尙軒，我戴這副好看嗎？」說是陪黎璃，韓以晨卻霸佔著裴尙軒的注意力。她挑了一副銀色金屬細框鏡架，轉頭讓他看。

漂亮女孩，就算戴著眼鏡也別有韻味。黎璃看著，自慚形穢得垂下頭，裝作精心挑選眼鏡架的樣子。

說眞心話她捨不得換，這副鏡架是裴尙軒挑的，她那點小小的心思裡總覺戴著就好像莫名與他親近了幾分，在現實裡實現不了的美夢。

黎璃認爲自己很沒用，她在元旦那天寫下的誓言壓根兒是一紙空文，她仍然每時每刻都把這個笨蛋放在心上。

十五歲的黎璃灰心喪氣，找不到辦法不去喜歡裴尙軒。

店員還是一年多前那個中年婦女，已經不記得他們了，看樣子對漂亮的少男少女很感興趣，目不轉睛盯著這兩人看，倒把正經八百要配眼鏡的黎璃給冷落在一邊。

她動了動嘴唇想抗議，但看到裴尙軒向韓以晨展露的寵溺微笑，黎璃心平氣和了。她拿著眼鏡，淡然要求只換鏡片。

這副銀紫色的鏡架她戴了很長時間，直到高中三年級被同桌無意中撞落地上再難修復。後來黎璃去配了隱形眼鏡，框架眼鏡只有在家裡的時候才會戴。

驗光後的結果嚇了裴尙軒一跳，她左眼五百度，右眼四百五十度。黎璃尙未發表意見，他已點著她的腦門數落她眞是個書呆子。

「聽著，從今天開始，不准趴在桌子上寫字，不准連眼保健操那五分鐘都用來看書，不准躺在床上複習，睡覺之前要點眼藥水。」他凶巴巴甩動那張驗光單，一臉「妳這丫頭怎麼折騰自己」的表情。「還有，把練習本後面那『四要四不要』給我每天背一遍。」

黎璃皺起了眉，他旁邊的韓以晨神情古怪。十五歲女孩的細膩心思遠非大大咧咧的男生可以揣摩。她知道韓以晨對他們的交情暗地裡頗有微詞，想想也是，畢竟頂著裴尙軒女朋友頭銜的人是韓以晨而非她黎璃。

她牽動嘴角譏誚地笑了笑，和裴尙軒做朋友必須要面對的頭一個問題就是如何與他的女友和平共處。她是他的好朋友，被要求喜歡他所喜歡的人。

在漫長的歲月中黎璃不斷問自己：裴尙軒究竟知不知道自己對他的感情？後來她終於找到機

會問了，手中轉著紅酒杯子，劉雅麗磁性的聲音在唱：「……夜闌人靜處，當聽到這闋柔柔的Saxophone，想起你茫然於漆黑夜半……」

這是一部當年風靡上海的香港電視劇主題歌。播放的時候她讀大學，室友帶來一台十四吋黑白電視機，每個夜晚看電視之前必定要調整半天天線，但樂此不疲。

四個女人的故事，全寢室七個人守在十四吋螢幕前看她們的愛恨別離。黎璃想起了裴尚軒，想起自己等待的候鳥，在半夜把臉埋進枕頭無聲流淚。

裴尚軒結婚之前找黎璃去酒吧喝酒，她用點唱機點了〈我和春天有個約會〉這首歌。一年年過去，飛走的候鳥並沒有如期歸來，而她癡癡的等候卻到了盡頭。

「你有沒有想過，我可能喜歡你？」黎璃笑著問，她的五官仍然平凡，但精心打理過的頭髮和自然的淡妝彌補了不足，她比長久歲月中任何時刻都要美麗。

他要了一杯Tequila，看著無色透明的酒液挑起嘴角邪魅地笑笑，「黎璃，妳還記得我們很久以前打過賭嗎？」

黎璃默然不語，她從來沒有忘記自己欠著他一個賭注沒有兌現。一九九〇年義大利世界盃，她喜歡的阿根廷輸了決賽，「風之子」卡尼吉亞黯然神傷的表情令她刻骨銘心。

「其實妳應該支持德國，妳始終是個理性的人。」他的眼神裡有一絲蒼涼嘲諷，「妳怎麼可能喜歡一無是處的我？」

她幾乎脫口而出：「誰說我不會喜歡？」終究將歎息融入豔紅如寶石的酒液中。

的確，她是一個冷靜理智的女人。她愛了他十幾年，卻連告白都只用「可能」這兩個字。黎璃偶爾假設自己若是有勇氣對他說一句「喜歡」，也許the promise for return will come true。奈何生活不允許假設存在，尤其是他就要結婚了，他們身後已經無路可退。

在一九九二年五月一日勞動節之前，黎璃拿到了自己的眼鏡。

新度數的鏡片，舊的鏡架。

黎璃替韓以晨最後一次補習功課是在教室裡，值日生掃完地後把鑰匙留下叮囑她們記得走時鎖門。裴尚軒在樓下操場打籃球，等著補習結束送韓以晨回家。

「妳的第一志願是虹口中學，只要發揮正常應該沒問題。」黎璃做過虹口中學的直升試卷，比起復旦附中那一級別的市重點，簡直是小巫見大巫。她參加過復旦附中提前進行的招生考，那個題目才叫眞正的恐怖。

黎璃的第一志願是復興中學，一方面離家比較近，另一方面她覺得同樣是市重點，相比復旦附中，復興就少了些咄咄逼人的架勢。

韓以晨整理了書包，看了看黎璃欲言又止。她察覺到異樣，放下試卷抬頭看著漂亮的女孩。

「妳，是因爲裴尚軒才這樣幫我，對不對？」韓以晨笑顏如花，和平時沒什麼區別。黎璃覺得她話裡有話，一聲不吭等著她繼續說下去。

「說實話，我很不想欠妳人情。」馬上就要畢業了，韓以晨覺得沒必要再假裝友善，兩個月前裴尚軒在眼鏡店對黎璃的關懷備至讓她感覺既不舒服又有點不安，心裡一直琢磨著有機會要和黎璃攤牌宣示所有權。

黎璃平靜地瞥了她一眼，頗爲諷刺地笑笑。「那麼，然後呢？」她神色自若，腦海裡浮起了「飛鳥盡，良弓藏」這句成語。宋太祖那招「杯酒釋兵權」算得上文質彬彬了，朱元璋可是直接來了個「火燒功臣樓」。她腦子裡想著些有的沒的，到後來忍不住噗哧笑出了聲。

韓以晨是個聰明人，不像裴尙軒那樣反應遲鈍，自然聽出黎璃笑聲中的嘲弄。她面色不變，「我不管妳對尙軒是什麼意思，他是我的男朋友，我不會讓給妳。」

被韓以晨看出了心思，黎璃心頭一驚，難道自己對裴尙軒的喜歡已經這樣明顯了？警戒地打量美麗的少女，她飛快做著推測判斷韓以晨瞭解多少內幕。「妳想讓，我就一定會接收？」她咬咬牙下注，賭韓以晨是在欲擒故縱。

韓以晨並沒有確切證據肯定黎璃喜歡裴尙軒，比如說發現情書或者聽到告白什麼的，她僅僅是放出誘餌等著魚兒自動上鉤，若對方果眞有這個心思，難免會心虛。黎璃的反問出乎她意料之外，韓以晨預先準備了兩套答詞分別針對她的肯定或否定，此刻都派不上用場，一時間啞口無言。

黎璃不想再與她多做糾纏，整理了書包打算回家。韓以晨再度開口：「李老師找妳問過話，是嗎？」她和裴尙軒的交往紙包不住火，斷斷續續傳到了李鳳竹耳朵裡。早戀在一九九二年的中學校園屬於非同小可的嚴肅事件，班導分別找他們談過話。

這對少年戀人也不是傻瓜，理直氣壯否認之餘還把黎璃扯了進來，聲稱他們三個人都是好朋友。

李鳳竹將信將疑，這個問題後來漸漸沒了聲息不了了之。裴尙軒詢問過黎璃，她一直沒對他們透露班導究竟有沒有找過自己對質。

「很重要嗎？」黎璃問道。韓以晨坐在她對面，美麗的臉近在咫尺。她突然有一種衝動，想把這張臉打碎揉爛讓人再也認不出來。黎璃的手擺在桌下，暗暗握緊了拳頭，指甲狠力嵌著掌心，她下意識咬住嘴唇做出了裴尙軒形容過的「自虐」行爲。

「我只想知道李老師後來不再追究是不是因爲妳替我們隱瞞了。」韓以晨更想弄清楚所有這些事的理由是否都爲了裴尙軒。

暮色蒼茫，黎璃的嘴唇破了。她的舌尖舔過唇，腥甜的血刺激著味蕾。

「韓以晨，聰明的女人最好記得一件事，別問那麼多。」她拎起書包，起身向門口走去。

黎璃在樓梯上碰到抱著籃球的裴尙軒，他拍了拍她的頭，代替韓以晨說了一句「謝謝」。

她沒有必要承認所有這些事都是爲了他，因爲這根本就是事實。

第六章　青春是一首充滿離愁的歌

黎璃如願以償進了復興中學，韓以晨考進了虹口中學，而裴尚軒也踩著最低錄取線進了金融職校。彷彿一部電影，演著皆大歡喜的結局。

裴尚軒約黎璃暑假去游泳。黎璃是個旱鴨子，極度畏水，套著個救生圈還怕淹死的人。初二夏天他教過黎璃閉氣和蛙式，結果不知怎麼她閉著閉著就沉了下去，一陣兵荒馬亂之後把她撈上了岸，黎璃死活都不敢再下水了。

去學校拿成績單的那天，裴尚軒和黎璃在巷口碰巧遇見，像平日那樣並肩往學校方向走去。他彷若無意，說起這恐怕是最後一次同行。

黎璃一下子就傷感了。一朝聚首，轉眼風流雲散，十五歲的少年男女比起小學畢業那時的懵懂無知，更深刻體驗到離情別緒帶來的傷懷。朝夕相處的同伴，終有一天各自離散。茫茫人海，未來的人生不斷會有新顏替代舊貌，誰能保證一輩子記得身邊每一張臉。

中考之前最後一次班會，答錄機裡放著小虎隊解散前最後一張專輯，每一首歌都在祝福明天重聚，但同時無奈坦承分離不可避免。不管平日關係如何，這群同齡人淚流滿面手拉著手唱〈驪歌〉，唱〈放心去飛〉，一笑泯恩仇。

那天放學，韓以晨的母親接她去親戚家吃飯，裴尚軒帶著黎璃去黃浦公園吹風。

他打開書包，把原先被任課老師沒收的東西全倒在草地上，仰面躺倒。「丫頭，以後妳會不會裝作不認識我？」

「幹嘛問這麼奇怪的問題？」黎璃不解，慢條斯理替他撿起散了一地的雜物，一樣樣塞回他的書包。

他不言語，拿起掉落在一旁的口琴，胡亂擦了擦灰放到唇邊。輕輕吹出一個音符，裴尚軒衝黎璃咧嘴一笑：「我送一首曲子給妳，只送給妳的。」

斜陽西沉，粼粼水波折射落日餘暉，她靜靜聽著〈友誼天長地久〉悠揚哀婉的曲調在耳畔低迴，他的口琴吹得相當不錯。音樂老師在教他們吹這首曲子時曾經說過，在蘇格蘭的酒館裡，樂隊用它作爲當晚營業結束的曲目。每一小節完成後，一個團員就會熄滅面前的蠟燭，等到燭光全部滅了，預示著離別。

那一天，她聽懂了他藉著音樂傳遞給自己的訊息——我們的友誼，地久天長！

夏日無風，驕陽似火。裴尚軒轉身面對她，仗著身高優勢揉亂她的短髮。「黎璃，我們去游泳，今年我非要教會妳不可。」

她抬起頭，他的手指在她的髮絲間穿插，離去的時候有一兩根頭髮絞著他的手指被一同帶出，拉扯中很疼。「好。」黎璃簡潔地答覆。

他們去了虹口體育場的游泳池，排隊的人很多。黎璃抱著鵝黃色的救生圈，像抓著救命稻草般不肯放手。

「依賴救生圈，妳一輩子都學不會游泳。」裴尚軒皺著眉頭找救生圈的氣門，打算把氣放掉。

黎璃察覺了他的企圖，連忙把氣門轉到自己胸前，緊緊壓著不讓他動手。「裴尚軒，你想謀殺我啊？」

「不可理喻。妳旁邊的小學生都比妳膽子大。」他雙手抱胸冷哼，諷刺她一會兒乾脆去娃娃池戲水得了。黎璃翻著白眼，不予理會。

她沒有游泳證，先到了體檢處檢查身體。披著白袍貌似醫生的婦女翻了翻她的眼皮，確定沒有砂眼當場就給蓋了印章。黎璃拿著現辦的游泳證大惑不解走回裴尚軒身邊，狐疑地問這樣的體檢能查出什麼毛病來。

「妳管那麼多幹嘛？快去換泳衣。我在更衣室外面等妳。」裴尚軒踹了一腳，把黎璃踢進女更衣室的門。

黎璃的泳衣還是去年夏天小舅舅的女朋友陪她去體育用品商店買的，嚴麗明挑了一件桃紅色底白色小碎花的泳衣，她只穿了一次就束之高閣了。

脫下衣服把自己塞進泳衣，黎璃看著胸前的突起尷尬起來。去年她剛剛發育，還看不出端倪，今年就大不一樣了。緊身的泳衣不比平常寬鬆的衣物，將她胸部的輪廓勾勒得分外明顯。

黎璃左右張望，偷偷比較和自己差不多歲數的女孩，發現大家基本上都很有曲線的樣子，她才稍稍安了點心。

沖濕了身體，黎璃套著救生圈跑出了更衣室。

裴尚軒正等得不耐煩，心想一會兒黎璃這丫頭出來非得好好罵罵她像個烏龜，眼前突然躍入一抹鮮豔的桃紅。

他定睛細看，確定那個女孩眞的是黎璃。十五歲的少年愣了愣，第一次發現了被當作死黨的女孩身體上的變化。

韓以晨的發育比黎璃早，去年和以晨游泳的時候他就已明白女性身軀會發生的改變。只是他壓根兒沒想過黎璃也會變，在他毫無所覺中有了起伏的線條。

「裴尙軒？」黎璃見他直勾勾盯著自己看，頓時臉紅得如煮熟的蝦子。她幾乎想逃回更衣室，趕快換下這身丟人的泳衣。

「哦。」男孩被叫回了魂，不好意思抓了抓頭髮，順勢牽起她的手奔向泳池。陽光曝曬下的水泥地面燙著腳心，兩人跑得飛快。

「撲通」、「撲通」兩聲巨響，裴尙軒率先跳入池中，而黎璃則因爲慣性和他的用力一拉跌了下來。

「救命啊！」黎璃閉著眼雙手亂揮一氣，根本忘了自己套著救生圈淹不死人。

裴尙軒扒著她的救生圈哈哈大笑，她悄悄睜開了一條縫確定安全無虞，瞥見他得意洋洋的神情惡作劇之心頓起，掬起一捧水朝著他的面門潑了上去。

他沒有防備被潑了個正著，齜牙咧嘴嚷嚷著要報復。黎璃趕緊蹬腿擺手划著水，想要儘快逃離。

裴尙軒抓住了黎璃，按著她的腦袋壓入水中重新教她閉氣。她掙扎了兩下，探頭上來悲戚說道：「裴尙軒，萬一我死了，你記得要來拜我。」

「去妳的。」他忍俊不禁，罵了一句髒話。

黎璃這次學游泳出乎意料的認眞，把腦袋扎進水裡半天沒抬起來。他慌了神，剛想潛下去看看她有沒有事，她卻猛然抬頭出了水面。

「裴尚軒。」黎璃伸出手緊緊抱住他的脖子，臉上的水分不清究竟是何種液體。「裴尚軒，我們還是朋友，對不對？」

他的心頭興起一絲陌生的感覺，他明瞭黎璃在害怕什麼，這同樣也是他說不出口的擔憂。那一天他在黃浦江邊，只能用口琴訴說心裡的憂鬱，分別後的他們還是不是朋友？十五歲的少年抱著身軀微顫的女孩，爲了掩飾自己眞實的情緒故意粗聲粗氣說道：「傻瓜，一輩子都不會變。」

泳池人聲鼎沸，在他開口瞬間黎璃的耳朵忽然隔絕了所有嘈雜，這句話無比清晰進入她耳中，繼而刻入靈魂深處。

八月中旬黎璃接到復興中學的錄取通知書前去報到並參加了軍訓，和即將共度三年的同窗有了初步的接觸。全班同學原先差不多都是區裡各校頂尖的學生，聚在一起誰也不服氣誰。黎璃不聲不響在一邊觀望，沒有裴尚軒的地方讓她意興闌珊。

十天軍訓，黎璃和一個名叫李君的女孩成了熟人。她倆個頭一般，列隊時自然排在一起。李君是個開朗的女孩，比黎璃更胖還好吃。軍訓休息時一人一個肉包當點心，她吃完一個嚷嚷著才三分飽還不如不吃。

黎璃始終認爲胖子通常都不是壞人，沒什麼科學根據，她就這麼認爲了。她的身材偏胖，肉鼓鼓的臉總瘦不下來，嚴格說來也能算是小胖子。反正她心眼不壞，又覺得但凡胖子整天想得莫過於多吃多睡一點，哪有閒置時間去琢磨整人這事？所以黎璃和胖嘟嘟的李君軍訓那幾天混熟了，安排同桌時自然坐在了一起。

軍訓彙報在虹口體育場裡舉行，虹口區所有的高中都到了。黎璃在人群中發現了韓以晨，虹口中學和復興一樣的裝束，白襯衣藍線褲。多年後裴尙軒翻到黎璃高中時期第一張集體照，看著她軍訓時的裝扮，撇了撇嘴不屑地評價——土得掉渣。

她沒有告訴他那天韓以晨也這麼穿，但這身裝扮絲毫不減她的美麗。她清楚記得軍訓匯演當天，長袖長褲害得自己汗流浹背叫苦連天，拿手當扇子拚命搧風。因此遠遠望著彷似對火熱天氣缺乏感覺的漂亮女孩，黎璃的不快更上一層樓，心想連老天都要欺負身材不苗條的人。她下意識躲到和自己一樣熱得冒煙的李君背後，希望韓以晨沒瞧見自己。

韓以晨看到了黎璃，穿過人群向她走了過來。她可以感覺到與自己同一方陣的男生發出了不小的騷動，無奈歎了歎氣，自覺迎上前去。

黎璃從小就認清了現實，外在的美麗比內在的聰慧更容易被人看到，因此美女一定比才女有市場受歡迎。

韓以晨很誇張地送給黎璃一個擁抱，她不需要顧忌形象氣質這些於己無關的詞彙，大大方方翻了個白眼。她不清楚韓以晨是否知道那天裴尙軒帶自己去游泳的事，有點心虛。

「我們的較量，從今天開始了。」韓以晨說道。

黎璃眨著眼，心虛到底氣不足。她喜歡裴尙軒，還和他在游泳池裡擁抱了，雖然只是朋友間最普通不過的那種抱法，她還是覺得像搶了人家的男朋友似的。儘管她認識裴尙軒遠遠早於韓以晨，黎璃仍然過意不去。

她後來漸漸明白：愛情這場戰爭，臉皮厚的人贏面佔優。

韓以晨俏皮地對她吐吐舌頭，笑容燦爛地說：「怎麼樣，老師的口吻我學得像不像？」黎璃想起報到第一天班導說過類似意思的話，噗哧笑了出來。

韓以晨的同學在大聲叫她回去，她招招手回轉身看著黎璃，目光深遠。「黎璃，有一句話我忘了告訴妳，我很喜歡裴尚軒。」

黎璃私下裡承認自己嫉妒韓以晨，不僅爲了她漂亮的外表，還因爲她能毫無顧忌地說出「喜歡」這兩個字。虧得裴尚軒還誇她勇敢，她卻連告白的勇氣都沒有。

「我知道。」黎璃面無表情應聲。

她走回自己的佇列，李君好奇地問那個漂亮女生是不是她的朋友。黎璃抬起眼簾掃了一眼虹口中學的方陣，嘴角彎起譏誚一笑。

「不是。」她一口否定。韓以晨是來宣示主權的，她不可能無緣無故說關於較量的那番話。一時間黎璃幾乎要笑對方小題大做了，裴尚軒不過是教了自己幾次游泳，居然能讓美麗自信的韓以晨如臨大敵？

黎璃看著李君，抬起手捏捏她的臉頰，慢悠悠歎息：「女人啊，一旦戀愛就會變成神經質。」

黎璃班上近視眼很多，每到上課一片嘩啦啦開眼鏡盒的聲音，白髮蒼蒼的數學老師站在講台上，笑瞇瞇地說下面的反光很耀眼。

黎璃便挺直身子四下望望，果然都是如自己這樣的眼鏡族，不禁產生了一種找到同類的感覺。很多年以後她回憶青蔥歲月，黎璃想或許是自己先劃下了一條看不見的界線：她在循規蹈矩中尋找同伴，固執地認爲他是肆意飛翔的鳥。她認定彼此的世界不可能重合，便放棄了嘗試。

那個總說她戴眼鏡難看的少年不在身邊了，她的同桌是李君，比她上課更認眞聽講的好學生。黎璃默默翻開書本，強迫自己淡忘裴尚軒。

她的高中學習從一開始就很忙，復興中學每年驚人的高考升學率一方面得益於資深教師的授課，另一方面也需要學生自身的配合。

黎國強和嚴麗明結婚的事也擺上了議事日程。黎璃在母親結婚後一直寄住在外婆家，現在小舅舅要結婚了，她繼續住著顯然不太方便。

黎國強有些爲難，捨不得從小疼愛的外甥女，可骨子裡有上海男人的特性——天大地大老婆最大。嚴麗明能忍受和婆婆住一起，但說什麼也接受不了黎國強嫁出去的姐姐留下小孩和自己同住，她也有上海女人的特性——精明、小心眼。

住房問題成了黎家紛爭的開始，黎美晴在夫家明裡暗裡受了柳千仁不少的氣，實在不敢想像把黎璃帶過去那個桀驁不馴的小子會說多少難聽的話，她堅持要把女兒留在娘家。黎國強本來態度搖擺不定，黎美晴這一撒潑，他的倔脾氣也上來了，非要把黎璃趕到姐夫家去住，還用「不孝有三，無後爲大」要脅母親站在自己這邊。

黎璃沉默旁觀，索然無味。來找她敘舊的裴尚軒站在門口聽到裡間罵罵咧咧的聲音，皺了皺眉頭。她用最快的速度穿過廚房走了出來，關門的時候動作幅度過大，砰然巨響。

「走吧。」黎璃抬起頭，臉上不見陰霾，爽爽朗朗的笑。

他覺得她並不快樂，像是壓抑了什麼似的。愛情令粗心的男孩變得細膩，連帶著對自己的死黨也關懷備至。

裴尙軒停住腳步，按著黎璃的肩膀要她抬起頭來。她聽話照做，等他說話。

「黎璃，我們是好朋友，對不對？」少年表情嚴肅。

她點點頭，「嗯」了一聲。好朋友這三個字讓黎璃又是高興又是黯然，既欣喜於友情不曾褪色，又爲了不可能改變的關係難過不已。

「所以黎璃，妳在我面前不要裝了。」明亮的眼眸中閃過心疼，他猜測這個女孩是不是一直用笑臉掩飾著心酸，連哭泣都只在無人的角落？就像那天寂靜的教室，她一個人流淚。那抹孤單的影像深深刻於心版，居然想忘也忘不掉，因此他覺得這是上天給他的啓示：作爲黎璃的好朋友，自己有義務讓她快樂起來。

黎璃明白他在說什麼，裴尙軒的溫柔她不能要，這會讓她越來越依賴他。成年後的女子審視著自己走過的十五年，驚訝地發現竟難得有眞情流露的時刻。於是茫然中微笑，如寂寞盛開的花。

「不知所謂的笨蛋。」她倔強地仰著頭，嘴角弧度咧得更大，「裴尙軒，你是不是和韓以晨甜言蜜語說太多了？」

意外地，裴尙軒沒有反駁，只是伸出手臂將她擁入懷中。他用手按著黎璃的頭壓向胸口，像當日教她游泳那樣不肯放手。黎璃掙扎了一陣，忽然放棄了抵抗，抱住裴尙軒的腰低低啜泣。

她斷斷續續將最近家裡把自己當作皮球踢來踢去的事情告訴了他，少年衝動地捏緊了拳頭。「太過分了，黎璃，他們怎麼能這樣對妳！尤其是妳媽，妳是她的女兒啊！」說著他就準備轉身衝向黎璃家，找那幾個不講理的大人理論去。

黎璃死死抱住裴尙軒，「笨蛋，你發什麼神經！要你來多管閒事！」右手握拳，猛地捶擊他的胸膛，力道之猛讓他吃痛不小。裴尙軒手按前胸，忿忿瞧著黎璃。

「妳別狗咬呂洞賓，不識好人心。別人的事情我還懶得管呢。」甩開她的手，少年頭也不回大踏步離開。

他生氣了。黎璃望著迎向夕陽大步而行的少年背影，咬緊了嘴唇。若是他回頭看見，一定會說「妳怎麼又自虐」了，但是裴尙軒沒有回頭。

黎璃不知道的是，這一次離別之後，她要隔上很久才重新見到了他。而等到他們再度相遇，一切又都不同了。

黎璃是從鄧劍峰那裡聽說裴尙軒出事了。鄧劍峰這個不求上進的傢伙和裴尙軒進了同一所職校，因著初中同班的緣故關係比一般人都鐵。學校周邊的小混混領教過這兩人聯手的厲害，甘拜下風跟著他們兩個混。

黎璃忙著整理自己的書籍和衣物，春節之前她就要搬到柳家和母親一起生活。黎美晴終究理虧，和柳之賢商量後把客廳外的陽台封閉了，闢了一個小隔間給黎璃擺了一張床和狹小的兩層衣櫃。至於她讀書寫作業，就不得不到柳千仁的房間與他共用一張書桌了。

黎璃一聲不吭接受了這個決定，暗中提醒自己以後在學校就得把功課做完。她的沉默讓黎國強很是愧疚，覺得外甥女一下子同自己疏遠了。

爲了在黎璃走之前盡力彌補未來妻子的不近情理造成的裂痕，黎國強特意在休息日帶黎璃上街買運動鞋。他們就是在市百一店Nike的專櫃遇到了鄧劍峰。

黎璃和鄧劍峰並不熟絡，初中同班的男生她就只和裴尙軒關係融洽。見到鄧劍峰，黎璃笑著打了個招呼，想起裴尙軒好久不見，便問了一句他的近況。

鄧劍峰一臉驚詫，「妳不知道啊？妳和裴尙軒關係這麼好都不知道這件事？」

她的心跳突突加快，有不祥的預感。「我很久沒見到他了，到底發生了什麼事？」

「具體原因我也不清楚，裴尙軒被抓起來了，聽說要送到少教所去。」

黎璃如遭雷擊，連小舅舅叫自己的聲音都沒聽到。她不記得自己是如何與鄧劍峰道別，又是如何跟著黎國強回到家裡，她腦子裡只有一個念頭：才過了一個半月，怎麼會變成這樣？

黎璃回家第一件事便是跑過四條巷弄來到裴尙軒的家裡。她按著門鈴，又怕樓上的人聽不到，同時用力敲門並高聲叫著他的名字。

很快，有人下樓來打開了門，是裴父。

「黎璃。」他叫著她的名字，動動嘴唇想說些什麼，最終卻是表情凝重歎了口氣。

「叔叔，尙軒呢？我聽說他出事了，上次見到他還好好的。」黎璃看到裴父欲言又止的樣子，一顆心不住往下沉，那「萬一是玩笑」的念頭也已支離破碎。她急出了眼淚。

「上去再說，妳順便勸勸阿姨別太難過了。」裴父是一臉恨鐵不成鋼的表情。黎璃慌了，三步併作兩步衝到樓上。推開門，俊朗高大的少年不在房裡。

「小璃。」裴母看到黎璃，把她抱在懷裡，一把鼻涕一把眼淚嗚嗚說道：「我可怎麼辦哦，辛辛苦苦把他養大，現在要送去坐牢了。」

坐牢這兩個字，讓黎璃的心猛然一顫。她急切地詢問究竟發生了什麼事。

「那個小狐狸精，我一看就不是什麼好人。尚軒要給她害死了。」裴母咬牙切齒道。她是誰？韓以晨嗎？黎璃茫然不解。

事情並不複雜，裴尚軒和韓以晨偷嚐禁果時被韓以晨的爸爸發現了，他堅持報警。因為韓以晨還是未成年人，裴尚軒的行為遂被認定是強暴。

瞭解來龍去脈後，她的腦海一片空白，說不出心頭空蕩蕩的感覺從何而來。十五歲的少女對「性」一知半解，《青少年保護條例》中關於性侵害的部分在班會上也是匆匆帶過，她實在沒弄明白裴尚軒和韓以晨明明兩情相悅怎麼就扯到了強暴？這個罪名她聽新聞裡提過，相當嚴重。

黎璃用牙疼作藉口請了病假，去虹口中學找韓以晨。打電話到她家，一聽到她的聲音韓以晨就直接掛電話，根本不給黎璃開口的機會。

黎璃無計可施，只能找到學校去。她拿著復興中學的校徽給門衛看，聲稱是來聯繫工作的，順順利利進了校門。

她不知道韓以晨所在的班級，在高一年級的走廊上隨便找了個男同學詢問。漂亮女生在校園裡是惹人注目的存在，果然男生告訴她韓以晨在五班。

她在教室門口看到瞭望著窗外發呆的韓以晨。黎璃大叫一聲，韓以晨回轉過頭。她的臉很白，無血色的白。黎璃看著這張臉，心頭泛起了恐懼。她有預感，韓以晨也救不了裴尚軒。

「我無能爲力。」韓以晨細聲細氣說道，美麗的臉像沒有生命的娃娃，省去了一切表情。「我求過爸爸，沒有用。」

「妳不能這樣對尚軒。妳忘了妳對我說過，妳很喜歡他？」黎璃不顧一切抓著她的肩膀拚命搖晃，「韓以晨，妳去告訴員警，他沒做壞事。妳去啊！」

韓以晨被搖得頭髮散亂，她無動於衷等待黎璃無力爲止。黎璃的希望一點一滴泯滅，眼前這個神情空洞的漂亮女孩令她絕望，她放開手退後一步。

「黎璃，我把他還給妳。是我害了他，替我說句對不起。」說完，她轉過身向教學樓走去。

黎璃站在虹口中學的操場上，上課的鈴聲震得她耳膜疼痛。她像是站在孤島，周圍是茫然無邊際的大海，盼望著海平面能出現希望的風帆。

天空飛過排列整齊的雁群，遷徙的季節又到了。

無力的挫敗感刹那間擊中了黎璃，她在陌生的校園蹲下身子號啕大哭。

第七章　最初的吻

黎璃跟著裴尙軒的父母去派出所看望被暫時拘押的少年，他不願見黎璃，堅持等她退出會客室才肯露面。

黎璃心裡難受，跑到派出所外面掉眼淚。裴父隨後跟了出來，安慰性質地拍拍黎璃肩膀，神色尷尬說道：「小璃，尙軒他做錯了事不敢面對妳，妳別怪他。」

等她回到家緩過神來，才發現這句話的意思值得推敲，倒像是裴尙軒成了自己的男朋友似的。

也許他的父母是喜歡自己的，但是男主角喜歡著別人。慢慢長大，看多了聚散離合的故事，黎璃更加相信人生不存在十全十美。總會有人不喜歡你，常常就是你最在意的那一個。

黎璃去過兩次位於松江的少教所。裴尙軒仍然拒絕見她，也不管她換了幾部車大老遠從市區過來，出人意料地倔強。黎璃在少教所門外罵了好幾遍「笨蛋」，到最後淚流滿面。

他失去了自由，要在高牆後面度過三年時光。黎璃不知道裴尙軒是否後悔遇到韓以晨，她寫信給他，像解奧數難題那樣執著地想瞭解答案。

裴尙軒沒有回信，她寄過去的信件如同石沉大海。黎璃恍然大悟：他決心和過去一刀兩斷，連同往事中所有走過場的人。

她依舊寫信，小心吹乾墨跡把信紙折疊成心形。李君教過黎璃好幾次，她的動手能力至今未有長進，學了半天還是折得很難看。將信紙塞進信封仔細封了口，黎璃打開最後一層抽屜，把信和衣服下面的日記本藏在一起。

她已經搬到繼父家同住，在客廳闢出的小隔間內思念裴尚軒，和柳千仁偶爾交集。柳千仁是高三學生，高考就像懸在頭頂的達摩克里斯之劍，不容許半點鬆懈。

對於黎璃的入住，他出人意料保持沉默。黎美晴沾沾自喜，以為柳千仁終於接受了自己，黎璃卻隱約覺得更可怕。

他早出晚歸，和她打照面的機會並不多。但就在有限的幾次接觸中，黎璃總是被他陰沉的眼神驚嚇到，常常需要很久才能靜下心來。

更讓黎璃彆扭的是，每次她的作業多到在學校裡實在做不完不得不帶回家繼續時，柳之賢總要她到千仁哥哥的房間裡做，說趴在茶几上會影響視力，而柳千仁的房間不僅光線充足，還能保持良好的書寫姿勢。繼父的一番好意她不好意思拒絕，只能抓緊柳千仁回來之前的那段空白時間飛快算題。

起初黎璃壓根兒不敢打量柳千仁的房間，從走進房間第一步起就有莫名的壓力。連續去了幾次之後她稍稍大起了膽子，在思考解題方法的同時順便看看他的房間。

和柳千仁第一眼讓人分辨不清男女的陰柔美不同，他的房間一看就知道是男生所有，書櫥最上一層擺滿了步兵模型。初中時刮過一陣模型風，班上的男生迷得要死，下課後擺開一大群步兵在課桌上攻城拔寨，每天放學便衝到學校對面的小店看這種塑膠製的步兵小人有沒有新貨到來。裴尚軒常常把陣地設在黎璃這邊的課桌，她對這些男生喜歡的玩意兒並不陌生。

黎璃情不自禁想念起裴尙軒，這個總被自己罵作「笨蛋」的男孩，現在過得好不好？他是生性不羈熱愛自由的人，在那個沒有自由的地方他能適應嗎？

她沉浸在自己的情緒中，以至於沒有聽到柳千仁回來的聲音。漂亮的男孩推開臥室房門，看到名義上的「妹妹」正對著自己的書櫥發呆。他悄悄關上門，斜倚著牆一眨不眨緊盯黎璃。微微一聲輕咳，他喚醒顯然處於神遊狀態的少女。

黎璃慌忙側轉腦袋，發現了門邊的他。她立刻從轉椅中起身，七手八腳收拾書桌上的課本，一邊低聲道歉：「對不起，我佔用了你的地方。」他高三了，課業繁忙，每天都有做不完的試卷和講義。黎璃半夜起床去上廁所，經常能從他的房門底縫看到漏出的燈光。

柳千仁默然不語，看著她抱起書本講義離開書桌向門口走來。他沒有讓開，在她走到面前時突然伸出手，雙手捧住她的臉強迫黎璃抬起頭看著自己。

他很久沒去理髮，前額的頭髮長得快蓋住了眼睛，幽深瞳仁在黑色髮絲掩映下肆無忌憚盯著她看。

黎璃先是嚇了一跳，不解他有何用意，呆愣愣與他四目相視。柳千仁勾起嘴角無聲地笑笑，他的嘴唇很薄，缺少血色的淺粉紅，略略透著蒼白。

不由自主脫口而出：「你，多注意休息，別給自己太大壓力。」話一說出口黎璃就懊惱地想要咬掉舌頭，柳千仁關我什麼事？

他無動於衷聽著，手指捏住她圓潤的下巴，眼神複雜得讓她猜不透。黎璃騰出一隻手，稍用了點力氣拂開他。

「妳，是不是在想那個小子？」柳千仁淡淡問道。他記得有一年去她外婆家吃飯，在狹長的巷弄裡遇見她和一個個子挺高的男生打鬧著從身邊經過。她沒有看到他，一心想追上前面那個身影。

柳千仁只見了裴尚軒這一面，無端印象深刻。很多年過去，柳千仁明白自己爲什麼討厭裴尚軒，因爲黎璃在意的人始終只有他。

黎璃連忙搖頭否認，她自認心事藏得很好不可能被人發現，卻不料柳千仁不鳴則已一鳴驚人，難得開口就直指要害。

他神情古怪，像是在研究她否認的眞僞。那雙眼睛太亮，黎璃避開了。

「我不打擾你複習。」繞過柳千仁，黎璃的手按上了門把手。

「妳配不上他。」身後，少年輕笑著說道，異常冷酷的結論。

黎璃霍然回頭，眼神不屑。她是近視眼而且度數頗深，不戴眼鏡時顯得雙眼無神，因此通常用來形容女子明眸的詞句都不適合，但就是這樣一雙眼睛冷冷審視著他，柳千仁的心臟驀地飛快跳動。

「配不配得上，與閣下無關。」她打開門，轉頭走了出去。

這個並不討人喜歡的倔強女孩用一種詭異的方式闖入他的生活，柳千仁對她產生了好奇。黎美晴這樣簡單到一眼就看透的女人，如何能生出這般心思複雜的女兒？

黎璃很難過，柳千仁雖然嘴巴刻薄惡毒，但他說的卻是事實。從外表看，她和裴尚軒站在一起的效果絕對比不上韓以晨同他像金童玉女那樣。

回家的必經之路有一家租書店，黎璃進去了一次借過一本岑凱倫的小說。她以前聽小舅舅的話除了參考書之外很少看閒書，進了高中之後整個世界發生了翻天覆地的變化。黎國強爲了和嚴麗明結婚毫不猶豫把自己趕出去，裴尚軒進了少教所不肯再見自己，黎璃放棄了原先爭強好勝的心。

聽不聽明，漂不漂亮，她漠不關心。那些自己在意的人都已不在身邊了。

那本小說名叫《天鵝姑娘》，講醜小鴨怎樣變成了人見人愛的白天鵝。多年後黎璃在網上Download這本書重新看了一遍，她疑惑當年的自己爲何會感動到死去活來？美麗的女人總會發光，不管之前她埋沒在沙礫中，還是被煤灰塗抹了面容。灰姑娘若非有絕色傾城的容顏，王子的眼裡還有沒有她？

眞正的童話是還沒有變成王子的野獸與美女共舞，然後她說：「我愛你。」她愛過他最醜陋的樣子，當英俊的臉被歲月蝕刻成滿面風霜，在她眼裡仍是那顆善良溫柔的心。

這是黎璃所知最浪漫的愛情，最動人的故事。她喜歡著的少年魯莽、帶著些拙拙的笨、粗聲惡氣嗓門很大、前途一片灰暗，可她一刻都不曾停止過喜歡。

十四歲生日那一天，裴尚軒溫暖了黎璃此後十五年的人生。即便最後的灰燼僅僅是冒著一絲熱氣，她依然覺得餘溫暖人。

一九九三年十二月五日是星期天，黎璃十七歲生日。黎美晴下了一碗生日麵條給女兒當作早餐。她受寵若驚看著母親，張張嘴想說一句感謝的話，但是發不出聲音。

柳之賢看到黎璃在吃麵，馬上聯想到是她的生日，埋怨黎美晴不提早告訴自己好給黎璃準備蛋糕。

她的繼父是一個溫柔和善的男人，黎璃這輩子對父愛的認識都來源於柳之賢。她一直沒想明白柳之賢究竟愛上黎美晴哪一點，以至於要鬧到離婚的地步。或許愛情真是毫無理由的東西，你說不出那個人有什麼好，但就是忘不了。

柳千仁坐在黎璃對面吃飯，他的早餐永遠是一瓶牛奶一個煎蛋兩片麵包，外加一份水果。黎璃曾好奇地問過繼父難道柳千仁吃不膩，她偶爾看了幾次就已經很膩味了。她的早餐通常在上學路上解決。每天黎美晴給她五角錢買早點，黎璃有時候會省下早點錢借小說看。當時聽了她的問題，柳之賢笑著摸摸她的頭髮回答這是千仁的媽媽給他定的菜單。

柳之賢說這些話的時候，臉上的表情有些奇怪。他甚少提及前妻，在這個家裡找不到前任女主人留下的痕跡，就連柳千仁書桌上的照片也沒有與母親的合照。黎璃想到這一層便覺得黎美晴和柳之賢至少有一點共同之處，對於前一段婚姻他們都掃除得很乾淨。

柳千仁微抬起眼看了看黎璃，她觸到他詭異的目光，雞皮疙瘩起了一身。像過去那樣，黎璃低著頭一味猛吃麵條，巴不得早點吃完離開餐桌。

「生日快樂。」他慢悠悠地開口。黎璃正往下嚥一口麵條，被他這一驚嚇嗆到了，差點噎死。

黎美晴一邊拍著她的後背順氣，一邊不悅指責她失禮，繼而話頭轉到了黎璃身上，從她亂糟糟打結的頭髮說起，一路批評到腳上的襪子破了洞不知道修補。

柳之賢好脾氣地笑著，時不時勸解兩句讓妻子消氣，他同情地看看皺著眉頭的黎璃，愛莫能助。

柳千仁意興闌珊地吃著煎蛋，恍似對她們母女間的對話毫無興趣。黎璃無意中發現他的視線，每當黎美晴的批評轉到自己身上某一部分時，他會飛快地瞥上一眼。

他順利通過七月高考如願以償進了交通大學，在徐匯校區住校很少回家，黎璃便有一種絞索稍稍放鬆的解脫感，但是每當他回來，黎璃就覺得不自在。

每一次他們的目光在空中相遇，黎璃總是先避開的那一個。

有一段時間黎璃迷上了哲學，她把古希臘哲學家赫拉克利特「人不可能兩次踏進同一條河流」當作座右銘貼在文具盒內，每次打開必定默唸一遍。

李君取笑她無聊，聲稱這句話不過是解釋了關於發展這一哲學命題，如果每個水分子都能當作個體單獨存在，那麼流動的水的確分分秒秒都不同，本身並沒有什麼稀奇之處。

黎璃悻悻然瞪了李君一眼，仍舊每天唸上幾次。她想的是自己對裴尙軒的喜歡應該停止，時間明明如流水一樣過去，任何一天都無法重複，爲什麼自己依然放不下他？

二〇〇五年十一月，禽流感在全世界範圍內爆發，黎璃在病房裡望著窗子外面過境上海的候鳥。十五年往事如煙，裴尙軒這三個字融入她的骨血，早已成爲生命的一部分，彷彿呼吸般自然。

時間的長河，她的確沒有重複踏進同一條支流，每天黎璃都比前一天更喜歡他。

可是他不知道，她愛了他那麼久。在他沒有變成王子之前，她就已經喜歡他了。

一九九三年的最後一天，星期五。放學前大家用「明年見」作爲道別，輕輕鬆鬆的少年男女走過一年的時光，還未到回首往事感慨虛擲光陰的年紀，那一句「明年再會」更多的是一種對未來的美好憧憬。

黎璃在文具店買了一本帶鎖的日記本，李君在另一邊挑圓珠筆。帶香味的筆已經不流行了，現在流行卡通形象的筆帽。她拿了一支粉紅色Hello Kitty的圓珠筆，走過來問黎璃可不可愛。

「哇，還是帶鎖的哦。」像哥倫布發現新大陸似的，李君叫了起來：「說，妳會不會寫我的壞話？」

黎璃笑了笑，反問一句：「妳做了哪些壞事需要我寫下來？」

李君捏她的臉說她是個壞心眼女人，末了認眞問她：「黎璃，妳會寫什麼？」

黎璃沒有告訴李君，她的日記本只寫一句話，在新年的第一天。

零點鐘聲響起，黎璃盤腿坐在沙發上打開日記本，印著花朵的粉藍色紙面光滑平整，手感很好。她在一月一日這一天寫下——今年我不要再喜歡裴尙軒。

想了想，她有好久沒看到他了。裴尙軒要在少教所關三年，他仍然不肯見她。黎璃在裴尙軒的名字後面加上「這個笨蛋」四個字。

鎖上日記本，黎璃跑到封閉的陽台，拉開了鋁合金窗。寒風凜冽，吹得臉頰刺痛。黎璃的手心握著小巧的金色鑰匙，深吸口氣用力扔了出去。

夜色深沉，她看不見它下墜的軌跡，也不關心它會落腳何處。

關上窗回到客廳，黎璃被斜倚著牆的男人嚇了一跳。柳千仁不知何時來到了客廳，面無表情盯著她看。

那張臉依然令人聯想到「漂亮」，但柳千仁儼然已褪去少年的青澀，有了男人的陽剛味。黎璃儘管怕他，但不得不認同他的確是個會讓女生心動的男人。家裡的信箱收到過好幾封倒貼郵票示愛的信，收件人寫著他的名字。他看都不看，直接扔進垃圾桶裡。

柳千仁的手上，赫然是她剛才還擱在茶几上的日記本。黎璃勃然變色，搶步上前欲奪。他惡意舉高手，仗著身高優勢不讓她拿到。

「鑰匙呢？」他問道，笑容邪肆。

她的手轉而指著窗外方向。「我扔掉了，你想找的話，請便。」

他玩味地瞧著面前強自鎮定的女孩，三年前認識黎璃開始，她總是迴避自己的視線，連說話都帶著小心翼翼。柳千仁承認自己看不透黎璃，他以爲她軟弱的時候她會變得堅強，以爲她順從的時候她會突然反抗，他想起了當年她打自己耳光的情形以及隨後樓下發生的一幕。

他的眸光逐漸深沉，讀高二的黎璃個子沒長高多少，倒是比上次回家見到時又胖了一點。讀理工科的女生人數不多，交大寥寥無幾的女生中難得有一兩張讓人眼睛一亮的清秀面容。柳千仁走在校園裡不由自主會聯想起黎璃，像她這麼醜的女生就該來交大找回自信。

「把日記本還給我。」黎璃看著他重申：「柳千仁，這是我的東西，請你還給我。」

他上前半步，與她貼身站立。柳千仁低下頭，灼燙的目光停駐於她的臉。「交換。」隨著他的聲音，輕柔的吻落在她的嘴唇。

午夜，萬籟俱寂，她被一個討厭自己的男人吻了。新千年的第一天，黎璃和裴尙軒在酒吧參加新年派對，他們隨著人群高聲倒數計時，當二〇〇〇年來到人間，裴尙軒擁抱了黎璃，轉身和漂亮的女友親吻。

黎璃恍惚想起九四年那一吻，她對柳千仁的憎恨逐漸淡去。

一九九四年六月，從義大利的夏天到美利堅的晴空麗日，四年一次的世界盃再度引起世人關注，同時也是世界盃六十四年歷史上第一次擴充到三十二支球隊參賽。

黎璃讀高二，面臨會考。每天都被物理、化學、地理、生物、歷史五門課折磨得神經緊張。雖然高考升學率才是比拚各校實力的最後舞台，但會考的優秀率也漸爲學校所看重。

她熱愛的阿根廷隊並沒有「風之子」卡尼吉亞的身影。黎璃從鋪天蓋地的足球報導中搜集關於卡尼吉亞的點滴，他因爲服用古柯鹼被國際足聯禁賽兩年。

阿根廷藍白色的隊服依舊飄逸，令她失落的是看不到自己喜歡的人出現。一九九〇年的學校禮堂，意氣風發的少年拍著她的肩膀問：「要不要打個賭？我賭德國。」

他和卡尼吉亞一樣，是失了自由無法飛翔的鳥。

黎璃半夜起來看球，開幕戰德國對玻利維亞。裴尙軒支持德國，他說：「我喜歡的，妳也要喜歡。」

連帶著他的份，黎璃也站在了德國隊那一邊，未及思索倘若德國與阿根廷相遇自己究竟該支持哪一方。不知是否巧合，自從一九九〇年他們打了那個賭之後，十五年的時間中，德國與阿根廷再沒有在世界盃上相逢。

阿根廷隊有一個很好的開局，雖然沒有了卡尼吉亞，黎璃仍然鍾愛阿根廷的激情。黎美晴不在乎黎璃熬夜看球會不會影響考試，倒是柳之賢關心地勸她注意身體。

「叔叔，我等了四年。」那是她喜愛的球隊，死心塌地喜歡著。柳之賢聽了之後不再多言，只是此後沒兩天黎璃就發現家裡的袋裝咖啡突然多了出來。

會考從七月二日開始，七月一日柳之賢的學校老師組團去貴州旅遊，黎美晴跟著一起去了。她的阿根廷隊在馬拉杜納爆出服用禁藥醜聞後陷入一團混亂，小組賽最後一輪輸給了保加利亞，七月三日八分之一決賽遭遇羅馬尼亞。家裡沒有人管黎璃，她當然不會錯過。

黎璃調好鬧鐘準時起來看球，剛打開電視機，門口傳來鑰匙開門的聲音。

她回過頭，藉著電視機的螢光望著走到客廳的男人——柳千仁看著她，眼神詭異。

他上次打過電話回來，說學校考試兩個星期都不能回家。黎璃正慶幸與他碰面的次數可以再減少幾次，不期然半夜三更與他打了一個照面，理所當然呆呆瞧著面前的漂亮男子發不出聲音。

柳千仁抬起手扼住了黎璃的脖子，陰沉的聲音在她耳畔說道：「我討厭妳。」

她快喘不過氣了，臉部的腫脹感像是血液即將破顱而出。在黎璃以爲自己就這樣會死掉時，柳千仁忽然鬆開手。

她張開嘴拚命呼吸，像一條被扔上岸奄奄一息的魚。阿根廷和羅馬尼亞的比賽開始了，她覺得球場上的陽光能刺痛人的眼睛。

爲了保證世界盃在歐洲的收視率，所有的比賽幾乎集中在美國最熱的中午進行。

黎璃還沒緩過神，柳千仁已將她壓倒在沙發上。他按住她的雙手，陰鷙的眼睛閃著銳利的光芒。

柳千仁注視著她，決絕的，不帶憐憫。

他說：黎璃，這是替妳媽還債！

第八章　被奪走的童話

一九九四年七月三日，黎璃一生讀過的所有童話被殘忍地粉碎。

柳千仁說：「黎璃，這是替妳媽還債。」

隨後他佔有了她，毫不憐惜撕裂她的身體。黎璃的嘴唇破了，在最痛的那個時刻她忍住衝到嘴邊的尖叫，用牙齒死死咬住下唇。她木然的視線掠過柳千仁，正在轉播中的阿根廷與羅馬尼亞兩支球隊在刺眼的陽光下為了晉級奮力搏殺。耳朵自動消去了聲音，黎璃什麼都聽不見了。

這個凌晨，柳千仁在黎璃的生命中完成了從一開始他就在扮演的角色。他知道強暴屬於犯罪，但他沒辦法克制。他渴望著她，這個既不漂亮身材也不好的「妹妹」每天都在折磨柳千仁的靈魂。得到的同時意味著失去，黎璃的嘴唇流著痛苦的鮮血，他品嘗到絕望的滋味。他一輩子只有一個夜晚理性失去了控制，此後被愧疚統治了餘生。

他退出她的身體，凌亂髮絲下那張漂亮的臉一片慘白，柳千仁看著一言不發的黎璃：她慢慢起身，整理了衣衫，向浴室走去。

「柳千仁，你該感謝你爸爸替你還了債。」黎璃站在浴室門口說道，聲音清脆冷冽吐字清晰，她沒有回頭。

修長白皙的手指插入頭髮，緊緊揪住柔軟的髮絲，彷彿藉由這個動作才能抒發他的悔恨。他無從解釋方才的失控究竟是怎麼回事，當忽然明瞭屋內只有自己與她兩人獨處時，慾望排山倒海而來。

黎璃把自己浸在冷水裡，她聞到令人作嘔的血腥味，不知來自身體還是內心。上身探出浴缸，她趴在抽水馬桶邊緣連連乾嘔。

十七歲的少女失去了童貞，她卻只能任由傷害自己的男人逍遙法外。柳之賢給黎璃的父愛變成了枷鎖，她做不到把他的親生兒子送進監獄。

黎璃想起因爲強暴罪名被關進少教所的裴尙軒，面龐浮現譏誚的微笑。人生荒謬，你以爲理所當然的事往往有出人意料的結局。

乾涸的眼眶濕潤了，眼淚爭先恐後湧出來，在臉上肆意奔流。黎璃無聲哭泣，骯髒的自己還有沒有資格繼續喜歡裴尙軒？

半小時後她打開浴室的門，柳千仁出現在門口。黎璃不怕他了，反正最壞的她已經歷過。

「對不起。」他低聲道歉。臉半垂著，她看不見他的表情，不過她也沒興趣瞭解。

「我不告你，是不想讓叔叔傷心。」黎璃繞過柳千仁，電視機仍然開著，阿根廷與羅馬尼亞的上半場結束了。

超常的冷靜，以及漠然。柳千仁回轉身捉住黎璃的手臂，指尖碰觸到的部位明顯肌肉緊繃，她抬著頭仰視千仁，目光冰冷。

她的眼眸中有心灰意冷的某種決絕，刺痛了他，千仁忙不迭鬆開了手。許多年後柳千仁明白黎璃的冷漠是因爲她已不在乎了，他奪走的不僅是她的童貞，連她長久以來的支柱一併摧毀。

黎璃關於愛情的美好憧憬在一九九四年七月三日終止，此後她反覆糾纏於同一個夢魘：她失去了清白之軀，連同愛人的資格。

阿根廷2:3輸給羅馬尼亞，黎璃同樣輸掉了很重要的東西。

黎璃的會考成績呈現兩個極端，七月二日考的兩科拿到了A，而之後的三科只有C。領成績單那天班導特意和黎璃談了談，整整兩年她的成績在年級裡排名都位於不上不下的七十名左右，既不算好也不會太壞，按照正常發揮會考五科A應該沒有問題。

對於班導的疑問，黎璃含混地用「身體不適」作爲藉口搪塞。七月三日凌晨發生的事黎璃希望就這樣不聲不響地過去，她不可能對柳千仁做什麼。

柳千仁遠離了她的生活，第二天他就離開家回到學校宿舍。然後柳之賢和黎美晴旅遊歸來，這個家恢復成平日裡的樣子。

只有當事人知道，有些事情已然不同。

她睡不安穩，時不時被噩夢驚醒。黎璃此後有了輕微的潔癖，洗澡要花很長時間，好像怎麼洗都洗不乾淨似的，爲此黎美晴總是批評她浪費水。

她無動於衷地聽著，對母親難免怨恨。黎璃潛意識把自己的遭遇歸咎於黎美晴與柳之賢的婚姻，她不幸成了犧牲品。

暑假過去後黎璃成了高三學生，她選修物理。物理班女生相對稀少，黎璃生平第一次享受到了男生的特殊照顧，例如大掃除什麼的，她終於可以和李君袖手旁觀了。

黎璃的生活漸漸忙碌，像兩年前柳千仁的翻版，每天有做不完的試卷。她偶爾回去探望外婆，會穿過四條巷弄去裴尙軒家探望他的父母，打聽他的近況。

在零零碎碎的片段裡，那個失去自由的少年正經歷著蛻變。過去的他年輕、浮躁，沒有一天能靜下心思考自己的未來，現在則有的是時間考慮了。

黎璃聽說裴尙軒在自學高中課程，便委託他的父母將書本帶去給他。柳之賢得知她選修物理，特意把柳千仁尙未處理掉的參考書留給黎璃用。她一頁都沒翻，隨手整理了送給裴尙軒。

她從心底憎恨柳千仁，這個強暴自己的男人。就那麼一次，卻足以令黎璃恨他一生。

柳千仁讀大二，平時很少回家，總要柳之賢打好幾次Call機三催四請，他才像給了天大面子似的回來一趟。見面時黎璃和柳千仁都不動聲色，目光險險錯開。

看他的樣子像是交了女朋友，偶爾在家便會有女生打電話來找他。黎璃接過兩次電話，對方聲音甜美，帶著比上海更往南的口音。

她回答「稍等」，把聽筒擱下去敲柳千仁的房門。看到她，他的表情有些詫異，彷彿本來已被判了死罪的人突然間得到了赦免。

但是黎璃並沒有原諒柳千仁。她往後退開，冷淡地向著客廳轉過頭示意他去接電話，然後從他面前離開。

黎璃總是背對著柳千仁，所以她看不見他悲涼的眼神。等她發現時，他們之間業已關山迢遞。

一九九五年一月三十一日，大年初一，黎璃回外婆家拜年。黎璃剛過了十八歲生日，那天去量身高，腦袋終於竄過了一五五的刻度線，成了她最滿意的生日禮物。

她介意著身高體重，無奈個頭不往上竄盡朝横向發展了。教導主任每次開年級大會反覆強調「瘦個十公斤肯定能進重點大學」，黎璃暗自琢磨照這麼推算自己非成落榜生不可。

李君和她有相同的煩惱，兩人研究課業之外分析了自己的體質，差不多就是喝水也能長肉的那類型人。李君徹底放棄減肥的念頭，對零食的愛好變本加厲，腰圍也越發壯觀。班上的男生總是感歎美女都集中在文科班，黎璃一笑置之。

她想起小舅舅說過，做不成美女就要做聰明的女生。她從小到大都在努力成爲聰明人，但仍然比不上漂亮女孩輕輕一笑。

嚴麗明替黎家開枝散葉，生了一個白胖的小子。黎璃喜歡嬰兒，固執地認爲剛出生什麼都不懂的孩子是世上最乾淨的靈魂。等他們有了自我意識一天天長大，不可避免讓現實的塵埃沾染心靈，欲望其實是一頭被人類自己養大的猛獸。

她抱哄比自己小了十七歲的表弟，回頭發現黎國強憔悴了許多，莫名想起四年前和小舅舅一同走回家的往事。等到手中抱著的孩子長到十四歲，自己也到了那一年小舅舅的年紀，黎璃猛然鼻子發酸。

在廚房幫忙柳之賢做菜的黎美晴把女兒叫了過去，讓她去買米酒。外面淅淅瀝瀝下著小雨，黎璃撐著傘出門。

她走過裴尚軒的家門口，透過廚房的窗子望著房內的燈光。她最後一次見裴尚軒已是很久以前的事了，久得像是過完了今生今世。

她和韓以晨斷了聯繫，初中同學在高一那年國慶日聚過一次，缺席了好幾個人，其中就有裴尙軒與韓以晨。小道消息傳播速度飛快，與會衆人恍似個個都瞭解內幕的神情讓黎璃百無聊賴，對於隱晦的詢問她一律裝糊塗推說不知情。

黎璃在大年初一傍晚站在裴尙軒家門口，她想念這個笨蛋，很想很想。雨無聲落下，打在傘面上發出了奇怪的擬聲，她看到門打開了，高大的身影擋住了身後的燈光。背光而立的少年，那張輪廓分明的臉時常會在她眼前浮現。

「笨蛋！」黎璃咬著嘴唇，踮起腳尖舉高手在他的板寸頭上重重拍了三下，「新剃頭，要打三下。」過去她總是這樣做，不同之處在於他又長高了，她要踮著足尖才能碰到。

「黎璃，妳胖了。」裴尙軒深邃幽黑的眼睛凝視面前的女孩，盡力用離別之前慣用的口吻調侃。可是他抑制不住激動的心情，猛地抬起手擁住了她，不在乎是否有路人會看見這令人誤解的一幕，他緊緊摟著黎璃。

失去自由的日子裡，裴尙軒相信自己這一生最好的朋友就是黎璃。她始終拉著他們之間友情的繩索，頑固得不肯放手，無論他回絕多少次。他收到黎璃託父母轉交的參考書，學到作用力與反作用力那一節，隱隱約約感覺自己和黎璃的處境亦如此。不管哪一方施力，雙方都逃不開受到影響。於是他重新拾起想要放棄的往事，連同昔日的人。

「妳才是笨蛋。」他勾著黎璃的頸項低下頭，平視她的眼睛。「要不是妳死活不肯忘了我，我的日子會逍遙得多。」

黎璃用胳膊肘狠狠頂了他的胸膛，沒好氣地撇撇嘴：「裴尙軒，我忙得天昏地暗，誰有空惦記你。」

「是嗎？那些參考書難道是天上掉下來的？」裴尙軒笑了，俊朗的臉龐帶著愉快的神情。黎璃想起給他的書都是柳千仁的，忽然失去了在他面前繼續歡笑的勇氣。她，已不是和他分別時那個純潔無瑕的女孩了。

「切，反正我讀不完那麼多書。」她拚著最後的力氣綻開完美的假笑，「我去後面的超市買東西，有空再來找你。」

「嗯，我也是下來替老爸拿酒。」裴尙軒捏捏她的臉，跳著腳叫她減肥。

如分別之前那樣嬉鬧，嘴巴不饒人地嚷著「快點走，別再來礙眼」，然後分道揚鑣。裴尙軒望著黎璃的背影收起了笑容，神情傷感。他們假裝快樂地重逢，避而不談爲何分開了兩年歲月，其實彼此都在介意。

裴尙軒因爲奮勇救了失足落水的同學被記了一大功，鑑於他一貫表現良好，提早從少教所獲得釋放。他從父母口中知道黎璃搬到繼父家住了，猜想升上三年級的她必定忙得要死，便一直沒有去復興中學找她。

還有一個裴尙軒刻意遺忘的人也已是高三。他有一次經過虹口中學校門口，在放學回家的人群中似乎瞥見一個很像韓以晨的女孩。裴尙軒走到馬路對面，閉上眼轉身離去。

他爲韓以晨付出了慘重代價，烙下一輩子洗刷不去的罪名。有很長一段時間，韓以晨慘白的臉不經意就出現在裴尙軒腦海。他不恨她，僅僅是不甘心，他們是兩情相悅才會在一起，根本不是大人口中不堪的關係。

韓以晨的辯白軟弱無力，被父親大吼一聲就乖乖閉嘴不說話了。她偷偷抬眼看他，眼神歉疚，嘴唇抖顫。

最初想起，他滿手冷汗。肉體的歡愉記憶早就被之後的驚慌絕望取代，以至於裴尙軒總是想不起第一次做愛究竟是什麼感覺。後來他和很多女人上過床，但無論怎樣都找不回那段記憶。

他不想再見韓以晨，有些事不管當事人出於何種苦衷，畢竟覆水難收。他得到她的童貞，用兩年自由以及一生的污點作爲懲罰，他什麼都不欠她了。

好幾年以後，裴尙軒與韓以晨在上海最繁忙的路口狹路相逢。他穿著黑色的大衣，英俊得讓人屏息；她穿著白色的羽絨服，紅顏如花。他們在馬路中央擦身而過，無言以對。

過去的，再也回不來。

二〇〇五年，裴尙軒坐在黎璃身邊一同抬頭望著城市上空飛過的鳥群。有一年他們像兩個傻瓜輾轉換車去看過境上海的候鳥，那群叫不出名字種類的過客展開白色的翅膀優美滑翔，他覺得不可思議。

「候鳥的遷徙，是爲了一個承諾。」黎璃靠著他的肩膀，疲累地閉上眼睛。他側過頭看她，彷彿看著一隻飛越幾千公里歸來的精靈。

裴尙軒買了一張碟片──《Le Peuple Migrateur》。他在寂靜的午夜打開DVD影碟機，擺在茶几上的還有厚厚一疊帶鎖的日記本。

「The migration has only one single purpose: Survival. For them, it is a promise, the promise for return.」

身歷聲環繞音響，四面八方都是這句回聲。

他用手蒙住臉，哀號的聲音好像負傷的獸。她一直在他身邊，無論他要去多遠的地方，習以爲常變成了漠視。裴尚軒終於瞭解黎璃十五年的守候，可是現在她預備收回去了。

裴尚軒在復興中學門口等黎璃放學，他的出現引人注目。高大健美的身材，俊朗的面容，十足有被視作「帥哥」的本錢，再加他身上自然流露的那股痞痞的氣質，挑逗著平素循規蹈矩一門心思用功讀書的女生。

黎璃起初並未注意校門口的少年，和旁邊的男同學爭論某個關於電流磁場的問題，左右手交替模擬電流通過磁場的方向，直到李君拚命扯自己的衣袖才後知後覺回頭問出了什麼事。

「帥哥，帥哥！」李君很激動，胖胖的手指指著校門方向。

她抬起頭瞇著眼看前面，模糊的人影，看不清面容。

「黎璃！」看到她，裴尚軒很自然地抬起手打招呼，展露了笑容。方才他不苟言笑的模樣很酷，此刻則是一臉陽光，像教堂壁畫上的報喜天使。

李君張大嘴看了看裴尚軒又看看黎璃，實在沒辦法把外表差那麼多的兩個人聯想在一起。帥哥身旁理所當然應該是美女一名，從何時起居然有了醜小鴨的一席之地？讀書之餘最大興趣是八卦的李君同學百思不解。黎璃也頗感意外，沒料到裴尚軒會突然來找自己。

「今天有空嗎？我媽說要謝謝妳，讓妳來我家吃飯。」他對李君笑笑算是招呼，「妳好，我是黎璃的初中同學。」

「李君，黎璃的同桌。」從驚訝狀態中回過神，她大方的自我介紹。「你們慢慢聊，我先走了。」走前，李君曖昧地衝黎璃眨了眨眼。

她明白同桌的潛台詞，意思是讓自己好好把握機會。黎璃在心裡苦笑，她和裴尙軒的感情和風花雪月一點關係都沒有。

他們是好朋友，最好的朋友。

裴尙軒在聽到「同桌」二字時微微一怔，他和黎璃同桌的情形在眼前浮現，卻已是幾年前。

他回過神，輕輕咳嗽掩飾窘迫，用玩笑的口吻嘲諷她：「放心，不是在看妳。」黎璃不解他爲何失神，黎璃舉起手在他眼前來回晃動，揶揄道：「看到哪個美女了？」

時光再如何匆匆，有些事物還是不會變，比如他的眼裡沒有平凡的她。

黎璃輕輕一笑，轉了話題。

她去了裴尙軒的家，他的父母在廚房忙著燒菜。黎璃客氣地問要不要幫忙，還沒等到回答就被他拖上了樓。「妳是貴賓，我爸媽才捨不得讓妳被油煙熏。」他捏捏她的臉，故作忿忿不平狀：「有時候我眞嫉妒，八成妳才是他們的女兒。」

「誰讓你沒我聰明。」她樂呵呵回敬，得意地抬抬下巴。

裴尙軒給她倒了杯水，回到後面自己房裡拿了三本參考書出來，遞給黎璃。「這些書我看完了，還給妳。」

她沒伸手，這是柳千仁的書，她不想要回去。見她不接，他便將書放在茶几上，忽然樂不可支笑起來。

「幹嘛啊？」被他笑得心裡發毛，黎璃惡聲惡氣問道。

「都這麼大的人了，還喜歡卡妙啊？」裴尙軒沒頭沒腦說了一句，看她一臉茫然，他好心地解開謎底。翻開書，隨手翻到夾了紙張的一頁，是一張水瓶座黃金聖衣的刻紙。「幾乎每本書裡都有，妳眞有空。」他揶揄道。

黎璃恍若雷擊，心情複雜看著精心刻琢的黃金聖衣。刻紙的人很用心，下手的每一刀都小心控制著力道，特別是線條連接處摳挖得相當乾淨。

「妳這個笨手笨腳的丫頭，水準大有進步哦。」不知情的裴尙軒還在誇獎黎璃。

黎璃拿起另一本書，不出意外果然看到另一張水瓶座聖衣。刻這些的人是柳千仁，三年前冷笑著將裴尙軒送給自己的刻紙揉成一團的少年。

她記得他輕蔑的神情，還有那一夜狂亂得像是要殺了她的眼神，黎璃打了一個寒顫。

「怎麼了？」裴尙軒察覺了她異乎尋常的沉默，關心地詢問。

她動了動嘴唇，發不出聲音。黎璃悲戚地搖著頭，表情傷感。他更加狐疑，卻壓根兒聯想不到黎璃的遭遇。她不只失去了童貞，更糟糕的是不得不忍耐，以及由隱忍帶來的心理陰影。

她的痛苦，有口難言。

她不說話，長長久久盯著他看，看得他渾身不自在。裴尙軒知道自己很帥，走在大街上得到女孩的回頭率沒有一百也至少有九十五，專注火熱的目光已引不起他的注意。這天下午他站在復興中學門口，來來往往的女孩或者偷偷摸摸或者明目張膽地看著他，他無動於衷。但是黎璃的眼神不一樣，有一種悲哀的訣別在她的眼睛裡。他頓時慌亂，六神無主緊盯著黎璃的眼眸，執拗地想要弄明白爲何她的目光蒼涼至此。

他不知道的眞相是在這一天，黎璃決定永遠保守喜歡他的秘密。從此以後，喜歡裴尙軒只是她一個人的事。

她傻傻地喜歡了他很多年。黎璃是個執著的人，一旦喜歡上就很難改變。就像她的阿根廷，從一九九〇年到二〇〇二年，阿根廷總是落寞地離開世界盃賽場，但是她依然癡心不改。輕易就能放棄的，就不是眞愛了。

「黎璃……」他叫了她的名字，可找不到言詞繼續。

黎璃垂下頭，劉海遮住她的前額，她的樣子像是在寺廟裡虔誠拜佛，眼觀鼻、鼻觀心。「裴尙軒，假如能回到初中就好了。」

一向冷靜理性的黎璃說了一句最無可能實現的話，說完之後自己先低低笑了起來。她抬手捂著嘴巴，咯咯的笑聲從手掌邊緣傳出。

裴父端著菜上來，黎璃起身去幫忙，他們沒再說下去。

吃完飯，裴尙軒送黎璃去車站。淒清的月光照著一條長路，路旁樹木光禿禿的枝椏投下姿勢古怪的陰影，他們踩著這些怪異的影子往前走。

汽車從他們身邊駛過，呼嘯而去。黎璃仰視身旁比自己高了一個頭的男孩，無聲歎息。他像以前那樣握著她的手，放入自己的衣袋裡溫暖著。

裴尙軒待黎璃很好，可是他不喜歡她。黎璃經常自問：如果一個男人把妳當作兄弟看待，究竟是女人的幸運還是不幸？

走到月台，好多人在等車。黎璃抽出手，放到嘴邊呵氣取暖，一邊跺著腳像是要抖去寒意。

「妳想考哪所大學？」裴尚軒隨口問道。

「清華。」黎璃無所謂地聳著肩膀，「南開，或者南京大學，我想去外地讀書。」她一早就打定主意第一志願塡報外地院校，離開上海，徹底遠離柳千仁。

「好遠。」他喃喃自語，聲音裡有一絲寂寞。之前黎璃說「能回到初中就好了」，他並沒有太在意，此刻想來初中畢業以後時刻都有離別的影子籠罩著蒼穹。他輕聲說了一句話，黎璃沒有聽清。

「你說什麼？」她大聲問。

她的車來了，裴尚軒推著她往前擠。在後面乘客的作用力下，黎璃被擠上了車。

「黎璃，不要去那麼遠！」他站在車下，用足力氣大吼。眼前是她，隔著浩瀚的海站在彼岸，向他揮揮手轉身離去。他想起吃飯前看到的眼神，恍然大悟。

她聽到了。將前門擠得水泄不通的乘客擋住了個頭矮小的黎璃，裴尚軒看不見她。

半年後，黎璃收到上海外國語大學英語系的錄取通知書。

第九章　給你的承諾

裴尙軒要搬家了，黎璃上午參加外國語大學的英文口試，考完後來不及和其他同學交流感想就匆匆忙忙趕到裴家去幫忙。她上了樓，裴家過道裡隨意擺著整理後打包的紙箱，積灰滿地。

他坐在一地狼藉中，身邊放著好幾個半滿的紙板箱。

黎璃在房門口站了一會兒，裴尙軒懶洋洋抬頭瞥她一眼，隨手把一本書扔進最近的紙箱裡。

「沒聽你提過要搬家。」她走進房間，展開一張報紙鋪在灰撲撲的地板上，盤腿坐下。裴尙軒挑著眉笑嘻嘻斜睨黎璃，調侃她淑女應該找張凳子坐。

黎璃沒好氣瞪瞪他，順手往他腦門彈了一指。「裴尙軒，還輪不到你這笨蛋來教訓我。」說著，自動自發拿起地上的書本，拍去灰塵放進紙箱。

書仍是三年前初中時代的那些，包括畢業考之前各科老師要求買的參考書。裴尙軒並不是用功讀書的學生，好幾本書都是九成新的樣子。黎璃輕笑，卻難掩酸楚。他們回不到那段歲月了，物是人非。

裴尙軒或許也有著同感，垂著頭聲音寂寥：「黎璃，我錯了嗎？那件事，不是大家想的那樣。」她看不見他的表情，但從裴尙軒的言語之間推測出了大概。輿論是不見血的刀，何況是處於這樣一個蜚短流長的環境，他承受的壓力絕非她能夠想像。

「你後不後悔？」她寫信問過他，可是裴尙軒沒有回信。黎璃出於私心，執意要知道答案。

他的頭依然垂著，過了好半天傳出聲音：「我喜歡她，真心喜歡過。」

黎璃抬起手捶著他的胸口，嗓音乾澀開口說道：「笨蛋，那根本用不著逃跑啊。」這個男人，終究沒給她絲毫幻想。她不由想起了自己的遭遇，身子微微一顫。他沒發現，悶悶不樂繼續道：「我無所謂，是我媽受不了三姑六婆，說繼續住這裡我的前途要給毀了。」譏誚一笑，眼神漠然，「我還能有什麼前途？」他心灰意懶，神情倦怠。

鼻子有點酸，黎璃剛滿十八歲，平日接受的教育是「萬般皆下品，唯有讀書高」。她覺得這種說法不對，但暫時想不到其他出路，無法安慰他。

「等我高考結束，我替你補習功課，你去參加成人高考。」清清喉嚨，她表情嚴肅替他想出路，臉頰肌肉繃得很緊。

裴尚軒看看黎璃，忍俊不禁笑了，一邊伸手拍拍她的臉。「黎璃，妳怎麼跟我媽似的。」

她「啐」了一口，伸出腿踹向他：「笨蛋，我哪有那麼老？」

他沒躲，硬生生受了她這一腳，所幸她並沒用力。他的身子朝她探過去，男性氣息侵襲著黎璃的感官，她不自覺繃緊了全身肌肉。某個凌晨經歷的夢魘再度刺激了黎璃，就算面對的男人是她始終喜歡著的那一個，黎璃脆弱的胃仍舊翻滾起來。

她勉強笑著，喉頭神經質地抽搐壓下反胃感覺，不敢讓裴尚軒看出破綻。他伸手擁抱她，黎璃一頭埋入寬厚溫暖的胸膛，暗自鬆了口氣。

「黎璃，謝謝妳一直做我的朋友。」他真摯地說道。十八歲的裴尚軒看不到未來，多年以後陪在他身邊的依舊只有她，無論他的人生是處於巔峰還是低谷。

「十四歲生日我許的願，」黎璃輕輕說下去，「我們一輩子都要做好朋友。」

少年心頭滿溢感動，裴尙軒不瞭解的是她沒有說出口的心意。年華似水流過，等到有一天驀然回首，他想男女之間其實並沒有完全純粹的友情，彷若黎璃與他。

不離不棄，是海誓山盟折射於現實的寫照。她在燈火闌珊處等了他很久很久，直至東方漸白再不能等下去。

黎璃考進了上海外國語大學。在古代好比寒窗苦讀十年的學子躍過龍門天下聞名，是一件光宗耀祖的事。但由於柳千仁考進的是交通大學，與他一比高下立現。黎美晴背地裡責怪女兒應該塡報復旦，怎麼都不能輸給柳千仁。

黎璃不置可否，反正活了十八年她就沒做過一件讓黎美晴滿意的事。她在母親那裡得不到的肯定，裴尙軒給了她。

他拿著她的錄取通知書，先是誇張的「哇哦」了一聲，繼而捏住她的臉頰往兩邊扯。他習慣把她的手放到口袋裡溫暖，習慣揉亂她的頭髮，習慣扯她的圓臉頰，很多年後仔細想想，這些親密自然的習慣理應發生在戀人之間。

無奈他不明白，她也不追究，蹉跎了歲月。

「痛死了，笨蛋！」黎璃拍打他的手，要他趕快放開自己。「你這是什麼反應啊？」

裴尙軒放開手，勾住黎璃的脖子，揉亂她的短髮。「丫頭，我是爲妳高興。妳太棒了，永遠都是最棒的。」少年的眼睛明亮如星，閃爍著眞誠的光芒。

眞是個大傻瓜，活像她拿到的是哈佛或者牛津大學的錄取通知書。黎璃忍不住「呵呵呵」笑了起來，終於找到了幾分得意。

報到那天，裴尙軒在上外校門口等著黎璃。他和她約好，若是家裡沒人送她過來報到，他就幫忙替她搬行李以及日用品。他斜倚著牆，手指間夾一支香煙，嘴角掛著似有若無的笑痕打量進出校門的女生。

十八歲半的裴尙軒已有一種危險而迷人的氣質，能讓女生心猿意馬的魅力。慵懶的姿態，滿不在乎的神情由帥哥來表現，震撼指數「嗖嗖嗖」往上飆升。他只在一個女孩面前展現所有軟弱無能的一面，而且被她罵了很多年的「笨蛋」。

他看到黎璃從公車上下來，後面跟著柳之賢、黎美晴，還有一個高大的漂亮男子。黎璃望向他這邊，沖他擺了擺手。

裴尙軒明白她的意思：有人送，不需要你幫忙了。

他揮揮手，朝另一個方向轉身。他對黎美晴沒有好感，一向覺得她是個不負責任的母親。還有站在黎璃身旁的男人，那張臉似曾相識，無端讓他煩心。

黎美晴瞧見了裴尙軒，轉頭看著女兒：「那小子，是不是姓裴？」好幾年前她見過這個男孩子，帶著一群小孩在巷弄裡奔來跑去玩打仗。

「嗯。」黎璃簡短地應了一聲，不想多談。將一切看在眼裡的柳千仁一言不發，把卷成一團的涼席扛上肩膀，跟著父親穿過馬路。若非她與柳千仁之間的心結，她會覺得這一幕相當搞笑。

黎璃搞不懂柳千仁爲何要來送她報到，自從一年多前發生了那件事之後，他們幾乎沒有交集。難得他回家吃飯，仍然是沉默相對。

她在柳千仁留下的參考書裡發現了他的秘密，她偶爾想起那些細心雕刻的水瓶座黃金聖衣，唏噓良久。他用錯了表達方式，而她剩下恐懼和憎厭。錯了的作業可以改正，時光卻沒辦法倒流，生命中的錯誤沒有修正的機會。

一家四口在校門前照了一張相，上次柳千仁考進交大時也照過一張，柳之賢放大了掛在客廳牆上。那時她被安排站在柳千仁身側，漂亮的男孩面無表情。

黎璃依然站在柳千仁旁邊，在幫忙拍照的路人喊「茄子」時勉強咧開了嘴。

黎美晴走上前拿回照相機，柳之賢去拿行李也走開了，柳千仁低頭看著黎璃的眼睛，飛快地說道：「畢業後我打算去美國留學，你不用再怕了。」

她尚未回過神，他已走向柳之賢並接過兩個熱水瓶。

柳千仁，他要離開了。黎璃看著他的背影，五味雜陳。

一九九五年十二月五日，下課後黎璃和下鋪的曹雪梅一同走回四號宿舍樓。天很冷，她們在校園裡奔跑，試圖驅散寒意。有男孩騎車帶著後座的女友在人群中穿梭，有人閃避不及撞在了一起，熱熱鬧鬧吵得不可開交。

曹雪梅氣喘吁吁讓黎璃停下等等自己，她轉身邊倒退著跑邊取笑室友耐力差勁，一不留神撞到身後的人。

「啊，對不起，對不起。」黎璃連忙轉身道歉。

被撞得是個男生，臉上有顆顯眼的黑痣，沖黎璃笑了笑：「沒關係。我剛才正在琢磨這個生日過得太平淡了，都沒發生什麼事。果然，生於憂患死於安樂啊。」

黎璃先是錯愕，接著掩住嘴咯咯猛笑。沒想到遇上一個與自己同一天生日的人，還頗爲有趣。臨走之前她向他說了一句「生日快樂！」

她今天生日，室友嚷嚷著說要她請客吃飯。但因爲大家都靠每個月微薄的生活補貼過日子，也就當作玩笑過去了。黎璃相當節儉，家裡有兩個人在讀大學，負擔頗重。她報名參加學校安排的勤工儉學，但是一年級生得到家教工作的希望並不大。

「黎璃。」有人叫她，在寢室樓外等她的男孩穿著黑色的大衣，英氣逼人。是裴尚軒！

黎璃跑過去，抬手賞了他一拳。「你來幹嘛？」上個月他過生日找她出去吃飯，害得她被室友盤問半天。得知他們僅限於哥們關係，六個人裡有一半提出讓黎璃作媒。她休假與他見面聊天，質疑他來上外根本目的是爲了泡妞。

裴尚軒大呼冤枉，告訴黎璃自己和補習班一個女生正處於眉來眼去暗送秋波等待進一步發展階段。他說這些話時，用漫不經心的口吻，彷彿輕舟已過萬重山巒，最初的悸動完全消失了。她聽著、看著他，心裡的痛說不出口。

「讀書讀傻了？」他拍她的頭，「妳生日，今天。」

黎璃微微一怔，隨即高興起來。幸福滿滿溢出了心口，原來他還記得！「Bingo!」一聲歡呼，她自動將手臂插入他的臂彎，故意惡狠狠警告：「食堂的菜一點油水都沒有，你準備好被我『三光』吧。」

「哪三光？」裴尙軒像過去那樣，把她的手塞進大衣口袋，同時皺了皺眉。「妳的手冷得像冰塊。」他的大手包裹著她，掌心先有了暖意。

「手套掉在教室裡，找不到了。」黎璃吐吐舌頭，「三光就是吃光、喝光、花光。」

他們走到學校外面，大連路車水馬龍，交通堵塞讓車輛排起長蛇陣。裴尙軒拉著黎璃穿過車流，朝虹口體育場方向走。

十一月五日，上海申花隊在虹口體育場3:1戰勝山東泰山，提前兩輪奪得甲A聯賽冠軍。那天她回學校走過體育場外，湮沒於瘋狂慶祝的球迷中。黎璃站著看了一會兒，喧囂的喇叭與口哨鼓動耳膜，她希望有一天自己也能這樣爲阿根廷瘋狂。到那一天，她或許就有勇氣告訴裴尙軒她喜歡他。

可是黎璃終究是個理性的人，時時刻刻計算著機會成本。得到一些，必定會失去另一些，甚至於輸光所有。所以，她選擇已經擁有的東西。

「借我十塊錢。」裴尙軒笑嘻嘻地瞧著她，「我沒帶錢。」

「My goddy God-!」黎璃尖叫，「那你還來找我吃飯？」折騰半天，這傢伙居然是來打秋風的。她抽出自己的手，向後轉。「算了，我還是去吃食堂沒油水的菜。」

身後沒有動靜，黎璃疑惑回頭，看到他落寞站立的身影。他站在路邊，身旁經過下班歸家的路人，孤零零好像一個人站在天涯海角那麼遙遠的地方。她身不由己，他和她彷彿無依無靠的小獸，需要彼此溫暖。

她明白這僅是自己的一廂情願，無奈沉溺於這一點點錯覺，無力自拔。

黎璃走回裴尚軒面前，停下腳步。他舔了舔嘴唇，勾起的嘴角顯出苦澀的味道。「黎璃，補習班的考試，我沒及格。」

她默然不語，卸下揹著的書包，從內側口袋掏出十塊錢遞給他。「拿去用，別還給我了。」不問他爲何失落，也不管他失敗的理由是否因爲一心多用，黎璃總在他需要幫助的時刻不問理由第一個衝上去。

他抓住她的手，「現在我有錢了，能夠請妳吃飯了。」裴尚軒笑容滿面，白白的牙齒在紅潤的嘴唇後閃耀。

他們去吃路邊攤，兩塊錢一份的炒年糕，還有一碗雞鴨血湯。寒風凜冽，黎璃用雙手捧住湯碗，周身暖洋洋的。

裴尚軒坐在她身邊。小吃攤上方懸掛著昏黃的油燈，冒出的熱氣讓光線更加朦朧，耳朵裡傳來青菜倒入油鍋時「嚓」的巨響，驚天動地。

「生日快樂，黎璃。」他對她說。剛才經過虹口體育場前的地攤，他從小攤販那兒買了一副絨線手套，塞進她的書包。

他摸摸她的頭髮，語重心長道：「要學會照顧自己，我沒辦法整個冬天時時刻刻都在妳身邊。」

「手套是不小心掉的。」她辯解，爲他說的話心酸。

裴尚軒看著黎璃，忽然咧開嘴笑不可抑。「丫頭，快點找個男朋友，好當作免費暖爐。」許是覺得自己的提議富有建設性，他得意洋洋。

黎璃十九歲，坐在高大英俊的裴尚軒身旁，產生了自卑。她暗自許了生日願望：如果我們註定無法相愛，請讓我能永遠走在他旁邊。

說到底，她清楚他和大多數男人一樣，喜歡美麗苗條的女子。他不愛她，有一半的原因是先否定了她的外表。假如他沒有喜歡過韓以晨，假如沒有柳千仁，裴尚軒同樣不會愛上自己，所以他才能滿不在乎地建議她尋找愛情，所以他不會吃她的醋。

她不曾忘記少年在眼鏡店裡不屑的眼神，他說：「我才不會喜歡醜八怪呢。」

一九九六年春節，黎璃的外婆過世了。老人在年初三那天於睡夢中無聲無息離開人世，走得十分安詳。

黎璃傷心欲絕，她從小和外婆一起住，幾乎由老人一手拉拔長大。有時候黎璃覺得外婆比母親和自己更親近。雖然外婆大字不識幾個，到後來耳背得厲害聽不清楚她說什麼經常答非所問，但是黎璃仍然喜歡和外婆說話，尤其是投訴黎美晴的不是。

裴尚軒的名字時常出現在黎璃口中，在外婆還聽得見的時候，她用滿是老繭的手摸摸外孫女的臉，說那個孩子一定會明白妳對他的好。

黎璃樂呵呵地問：「我要等多少年？」

外婆便笑了，臉上的老人斑也散出了慈祥。「妳和妳媽其實很像，都是不到黃河心不死的人。當年妳媽要嫁給妳爸，和妳一個脾氣。」

這是黎璃第一次聽說父母的事，以往不管她如何旁敲側擊，家裡的大人全都三緘其口。她只知道父親姓劉，自己原名劉璃。

「妳媽比妳爸大了兩歲，我和妳外公都不贊成，妳媽一定要嫁過去。」老人曬著太陽，絮絮陳述往事。

「那，他們爲什麼分開？」黎璃下意識不想用「離婚」這個字眼描述自己的父母。對於素未謀面連照片都不留一張的父親，她有著血緣上天然的親切。

外婆轉頭看著黎璃，歎了口氣。「沒良心的男人，到處都有哦。」

她霎時無語，沉默地曬著太陽。沒良心的男人，其中有一個是自己的父親。黎璃不想責備任何人，每段婚姻的結束都有各自的理由。初中學了相濡以沫這個成語，她異常感動。進了大學後讀過莊子的原文，才恍然明白這四個字壓根兒和夫妻情深毫無關係。

「相濡以沫，不若相忘於江湖。」那個斷章取義的人，留下美好的幻想給後世，生生掩去殘酷的眞相。相濡以沫是迫不得已，若能悠游於江河湖海，有誰心甘情願困於淺淺水窪或者平行是男女最好的相處模式，無限靠近但始終不要重合，永遠留一份美好的幻想給彼此。

黎美晴和黎國強開始忙著料理母親的身後事，作爲半子的柳之賢也來幫忙。做頭七的那幾天，他差不多天天都來。

「叔叔，謝謝你。」某天晚上黎美晴留下守夜，柳之賢和黎璃一同回家的路上，她向他表達了謝意。

柳之賢愣了愣，不自在地笑笑。「小璃，說謝謝太見外了。」

黎璃也覺得自己的話不合時宜，像是和一個陌生人對話。她明白是柳千仁的緣故，那個陰影她現在還不能忘記，連帶著影響了身邊的人。

「小璃，是不是發生了什麼事？差不多有一年了，妳對叔叔的態度疏遠了許多。」柳之賢隱隱感到不對勁，但說不出個所以然來。今天聽到黎璃客氣的道謝，柳之賢免不了尋根究底一番。

這個秘密，她不能告訴任何人。黎璃用力搖頭，轉移了話題：「我沒見過爸爸，外婆走的時候有叔叔送她，她一定很高興。」眼淚掉下來，落於手背，被冷風一吹有點涼颼颼。

柳之賢做夢也料不到，被黎璃隱藏起的秘密竟然與柳千仁有關。他所能想到的不過是黎璃正經歷著失去親人的痛苦，而這種痛苦可能也折射出她自幼喪失父愛之痛。

追悼會上，裴尚軒站在黎家親戚之後，聽黎國強向來賓致詞。他的視線從前方人叢中間越過，搜尋到黎璃的身影。

黎璃垂著頭，幾天來哭得太厲害，眼睛又紅又腫連隱形眼鏡都不能戴，此刻她哭不出來了。她也不想當著這許多人的面前哭泣，傷心是一件私密的事，沒必要在大庭廣衆下像演戲一樣聲淚俱下。

哀樂響起，來賓魚貫上前向死者告別。黎璃看著躺在棺槨中的外婆，殯儀館的化妝師手藝不錯，老人的臉色紅潤柔和，似乎只是在沉睡。黎美晴號啕大哭，像瘋了一樣撲在玻璃罩上，合柳之賢、黎國強、嚴麗明三人之力才將她拉下去。

黎璃木然站在一旁看著母親哭鬧，突然打了一個寒顫。她不知道倘若有一天躺在裡面的人換作黎美晴，自己會不會流淚？

裴尙軒望著面無表情的黎璃，感覺異常遙遠。

外婆被推進去火化，家裡人張羅著來賓坐車去飯館吃豆腐羹飯，招呼親朋好友之聲與剛剛濃厚的悲哀氣氛形成鮮明對比。黎璃退到角落，心裡頭空蕩蕩的，恍然有一種鬧劇結束的諷刺感。

裴尙軒走到她面前，張開口想說一句「節哀順變」，卻被黎璃死灰般的目光驚嚇住了。「丫頭，妳別嚇我。」按著她的肩膀，他擔憂地看著她蒼白的臉。

嘴唇翕動，黎璃輕輕吐出幾個字。他湊過去聽，幾不可聞的呢喃：「帶我離開。」

「好。」想也不想，裴尙軒一口應承。

遠遠的，一個略顯陰柔的漂亮男子注視著角落裡的他們，嘴角輕蔑向上挑起。

裴尙軒帶著黎璃離開殯儀館，將一枚一角錢硬幣抛到身後。她微抬著頭沒說話，目光中帶著疑問。

「我媽說要這麼做，我也不清楚。」他抓了抓頭髮，拉住她的手飛快地跑起來，一口氣跑到西寶興路路口。

「妳想去哪？」趁著紅燈，裴尙軒詢問黎璃的目的地。她茫然搖頭，圓圓的臉經過方才劇烈奔跑後泛出了淡淡的紅，比之前嚇人的蒼白好多了。

他舒了口氣，牽著她的手過馬路。記不得從何時開始，裴尙軒喜歡握著黎璃肉嘟嘟軟綿綿的手，他們不約而同忽略了一個問題：這樣，是否過於親密？

坐車到外白渡橋，免費開放的黃浦公園內遊人寥寥。並肩坐在防汛牆上眺望江對岸的東方明珠電視塔以及正在建造中的金茂大廈，江風吹動衣角獵獵。

天空雲層堆疊，陰鬱就像她的心情。她又忘了戴手套，手和臉被寒風吹得冰冷。

黎璃靠著裴尚軒的肩，這是一次放縱，享受暫時能屬於自己的溫存與任性。她低聲說：「裴尚軒，以後你要活得比我久。」

「嗯？」他不解。

她晃著雙腿，衝著江面大聲喊叫：「啊！」尖尖的嗓音，刺著裴尚軒的耳膜。體育課身體檢查，黎璃的肺活量不錯。她的喊叫聲持續了一分鐘，直到氣喘吁吁。

他看著她的側面，圓潤柔和的線條繃得很緊，顯然她的情緒仍處於壓抑狀態。他抬起手，輕輕揉著她的短髮，小心翼翼勸慰：「難過就哭吧，我的肩膀借妳靠。」

「我哭不出來，裴尚軒。」黎璃側過頭，視線停留在他的臉，紅腫的眼睛因乾澀而疼痛。她沒戴眼鏡，要湊到很近才能看清楚人的五官，可是他不一樣。這張俊臉印在腦海裡，閉上眼睛亦能清晰可辨，有可能一生都忘不掉。「我不想再看到死亡，再也不要了。」

他從衣袋裡摸出香菸，用打火機點燃。「好。」他答應了她。

黎璃不再說話，靠著他的肩膀看銀灰色的江鷗點水飛行。她不能再忍受愛著的人離自己而去，而對於裴尚軒，少一個朋友並不會傷心很久。

第十章　等待候鳥，直到生命盡頭

一九九六年歐洲盃，德國隊成爲歐洲冠軍。黎璃半夜起來看最後的決賽，因爲是德國。她在淩晨打電話給裴尙軒，問他有沒有看比賽。他睡意朦朧，聲音含混問道：「妳不是喜歡阿根廷嗎？」

一九九〇年義大利的夏天，對於裴尙軒只是一個賭約。他支持德國隊，未必有多喜歡，僅僅是爲了與黎璃的阿根廷抗衡。

黎璃掛了電話，看著螢幕上穿著白色球衣的德國隊員歡慶勝利。她用手掩住嘴，笑出了眼淚。

自己，才是最笨的那一個人！

被電話吵醒的裴尙軒睡不著了，走到客廳打開電視機調到有線體育台。德國2:1戰勝捷克，歐洲盃歷史上第一場金球決勝的比賽，德國人舉著國旗滿場飛奔，失敗的那一方頹喪地坐於草地，眼神空洞。

他的記憶回到一九九〇年夏天，黎璃喜歡的阿根廷也是這樣看著德國人慶祝勝利。九四年世界盃，他失去了自由，連同對生活的信心。

他自暴自棄，不想再與過去牽扯。可是那個喜歡阿根廷的女孩始終不放棄他，就像她對藍白色的球隊，不管失敗幾次，她依然癡心不悔。

德國隊隊長克林斯曼從英國女王伊莉莎白二世手中接過冠軍獎盃，高高舉過頭頂，皇后樂團〈We are the champions〉旋律響起，裴尙軒微微含笑。

有黎璃這樣的朋友，眞的很棒！

二〇〇四年六月二十四日凌晨四點四十分，裴尙軒和黎璃在酒吧看歐洲盃直播，德國隊在最後一場小組賽中傾盡全力仍然輸給了捷克，從而喪失了小組出線的機會。九六年克林斯曼捧盃的畫面就此定格，成爲德國隊這些年來唯一收穫的榮耀。

那時候他的生活處於失控邊緣，生意陷入困境，婚姻似乎也走到了窮途末路，裴尙軒看不見希望。

黎璃坐在他旁邊，眼神溫暖地望著他。像過去了的很多年裡，她在他轉頭就能看到的地方，無聲給予支持。裴尙軒伸出手抱住黎璃，英俊的臉距離她很近，他在她耳邊低聲呢喃：「黎璃，妳是不是喜歡我？」

但是在一九九六年，裴尙軒從未想過黎璃是否喜歡自己，也許是他潛意識裡拒絕設想這一可能性。他固執的把她當作最好的朋友、最好的兄弟，唯獨與愛情無關。

當時間停在告別面前，他才明白自己原來很愛很愛她。如果你握著一個人的手感覺到的是幸福，難道還需要什麼證據來證明你愛她？

裴尙軒握著黎璃的手，一握便是好幾年。

大一暑假，黎璃找了一份家教，替一個初一女生補習英文。裴尙軒取笑黎璃這是去誤人子弟，被她狠狠地瞪了一眼。

「妳有教學經驗嗎？」他糗她。

黎璃昂著頭，盡力縮短與他的身高差距。「當然有了，我替某個笨蛋補過不知多少次課了。」

久遠的記憶，無憂無慮少年時，煩惱的事情過不了幾天就拋在了身後，似乎連那時的天空也比現在更澄澈明淨。那段回憶裡還有一個人，笑顏如花的美麗少女。

難堪的沉默瀰漫周遭，他們都還沒眞正遺忘。有些事情雖然過去了，但留下了疤痕，時刻提醒著曾經。

「黎璃，我要去廣州。」裴尙軒率先打破沉寂，揉她的短髮已成了他的習慣動作。

她稍感驚訝，「去幹嘛？」

「我不是讀書的料，我爸想帶我去廣州，做服裝批發。」點上一支菸，裴尙軒吸了一口，惡作劇地衝黎璃的臉吐出煙霧。

黎璃一手捏住鼻子，另一隻手當扇子讓菸味散去。她故作歡快地說道：「做生意啊，將來發財當了大老闆，可別忘了我這個窮朋友哦。」

他一味猛笑，瀟灑轉身舉起手朝背後的她揮了揮當作再見。「妳這塊牛皮糖，我想甩也甩不掉了。」

「一帆風順，笨蛋！多長點心眼。」黎璃提高聲音，怕裴尙軒聽不見。

高大的男人回身，似笑非笑點了點頭。

他坐火車離開上海那一天，黎璃揹著書包去給初一女生補課。穿行在狹窄的巷弄，看著熟悉的紅磚房，她想念過去的自己與他。

他們都離開了年少，再也回不去。

黎璃的學生名叫沈潔華，留級重讀初一。女孩看上去呆頭呆腦，無論她重複講解多少次，給她的反應總是茫然以對，當年教不肯好好用功的裴尙軒都沒這麼累過。

黎璃免不了挫敗，心情低落在家出試卷。她已經把題目出到「I ＿ a student」，只要塡寫「am」這麼簡單的份上了，假如沈潔華再做不出，黎璃決定甩手不幹了。

柳千仁從臥室走到客廳，聽到動靜黎璃微抬起頭瞟了一眼，看他穿戴整齊的樣子是準備出門。耳邊響起報到那天他說的話：「畢業後我打算去美國留學，妳不用再怕了。」

手指一顫，鋼筆尖在紙上重重戳出了一個洞。

他經過她面前，腳步不停。柳千仁走過去之後回頭看著黎璃的側影，兩年前發生的事情同樣也是他心中的陰影，她悲涼絕望的眼神一刻都未放過他的靈魂。他常常從夢中驚醒，愧疚在萬籟俱寂中洶湧而至，那個與他同處一城的女孩永不會原諒他帶來的傷害，這個事實讓柳千仁瀕臨崩潰。

他有個可笑的念頭：若是當年爲此受到法律的制裁，能不能在良心上得到解脫？

在黎璃外婆的追悼會上，柳千仁看著裴尙軒將黎璃帶走，她從來沒有在他面前流露脆弱的表情，即使是在一九九四年七月三日狂亂的凌晨。

目送他們離開的一刻，他的內心被某種名爲「嫉妒」的情緒瘋狂啃噬。柳千仁不想愛上任何人，尤其是黎璃。他對她，厭惡才是正確的態度。

他決心離開上海去遙遠的美國，把黎璃完全捨棄。

此去經年，等他再見到她，柳千仁發現那些思念仍然保存在心底，如潮水退去後從沙礫中露出的光滑卵石，歷歷在目。

一九九六年十二月五日，黎璃滿二十歲，室友嚷著要拿到獎學金的她請客。班長早上開信箱，有一張給黎璃的明信片，寄自廣州。是她熟悉的筆跡。隨著年歲漸長，裴尚軒的字從行書一下子躍進到草書，潦草得比醫生的處方箋更難辨認，還大言不慚說這就叫做「狂草」。黎璃當即沒好氣地說張旭保管能被他氣得再死一次。

他蜷起食指，在她額頭輕輕彈了彈，笑瞇瞇辯解：「這叫風格，懂不懂？」

「狡辯，是中國人就該把字練好。」黎璃拂開他的手，正色道：「你的字拿出去給別人看，有幾個能看明白？」

「沒關係，反正會給我寫信的只有妳。」裴尚軒嘿嘿笑著，滿不在乎的口吻，「只要妳看得懂，那就OK了。」

她輕輕一咳，不再糾纏於這個話題，心頭卻有幾分高興，想著自己總算有一點點特別之處。微不足道，可她偏偏心滿意足得好像刮開彩票中了頭獎。

裴尚軒在明信片背後寫道：「丫頭，happy birthday！在外面沒辦法被妳三光，等我回來一定補上。」

她「撲哧」笑了，一年前和他在校外吃路邊攤的情形浮現在眼前，哪有人嘴上說著請客還向被請的人借錢這種事？

明信片最末一句是他的附註，似乎是在匆忙中加上的，字跡更草。黎璃費了一番功夫才認出他寫了什麼——別再胖了，小心找不到男朋友。

狗嘴裡吐不出象牙的傢伙！下意識地，她的手隔著外套毛衣拍了拍腹部，想著幾天沒做仰臥起坐好像才癟下去的小肚子又有了反彈，晚上熄燈前至少要補上兩天的運動量。

上海的冬天來得越來越晚，常常是一下子從深秋邁入冬季。十二月初的白天溫暖宜人，時髦的女生穿短裙長靴，如天橋上走貓步的模特兒，在黎璃前面頗有韻律感地扭著纖細腰身。黎璃羨慕地瞧著女孩細細的長腿，不解世上怎麼會有這麼多細腿的美人。不說雜誌封面上骨感得像是非洲難民的超級模特兒，就說一個算不上大的校園，觸目所及皆是弱柳扶風。哪像自己，不吃不喝也能長肉。

曹雪梅不屑地撇了撇嘴，拽著她的胳膊快速超越對方，一邊用不滿的語氣絮絮叨叨：「學校裡沒見幾個男生，扭成這樣給誰看啊？」她嘴上這樣說著，肩膀卻無意識左右搖擺起來，看起來與後面那個女生有幾分異曲同工之妙。

黎璃掩著嘴笑，眼睛瞇成了細細一條縫。恐怕這世上大半不漂亮不風情萬種的女子對待能獲得高回頭率的同性，多是表面不屑私下抱著豔羨心態。畢竟男人喜歡美女，古往今來女人的鬥爭又多是爲了男人而展開。

比如她認識的人裡，就有一個喜歡漂亮女孩的傢伙！黎璃黯然想著。

課本裡夾著裴尚軒寄來的明信片，正面是廣州中山紀念堂的全景。她猜想他是有意挑了這張。以前上課從不專心聽講的他只對地理感興趣，每次都和黎璃一同聚精會神聽禿頂的地理老師口沫橫飛描繪祖國大好河山。下課後黎璃常常感歎，這一生不知要花多少時間才能走遍全中國，更何況外面的世界更遼闊。

「有一個辦法。」英俊的少年滿臉得意，「我和妳，一人走一半的路程，每到一個地方就給對方寄一張明信片，兩個人加起來等於走遍了全世界。」

那時候，她覺得這真是一個省錢省時間的辦法，但此刻她想那些風景只有親眼見過才不會忘記，就像人生，亦如感情——你只有經歷，才能領悟。

迎接一九九七新年的舞會在學生活動中心舉辦，黎璃被室友拉著去跳舞，和那個臉上有顆痣的男生有了交集。一年前她生日，在路上撞了他，得知他與她同月同日生。

黎璃知道他叫汪曉峰，主修德語。黎璃本來想選德語作為第二外語，但是被曹雪梅用「法語是世界上最美的語言」這個理由拖去了法語班。

汪曉峰早忘了遇見黎璃這回事，她不是能令人眼前一亮或過目難忘的美女，除了成績不錯其他方面並不出挑，在講究個性的大學校園裡被忽視的機率在百分之九十以上。黎璃不在乎這些，反正論唱歌跳舞她沒天賦，論吸引目光她也欠缺先天條件，索性老老實實爭取獎學金比較實在。

她記住汪曉峰的原因之一是為著他臉上那顆顯眼的黑痣，長在嘴角邊，活脫脫上海滑稽戲裡媒婆的扮相。她忍不住笑，肆無忌憚盯著他的痣。

「過分吧過分吧。」汪曉峰根據黎璃視線聚焦的部位推測到她在觀察自己臉上的痣，故意裝出抗議的樣子。他和黎璃的室友丁欣是同鄉，都來自浙江金華，據曹雪梅提供的八卦消息說這兩個正在交往中。這也是黎璃認得他的另一個原因。

黎璃沒心沒肺笑得愉快，甩了一句調侃：「這顆痣還挺有靈性的，否則能讓你搞定我們寢室的丁欣？」

他的笑容頓時僵住，摸摸腦袋自嘲：「媒婆媒婆，不就是替人做嫁衣嗎？」聽她提起丁欣，汪曉峰總算有了一點印象，他曾經在食堂遇到過她和丁欣一起去打飯。

黎璃和丁欣雖然同一寢室，但關係泛泛。大一那時她就知道丁欣對裴尚軒挺有感覺，好幾次見到他來找自己都免不了旁敲側擊一番，不過黎璃裝聾作啞的段數隨年歲漸長也越發高深，既然丁欣沒明說她就假裝不懂。

大家都是聰明人，見黎璃反應冷淡不甚熱心，丁欣也閉口不談了，只是兩人的關係從那之後便有些疏遠，終究是存了芥蒂。

聽汪曉峰的口氣，似乎是「襄王有夢，神女無心」的情形。黎璃尷尬地咳嗽，本打算找個藉口走開，卻瞥見他落寞的表情，無端生出了同情心。「算了，不就是一個不喜歡你的女生嘛，不屬於你的求不到。」還沒說完黎璃就笑了。當局者迷，勸別人的時候說客都很想得開，一個個儼然愛情問題專家。真正輪到自己方寸大亂，才明白感情的事三言兩語說不清。

他歪著腦袋打量她，咧開嘴笑了笑：「就衝妳這句安慰，我非要請妳跳舞不可了。」他學電影裡的外國紳士，向她彎下腰伸手邀舞。

黎璃頗有點受寵若驚的感覺，除了裴尚軒，鮮少有男生和她產生學習之外的接觸。基於人道主義考慮，她事先聲明自己不會跳舞，請他做好被踩的心理準備。

汪曉峰以爲這是她的謙虛之詞並沒當眞，等到黎璃連續踩了他三腳後，他哭笑不得拉著她退出舞池。

「爲了我的腳著想，我還是把這個邀請放到妳學會跳舞以後算了。」他拿了一罐可樂給她。

學會跳舞？就自己那不協調的彆扭姿勢，簡直是天方夜譚！「Mon dieu.」極爲自然的，一句法語出口。

汪曉峰聳聳肩，順口回應：「Mein Gott.難道妳就不想成爲舞林高手，技壓全場豔冠群芳？」

黎璃衝他翻了一個很大的白眼，「汪曉峰，不切實際的幻想叫做癡人說夢。」

他搖頭的幅度很大，笑瞇瞇瞧著她說道：「黎璃，自信會讓女孩越來越漂亮。相信我，沒錯的。」

她看著他，忽然之間輕鬆起來。

二月十四日情人節是星期五，下半學期開學的日子，黎璃去學校註冊。寢室樓裡到處可見深紅色的玫瑰，鋪天蓋地的嬌豔。二〇〇五年的玫瑰賣到五十元一朵，但愛情卻比一九九七年廉價許多。

寢室裡，用可樂瓶改裝而成的花瓶插了一束紅玫瑰。曹雪梅努努嘴，示意她是丁欣的追求者送的。黎璃聳聳肩放下書包，順手將佔了自己書桌一半空間的花瓶朝旁邊移動。

丁欣是她們寢室最漂亮的女孩，也最會打扮。她有個朋友兼職做雅芳代理，每個季度都會往黎璃寢室跑，帶一堆印刷精美的宣傳資料和樣品給她們試用。

黎璃用心地跟著大家一起學習化妝技巧，堅決不買。她知道神奇的化妝品能修飾五官以及臉型的不完美，也親眼看到鏡子裡的自己從平凡無奇變爲略有動人之處，可是她仍舊不願意用「人工」的一張臉面對裴尚軒。

如果變得漂亮就能博取他的喜歡，那麼這個男人根本不值得她默默守候；如果變得漂亮他依然只把她當作死黨看待，她想自己可能會絕望。

寒假，黎璃從學校圖書館借了《刺鳥》回家，陷入梅姬與拉爾夫半個世紀的糾纏，連吃飯的時候都捨不得把書放下，被黎美晴點著腦門罵「書呆子」。她看了看母親，加快扒飯粒的速度。

柳千仁坐在她們對面，冷淡的目光掃了掃黎美晴便讓她偃旗息鼓了。在這個重新組合的家庭中他有舉足輕重的地位，至少對繼母頗有幾分威懾力。他總是在黎美晴教訓黎璃的時候不動聲色爲她解圍，她隱約察覺到這一點，潛意識裡不想深究。

黎璃在閱讀之前就不喜歡拉爾夫，同班同學上學期借過這本書，她對大概內容有所瞭解。儘管理智告訴她大多數男人在面對名利與愛情的兩難選擇中會捨棄後者。

吸引她的是那段題記：「有一個傳說，說的是那麼一種鳥兒，牠一生只唱一次，那歌聲比起世上所有一切生靈的歌聲都更加優美動聽。從離開窩巢的那一刻起，牠就在尋找著荊棘樹，直到如願以償，才歇下來。然後，開了歌喉。在奄奄一息的時刻，牠超脫了自身的痛苦，而那歌聲竟然使得雲雀和夜鶯都黯然失色。這是一曲無比美好的歌，曲終而命竭。然而，整個世界都在靜靜地諦聽著，上帝也在蒼穹中微笑。因爲美好的東西只能用深痛巨創來換取……」

她不是刺鳥，是那株荊棘樹，等待著聆聽一生一次的絕唱。

假如有一天她能將自己的暗戀寫成一本書，黎璃想自己會在扉頁上題詞：「我期盼候鳥歸來，直到生命終結。」

二月十四日，黎璃在移動丁欣的花瓶時，手指不小心被玫瑰刺出了血。

時間如白駒過隙，一眨眼就遠遠跑到了天邊。生活好像小時候玩過的陀螺，被看不見的鞭子抽打著飛快旋轉停不下來，來不及看清楚片段就已成爲了往事。

九七年香港回歸前兩天，柳千仁拿到了南加州大學的Offer，裴尙軒用絕對屬於稀罕事物的行動電話打給黎璃說出了大事要她立刻出來，黎璃正在家整理行李準備和汪曉峰一起去北京看天安門升旗儀式。

接到他十萬火急的電話，黎璃扔下整理了一半的行李匆忙出門，心急如焚趕到人民廣場附近的茶坊，卻看到他坐在一群人中間意氣風發。

裴尙軒一年前在七浦路租了一間店面，從廣州批發服裝回上海。他眼光獨到，再加上帥哥的形象就是一個活廣告，生意興隆。他忙得根本沒時間找黎璃敘舊，她去看過他兩次，每次到最後都不得不出賣勞力幫著他賣衣服。

「你們是一對吧？」試衣的女孩總是問這個。

裴尙軒哈哈笑著摟住黎璃的肩膀，用力抱了抱回答提問：「這是我最好的兄弟，比所有的女人都重要。」

她努力維持笑臉，心中絞痛。最好的兄弟，比所有女人都重要，偏偏與愛情沒有關聯。黎璃回學校和汪曉峰練口語的時候心不在焉，被他看出了端倪。

自從新年舞會過後，她和汪曉峰漸漸熟絡。他們巧合的在同年同月同日出生，出生時間僅相差了四小時，遂成爲關係特鐵的死黨。春節他回金華過年，還特意給她帶了一包火腿回來。黎璃帶回家交給母親，黎美晴大驚小怪她這麼難看的外表居然還交得到男朋友。

「是朋友。」黎璃沒好氣聲明，重重關上冰箱門，沒理會母親絮絮的責怪走出廚房。客廳裡，柳千仁正在看碟片，抬起頭掃視黎璃。她沒反應，一聲不吭經過電視機前，回到自己的隔間。

汪曉峰是那種容易讓人產生信賴感的男生，他的問題是女孩子樂意和他開玩笑，但想要更進一步的交往則集體say no。黎璃替他分析過個中原因，歸根結柢是他和女生太沒有距離感，試想哪個女孩願意找個洞悉自己一切隱秘的男友？

「得了，你就乖乖當你的『婦女之友』吧。」黎璃雙手一攤，宣判他無藥可救。

汪曉峰挫敗地抓頭髮，衝黎璃上下打量一番，湊過去嬉皮笑臉問道：「黎璃，乾脆我們湊一對，考慮一下？同年同月同日生還能碰到，這麼有緣一定是上帝要我們在一起。」最末一句，他的語氣像吟誦讚美詩，只差沒加上「阿門」了。

她抬手給他一拳，「我當你是白癡。」

他揉著胸口哈哈笑，一邊大聲嚷嚷「You hurt me」。黎璃也笑，順便再賞他一腳。汪曉峰是個好人，能讓她輕鬆，但她對他沒感覺。

感覺是種玄妙的東西，黎璃只對裴尚軒牽腸掛肚，只擔心他過得好不好，只想和他在一起。說不上他究竟哪裡好，可能僅僅是感覺對了。

汪曉峰知道黎璃喜歡著某個人，是那種滄海桑田此情不渝的喜歡，他鬥不過在她心裡的人，大大方方老早棄權。

一九九七年六月二十九日，黎璃火冒三丈看著坐在人堆裡的裴尚軒。他染了目前最流行的金色頭髮，穿著黑色緊身T恤，脖子上戴一條銀色的項鍊，左耳還戴著銀色耳釘，囂張跋扈。

「裴尚軒，解釋一下怎麼回事。」坐在他身旁的人黎璃一個都不認識，她在準備英語等級考，有一陣子沒見過他了。看看這些人的裝扮，她自動劃歸狐朋狗友一類。

裴尚軒鬆開懷中扣著的漂亮女孩，朝黎璃略略抬起下巴。「妳來了啊。」

她更生氣，我這麼個大活人站這裡半天了，你不會才看見我吧?端什麼架子，無聊!他身邊同樣穿緊身T恤的女孩讓黎璃的自卑感再度抬頭，世上不只韓以晨一個漂亮女孩，她妒嫉也沒用。

「如果你讓我來看你無聊，OK，我看到了。」黎璃不客氣地轉身，毫不介意在他兄弟面前給他難堪。

裴尚軒勃然變色，在場眾人愕然注視著一向以酷哥形象示人的他站起來追了出去，他衝出門，抓住黎璃的胳膊。

「黎璃，妳吃錯藥了？」裴尚軒一開口火藥味甚濃，想也沒想就追出來，像是自己做錯了事。他不只惱火還有些委屈，長年相處下來深知以黎璃的性子交不到幾個朋友，所以特意安排了聚會想讓她多認識一些人，結果她這麼不給面子。

她轉頭注視比自己高了一個頭的男人，緊咬嘴唇的牙齒鬆開，殷紅的血如同好些年前他們同桌時他常常見到的那樣，她又在自虐。

他從牛仔褲袋裡摸出一方手帕，遞給她去擦血跡。黎璃沒伸手，任由他尷尬地舉著。她眼神深遠，他看不懂。

「裴尚軒，我晚上去北京。」

他脫口而出問她去幹嘛，有種她即將離去不再回來的錯覺。

「七月一號香港回歸，我去看升旗儀式。」

他鬆了口氣，香港回歸是普天同慶的大事，政府還特意放假。繼而想到七月一號天安門必定人山人海，又擔憂起是不是有人與她同行能互相照應。「一個人？」他不放心地問道，卻看到她搖了搖頭。「和一個男生一起去，沒什麼好擔心的。」黎璃不解自己為何特意強調同伴性別，脫口而出的話容不得她細想。

聽到「男生」二字，裴尚軒皺起眉頭。見鬼，她單獨和男人出去旅遊，居然叫他不用擔心？自己不擔心才怪！「不許去。」他霸道地命令，「妳是女生，妳要保護自己，知不知道？」

黎璃看著他，在自己尚未反應過來前嘴裡已經吐出了一個單詞：「Shit.」她一怔，冷冷笑起來。「裴尙軒，你神經病啊。」

她的冷淡讓他不悅，一臉惱火地吼道：「我是關心妳。」

「我不稀罕。」黎璃倔強地昂起頭回吼，甩手大步往前走去。沒走兩步，手臂再次被人捉住。回過頭，裴尙軒面目猙獰，惡狠狠咬牙切齒：「黎璃，妳這丫頭別不識好人心。妳的事我還管定了，今天妳哪裡都不准去！」說著，他揚手招了一部計程車，連推帶搡把她塞進車內，報了自己家的地址。

「讓我下車！」黎璃氣不打一處來，「我和男朋友去北京，要你多管閒事？」她撒謊了。許是之前見到他摟抱漂亮女孩的情景太刺眼，黎璃紅了眼圈，倒有幾分眞的情急了的模樣。

他面色陰沉，抿緊薄薄的嘴唇死瞪著她，恍似要看穿她是不是在騙人。黎璃心虛，強自鎮定與他對視。

「男朋友也不准！」被她炯然的目光看著，裴尙軒敗下陣來，心煩意亂抓抓頭髮，口氣陰鬱：「黎璃，妳給我記著，男人都不是好東西，成天想的就是佔女生便宜。」

她嗤之以鼻，不屑冷哼：「說的是你自己吧。」

黎璃的輕描淡寫看在裴尙軒眼裡變成了不知自愛，他說不明白爲何心痛得彷彿呼吸困難。手機鈴響，估計是被晾在茶坊裡的朋友等得不耐煩打來找他了。裴尙軒不接，倒是黎璃伸腿過來踢他的腳，聽不出抱著何種心態的口吻：「人家找你呢，麻煩你就別來管我的事。」

他氣急敗壞關機，喘了口氣，盯著她的眼睛生硬地說道：「妳死了這條心，沒我的批准，妳哪裡都不能去。」

「憑什麼？」黎璃忽然興起了一絲希望：如果，有沒有可能，他是在吃醋？

「憑我是妳的死黨。」這個理由夠充分了吧？「我們是朋友，我不想等到妳出事再來做事後諸葛亮。」他，總是在她剛剛產生了幻想的時候，殘忍得粉碎。更無奈的是，她怨不了他無心的殘酷。

黎璃沒去成北京，在裴尙軒家和他大眼瞪小眼對峙了半天，在裴家兩老不斷使眼色示意下，最終她妥協了。她到火車站約定的地點和汪曉峰碰頭，藉口臨時有事不能去北京了。

「是那個人吧？」汪曉峰朝著不遠處監視他倆的高個子男人努了努嘴。

她點了點頭，沒必要對他隱瞞。

「喜歡他會很辛苦的，黎璃。」他拍拍她的肩膀，拎起腳邊的旅行袋，「等我回來給妳看照片。」

黎璃很遺憾，爲自己將要錯過這一歷史性的時刻。可是等到裴尙軒走過來牽起她的手，她拋開了不愉快。

「妳騙了我，是不是？」他不悅地皺著英挺的眉，深邃的眼睛一眨不眨注視著黎璃，「他根本不是妳的男朋友，對吧？」

「嗯。」黎璃淡淡回答。

他抬起左手，揉著她的頭髮，嘟嘟囔囔慶幸自己頭腦清醒沒有上當受騙，否則後果不堪設想。

上海火車站人來人往，他們站在廣場上被蒼茫暮色籠罩。黎璃垂著頭，微微笑了。

這個男人關心著自己，無論是出於何種理由，都令她奮不顧身。

第十一章　愛已成傷

柳千仁出發去美國，黎璃被母親拖著到虹橋機場送行。她痛恨柳千仁，但那些夾在參考書中的刻紙讓人無法忽略，說不清楚對他到底抱有何種感覺，黎璃當起了鴕鳥。

千仁在家整理行裝，把考進大學之前的書都賣掉了，她看到自己還給他的參考書也在其中。黎璃的心猛然悸動了一下，持續的痛了幾秒鐘。

他離開前一夜，黎璃從市場調查公司打工回家，在樓下看到柳千仁寂寞地抽著菸。距離十公尺，她停下腳步。夏日燠熱的夜晚，無風之夜，她彷彿是從黏稠的水裡出來，全身上下都黏乎乎的，一心想著趕快上樓洗澡。

柳千仁手指間一星微芒，在夜幕裡橘紅色輕輕躍動，有一絲迷離的孤寂。

他和她，隔著十公尺互相凝望，最終無話可說。黎璃轉身上樓，而他繼續在樓下抽菸。她在掏鑰匙開門的時候，恍恍惚惚想起柳家父子都不抽菸。

搖搖頭，把怪異感覺甩到腦後。黎璃拍拍臉命令自己清醒，她一定是瘋了才會在意柳千仁。

在機場黎璃頭一次看到柳千仁的母親，一個氣質高貴的美麗女子。據說兒子像媽，從他的外表也能推測其母必定是個美人。她不但外表出色，聲音也極爲動聽，說話語調慢悠悠的，知書識禮的大家閨秀風範。黎璃客觀公正的評價：不管從哪方面看，還是柳千仁的母親和柳之賢比較般配。

許是這並非她一個人的感想，黎璃發現自己母親的臉色變得很難看，然後柳之賢彷似無意握住了黎美晴的手。握得很緊，讓旁觀者也莫名放下了心。

她從以前就搞不懂柳之賢是愛上母親的哪一點，身爲黎美晴的女兒竟然荒謬地找不到說服自己的理由，但看到這一幕黎璃釋然了。柳千仁也看到了，嘴角浮現一抹耐人尋味的淺笑。

他沒有和黎璃告別，只是隔著送行的親人望了她一眼。這一瞥太快，黎璃根本抓不住他眼底的情緒。

波音747升上高空，柳千仁離開這個城市。她望著頭頂掠過的銀色飛機，彷彿一隻展翅飛翔的巨鳥。

離別了，還會不會回來？

九月開學，黎璃大學三年級。裴尙軒在暑假裡請她出去吃飯，把自己的女朋友介紹給黎璃。並不是那天在茶坊看到的漂亮女孩，他又換了一個。

她記得有一年四月，在櫻花盛開的季節裡，裴尙軒拍著她的肩膀霸道地說：「黎璃，我喜歡的人，妳也要喜歡。」

黎璃含蓄地微笑，有禮貌地和他的女友寒暄聊天，心裡頗爲嘲諷地想：他喜歡的人太多，她來不及跟上他的速度。

也許他早已忘記這句話，而她卻記著每一個瞬間，不管是幸福的還是心碎的。

二〇〇五年，柳千仁狠狠揍了裴尙軒一拳，輕蔑地評價：「我喜歡的人，妳也要喜歡。這是我聽過最殘忍的話。」

裴尚軒的嘴角流血了，眼前浮起黎璃嘴唇上殷紅的血跡，觸目驚心。

他浪費了太多時間，連老天爺都看不下去，決心收回他愛她的權利。

在一九九七年，裴尚軒摟著黎璃的肩膀介紹給自己的女友：「黎璃，我的死黨。」

女孩名叫岑雯雯，有一雙動人的眼睛。不只清澈明亮，視力更是好得出奇，2.0。黎璃戴著隱形眼鏡，還沒她看得清楚。

她拉著黎璃的手，咯咯笑著說：「尚軒經常提起妳，百聞不如一見啊。」

什麼意思？黎璃不動聲色打量對方，岑雯雯笑容甜美，說話語速很快，經常跳躍性思維。上一個話題還沒結束，她已迫不及待轉了另一個。

黎璃對這個女孩討厭不起來，他以前的女朋友中不乏矯揉造作或趾高氣揚者，難得碰到這樣爽朗大方的。趁著她去洗手間，黎璃斜睨著裴尚軒，雲淡風輕道：「笨蛋，就選她吧。」

他一味笑，不置可否。岑雯雯從洗手間回來，他們跳過了這個話題。

離開紅茶坊，一行三人去吃火鍋。熱氣騰騰的酸菜魚頭鍋底端上來，他涮的第一筷羊肉挾給了自己女友，無端讓黎璃聯想到很多年以前小舅舅挾給嚴麗明的雞翅膀。

「丫頭，不用客氣，自己動手豐衣足食。」他勾起嘴角，酷酷地說。

這就是女朋友和死黨的區別。

裴尚軒和岑雯雯旁若無人舉止親密，她坐在他們對面，喝冰凍過的可樂。冰冷的液體滑下咽喉，似乎同時也滑過了心臟。這頓火鍋吃得她全身冰冷，黎璃仍舊不開心，因為他喜歡的始終不是她。

「你很喜歡她？」晚上黎璃在家和裴尙軒通電話。她抱著試試看的心態撥打了電話，沒想到他居然在家。

裴尙軒躺在床上，握著聽筒仰望天花板，嘴角挑起淡漠的笑。他曾經很喜歡一個人，那時少年意氣，以爲喜歡二字就是天下最大的理由，結果卻發現是生生的諷刺。現在，喜歡只是電影平淡的開場白，爲了更進一步的接吻或是做愛。

他用手指捲著電話線，忽而收緊忽而鬆開，好像這是一個有趣的遊戲。黎璃又問了一次，他淡淡「嗯」了一句，輕輕鬆鬆回道：「是啊，很喜歡她。妳剛剛不也勸我就選她嗎？」他調侃著，半眞半假。

隔著電話線聽到這把扣人心弦的性感低音，她亦能猜到此刻他的表情——好看的嘴角勾起淺淡的笑痕，不著痕跡的溫柔。她一直看到，一直以爲自己就算不是他喜歡的人，至少能獨享一點點寵溺。可是他會寵愛另一個人，如同當日小舅舅轉向清麗女子的筷子，把短暫的幸福帶走了。黎璃不切實際的幻想被撕扯成碎片，殘破到無法再拼湊完整。她沉默著，呼吸綿長。

清醒吧，黎璃！她對自己說：妳不能對他說喜歡，又有什麼資格指責他背叛？暗戀，從開始就並非公平的遊戲。

「黎璃，妳有沒有喜歡的人？」裴尙軒接著問。

她低聲笑起來，很快回答了他，用的是否定句。

過去的歲月裡，黎璃眞切喜歡著裴尙軒，只不過她已相信這是自己一個人的事。

黎璃在大學三年級正經八百加入了學校的書法社團，同樣是被汪曉峰拖著去的。裴尙軒有一點沒看錯，想要她主動擴大交際圈，除非太陽打西邊出來。黎璃骨子裡是個被動的悲觀主義者，再加上從小到大強迫自己凡事都要抱持無所謂的心態，隨著年歲漸長竟被人誤解爲高傲，不屑與人親近。

她的朋友的確不多，屈指可數加起來總共四個，連一隻手的五個指頭都用不足。除了汪曉峰是她無意中結識，另外諸如裴尙軒、李君、曹雪梅都是她的同班同學，而且皆是從同桌逐漸演變爲朋友。

汪曉峰聽她說完自己得到的特殊優待，摸著下巴退後一步把她從頭到腳打量了幾遍，搖著頭歎息：「黎璃，妳太孤僻了。」他說的話，和裴尙軒一樣。

「孤僻？那你怎麼會和我做朋友。」黎璃斬釘截鐵反駁他的論斷，不滿他的批評和裴尙軒如出一轍。

「那是上帝派我來拯救妳。」他笑嘻嘻回答，隔了幾天就把她拉去了書法社團。

黎璃中學時參加過書法興趣小組，小組長是裴尙軒，當年他的行書拿到過區裡青少年書法大賽三等獎，這是他沒什麼亮點的讀書生涯中唯一值得誇耀的榮譽。黎璃忘了自己當年練書法的理由，反正絕對不是爲了把字寫得好看些。

書法社人數不多，練字的同時也是練心境。不過裴尙軒是例外，他練歸練，性子照舊毛毛躁躁。

「帶女朋友來參觀？」書法社社長邱子安微笑著調侃汪曉峰。黎璃認識這個人，號稱德語系才子，年年拿一等獎學金的天才。

「我兄弟。」汪曉峰勾著黎璃的脖子，一臉忙不迭撇清的樣子。「不要隨便亂說，我的行情會看跌的。」

「你有行情嗎？我怎麼不知道。」黎璃用胳膊肘頂了頂他的胸口，轉向邱子安自我介紹，「你好，我叫黎璃，想加入書法社。」拗不過汪曉峰軟磨硬泡，她答應加入社團，於是打起精神展現出「積極向上」的風貌。

邱子安說著「歡迎歡迎」，側過身把黎璃介紹給身後安靜練字的其他社員。「社團人不多，大家都用綽號稱呼彼此，不用拘束。」他指著第一排憨厚敦實的男生說道，「妳叫他黃庭堅好了，他一直在練老黃的字。那位美女是褚遂良，她旁邊的帥哥叫顏眞卿……」他一個個介紹過去，黎璃含蓄地微笑致意。末了，邱子安忽然轉向她問：「黎璃，妳平時習哪一本字帖？」

她一怔，尷尬地笑笑實話實說：「我初中練過書法，很久沒碰毛筆了。」

「換言之，妳並不是書法愛好者？」斯文男子皺了皺眉，態度稍許冷淡了幾分。黎璃不明白他爲何變臉，疑惑地瞥了眼汪曉峰。

汪曉峰趕緊上前，搶著發言：「老大，愛好需要時間培養。我們不能學清政府閉關自守，把有興趣的人拒之門外，大家同意不同意？」黎璃丈二金剛摸不著頭腦，參加社團而已，難道還有資格認定不成？

去福州路周虎臣筆墨莊買了文房四寶和字帖，黎璃向汪曉峰抱怨書法社團門檻太高，怪不得人丁稀少，一邊哼哼唧唧要他負責買單。

「要不是因爲你，我有空不如看小說。」她拿著一本歐陽洵的《九成宮》字帖，邊走邊翻看。邱子安冷冰冰建議她這樣毫無基礎的人先從楷書練起，儘管覺得這位才子行爲怪異，但畢竟他是專家，黎璃心不甘情不願接受。

「有原因的。」汪曉峰抱著宣紙，聳了聳肩。「以前書法社成員很多，一大半是衝著老大來的。妳沒見到那個場面，每次社團活動，個個都吵著要老大看自己的字，所以後來徹底減了一次員。」

她咬著唇想了半天，仍想不起邱子安長什麼模樣。不過聽說她加入了書法社團，曹雪梅倒是由衷羨慕她能時常與學校裡爲數不多的帥哥做親密接觸了，聽得黎璃當即起了一身雞皮疙瘩。

黎璃喜歡看帥哥，但多數情況是看過就忘，記不真切。她唯一記得深刻的容顏，是裴尚軒的臉。

裴尚軒有一陣子沒見到黎璃了，打電話到寢室也找不到人，說是有社團活動。連著兩三次聽到同樣的理由，急性子的他想當然認爲黎璃在迴避自己。

最後一次與黎璃見面還是她剛開學的時候，和岑雯雯一起吃火鍋。裴尚軒努力回想，確認自己並沒有地方得罪了她。

他不高興了，來到上外打算找她當面問清楚。潛意識裡，裴尚軒面對黎璃時有著自卑。畢竟她是明星大學的學生，天之驕女，而自己什麼都不是。

黎璃考進大學，他覺得兩人的差距越來越大了。以前對於她說的話他就似懂非懂；現在變本加厲了，她偶爾蹦出一兩句英文，或是興致勃勃談起自己看完的名著、哲學書，他更是只有翻白眼望天的份。

裴尙軒擔心有一天黎璃會與自己疏遠，友情這玩意兒說起來相當脆弱，隔上一年半載不聯絡，自然而然就淡了。

他忽略了一件事，在分離的兩年中，黎璃並沒有改變。後來他恍然大悟原來自己是個很自私的男人，執意不放開黎璃的手，美其名曰是爲她取暖，實際上眞正得到溫暖的卻是自己。

他在四號樓外打電話到黎璃寢室，她白天剛捐完血，正有氣無力躺在床上。外婆在世時常說她氣血不足，黎璃便一直以爲自己有輕微的貧血輪不上捐血，結果檢查下來她各項指標一切正常。一下子少了兩百CC的血，黎璃回到寢室睡了整整一下午。

「黎璃，電話。」對面下鋪的張玉琴是寢室裡唯一因體重不達標而不用捐血的人，主動承擔起打飯、接電話之類的服務性瑣事。

黎璃把頭埋在被子裡，懶洋洋不想動。「說我不在。」

「是裴尙軒，找過妳好幾次了。」全寢室都知道黎璃和裴尙軒是鐵杆兄弟，以前還拿他倆開過玩笑，但看看沒什麼進展，遂認可了他們僅限於死黨關係這一說詞。

曹雪梅就曾對黎璃說過：「你們好奇怪哦，感情這麼好，乾脆在一起算了。」黎璃當時正在喝水，被嗆到了。

在一起，這並非某個人單方面就能決定的事。世上最無奈的感情莫過於你愛一個人，而他喜歡著別人，你們的時間總也對不上。

十五年，她淡然從容看著自己漫長的暗戀，猶如在空空的舞台上獨舞，無人喝采。黎璃不在意有沒有觀衆，她不過是用自己的方式喜歡了一個人。

聽到是裴尙軒找自己，黎璃掀開被子下床，慢吞吞過去接起了電話。話筒裡傳來他冷嘲熱諷的聲音，譏笑她才幾天沒見怎麼就和政府官員似的平日裡見也見不到。

她昏昏沉沉，腦海裡轉著一個念頭：這傢伙，是來挑釁的？「裴尙軒，我沒力氣和你繞彎子，我哪裡得罪你就直說吧。」這麼多年她也摸清了他的脾氣，直來直去喜怒皆形於色，說白了就是沒半分心機不懂掩飾。若是哪天口氣很衝，那一定是心裡窩著火。

裴尙軒一時語塞，恍然覺得自己氣勢洶洶跑過來太衝動了。黎璃有她自己的生活，忙不忙也是自個兒的事，要他操這份閒心幹嘛？他琢磨了幾秒鐘，推測自己肯定是不放心她一聲不吭像人間蒸發了似的，才會特意過來探望。

這番心思，他偷偷摸摸藏在心裡，怕說出來會被她恥笑。頓了頓，語氣稍顯和緩：「我想找妳一起吃飯，妳每次都不在，我很鬱悶。」

「吃飯，找你女朋友去。」黎璃靠著牆，沒好氣地說下去，「那個叫，叫什麼岑雯雯的？」

裴尙軒霎時靜默，不一會兒氣急敗壞地大吼：「黎璃，妳故意的是不是？我失戀了，妳還哪壺不開提哪壺！」

他失戀？黎璃挺直身子，這是什麼時候的事情？最後一次見面，裴尙軒和岑雯雯你儂我儂如膠似漆的樣子還讓她暗自傷懷了幾天。怎麼才幾星期過去，這就分手了？是她太保守，還是愛情逐漸淪落成了快速消費品？

「沒聽你提過。」她不好意思地想：其實我挺高興。嘴上恪守著朋友的本分盡力安慰：「天涯何處無芳草，何必單戀一枝花。」說著，黎璃臉上的表情微帶了苦澀。真是沒有說服力的句子！

「得了吧得了吧，這話聽著就假惺惺的。」裴尙軒純粹為了緩和氣氛，卻無意中說到了黎璃的心事。她默然不語，反省自己前一刻的幸災樂禍。

她不說話，讓他誤以為在生氣，心裡邊抱怨著她氣量變小了，一邊開口打破沉默：「丫頭，我現在妳寢室樓外，請妳吃飯。」停了兩秒鐘，像是回想起了往事，「今天帶著錢，妳放心『三光』吧。」

黎璃出現時，相比平時略微蒼白的臉色讓裴尙軒嚇了一跳，直覺她生病了。抬起手探她的前額，確實溫度偏高。

「病了？」裴尙軒慶幸還好自己想到來看她，這丫頭都不懂好好照顧自己。

她搖搖頭，擰了擰臉頰像是要擰出一點紅潤來。出門之前照了照鏡子整理亂翹的頭髮，她知道自己此刻臉色很差。「捐血，沒什麼大不了。」她輕描淡寫道。

「什麼叫『沒什麼大不了』！」聽她淡然自若的口吻，裴尙軒不滿意了。一年前七浦路街道宣傳辦公室的阿姨動員他們這群個體戶業主積極參加義務捐血，他一衝動就去了，結果母親心疼得要命，又是老母雞又是黑魚湯的補了一個月。那段日子他曾對黎璃笑言，說自己就和女人坐月子似的。

掏出手機打電話回家，他急不可待囑咐母親趕快去買一條黑魚回家熬湯。「媽，黎璃今天捐血，我看她虛弱得快暈過去了。」他誇張地叫，一轉眼瞥見黎璃不以爲然的神色，他伸出手摸了摸她的頭髮，又曲起手指彈了彈她的腦門。「這丫頭不知道照顧自己，我正在教訓她呢。好，一會兒我帶她回來。」

她怔怔瞧著他，眼眶裡漸漸泛起水霧。他誤以爲剛才下手重了讓她覺得疼，連忙道歉。黎璃搖搖頭，疼痛來源於內心深處。

他的好，會讓她捨不得他。

「我不是你的女朋友，裴尚軒。」她狠狠咬住嘴唇，用力咬出了鮮血。「你不要對我這麼好！」拂開他的手，她不得不依靠深呼吸平復激動的心情。

她的拒絕刺傷了他，而且是最敏感的自尊心。裴尚軒退了一小步，眼神古怪彷彿看著陌生人。「我沒資格做妳的朋友，黎璃？」他的聲音壓得很低，銀色耳釘亮得刺眼。「互相關心難道不是朋友之間應該做的事？」他反問道。

深呼吸沒用，黎璃心痛得快窒息了，幾乎脫口而出：「我不要只做你的死黨！」她想起了九四年的某個凌晨，硬生生嚥了回去。是她沒資格愛他，陰影讓她無法接受任何肢體上的親密接觸，連自己的手碰到敏感部位都覺得噁心，更何況是男性。

在他身邊，看著他幸福就好了。黎璃再一次告誡自己。

「我今天很累，不知道在說什麼。」她撫著額頭尋找藉口，「我沒力氣去你家喝湯，替我謝謝阿姨費心了。」把手舉高，拍拍他的肩膀，「笨蛋，說了我們一輩子都是好朋友，這個不需要資格。」

他看著她慢慢走進寢室樓，心裡忽然湧起了暖流。一輩子的朋友，真好！

當晚九點，裴尚軒提著保溫瓶再次來到女生樓下，給黎璃送黑魚湯。全寢室受益，一人一碗乳白色的魚湯作宵夜。

在盥洗室刷牙時，滿嘴牙膏沫的曹雪梅忽然側過頭看著黎璃說道：「裴尚軒喜歡妳，是不是？」

黎璃慢條斯理將雪白的牙膏擠上牙刷，「兄弟如手足，說的就是我和他。」她輕輕鬆鬆否定。

黎璃去裴家還保溫瓶，順便感謝裴母替自己熬湯。裴尚軒的雙親向來對她不錯，可能還動過心思要她做兒媳婦，總是製造機會讓他倆獨處。

他不是傻瓜，對父母刻意的安排有所察覺，哈哈笑著說他們是亂點鴛鴦，太離譜了。

黎璃很感激兩位長輩的好意，奈何感情的事情勉強不了，沒感覺就是沒感覺，再多的機會也是浪費。某天在裴家看瓊瑤電視劇《雪珂》，趁著裴母抹眼淚的時機，黎璃不動聲色說了一句「強扭的瓜不甜，幸福不能靠強迫手段得到」，委婉暗示。

裴母擤擤鼻子，紅著眼圈歎息黎璃理智過頭。「妳這孩子，從小就明白事理。誰家娶了妳，真是福氣。」

黎璃不得不笑，用微笑掩飾心酸。將嘴巴朝兩邊咧開，大大的笑容。「阿姨，真的嗎？我媽一直都說我不會有人要呢。」

「那是人家不識貨，我家那臭小子也是個睜眼瞎。」裴母恨聲抱怨，暗地裡責怪兒子放著這麼好的女孩不追，成天和一些除了臉蛋漂亮身材不錯之外一無是處的女生打情罵俏。

「我和尚軒，我們只是好朋友。」黎璃善意地撒了謊。其實這是事實，至少是他單方面不斷強調的事實。

裴母熱情招呼她留下吃飯，拉著她的手心疼地打量一番，直說她瘦了。黎璃不由想笑，自己不過是捐了兩百CC的血，又不是去抽脂。不過裴母的緊張是出於關心，她附和地猛點頭：「是啊是啊，我想死阿姨和叔叔燒的菜了，整天想著要來補一補。」順便乖巧地送上奉承。

果然裴尚軒的母親笑得合不攏嘴，打電話給兒子要他收拾店鋪後立刻回家吃晚飯，哪裡都不准去。

「這小子，不事先關照好，保不準會和哪個瘋瘋癲癲的丫頭出去胡鬧。」裴母放下電話感慨：「前陣子有個叫雯雯的女孩子不錯，我還以爲他能定下心了，沒想到又鬧翻了。」

這是第一次從裴母口中聽到對他交往對象的肯定，黎璃形容不出心頭詭異的感覺。她見過岑雯雯，爽朗大方讓人討厭不起來，比自己的性格討人喜歡。

吃過晚飯，裴尚軒送她回學校，提前一站下了車。甲A聯賽剛結束，許是申花又輸了球，虹口體育場外不斷有球迷罵罵咧咧經過他們身旁。

「明年世界盃，妳還支持阿根廷嗎？」一九九八年快要到了，四年的等待看似漫長，實則轉瞬即逝。

黎璃不說話，點了點頭。一九九○年到一九九八年，竟已過了這麼久。他也沉默，似乎同時在思索曾經的自己在時間的何處漂泊。

快到校門口了，黎璃猶豫半天終於忍不住問：「你和岑雯雯，為什麼分手？」

路燈光透過行道樹的枝椏照著他的臉，投射斑駁錯落的影子，她戴著隱形眼鏡，看得很清楚。

裴尚軒笑了笑，漫不經心的神色。「她說我心裡有別人。受不了，就分手了。」

她凝視他的臉，從那雙如古井般深邃的眼睛裡找到了端倪——某種似曾相識的傷感。藏在他心底的人，是笑顏如花的美麗少女。

她淡淡「哦」了一聲，低頭走路。

他不自覺地將韓以晨作為參照標準，利用漂亮女子來滿足虛榮心。他不能輸給過去歲月裡的裴尚軒，特別是那一個自己為韓以晨付出了刻骨銘心的代價。他希望尋找到更美的一張臉，來替代記憶中的她。

裴尚軒始終認為自己在意著韓以晨，儘管他從不肯承認。多年後他才發現，美麗的內心早已超越了外表的分量，他真正放棄不了的人，是黎璃！

第十二章 最好的朋友，站在愛的兩端

十二月下旬，黎璃獲得了一個打工的機會，在工業博覽會上擔任現場翻譯。她在上海展覽館外碰巧遇見了邱子安。

除了社團活動，兩人平時在校園裡遇到，僅點頭招呼。她本想裝作沒看到，但邱子安率先向她走了過來，她沒辦法迴避。

「一直忘了說，妳的書法進步了很多。」寒暄過後，邱子安挑起了話題。她剛加入書法社那段日子領教過邱子安的毒舌功夫，他把她的字批評得毫無可取之處，讓黎璃自己都懷疑是不是中國人了。

黎璃呵呵笑著，回答他：「勤能補拙嘛。」

斯文男子推了推眼鏡，贊同地點點頭。「書法雖說是年深日久才見功力，但聰明人加上勤勉，的確能達到事半功倍的效果。」

「這算是誇獎？」她反應奇快，立刻接上話。邱子安稍稍一怔，隨即笑道：「就算是吧。」

他長得很好看，斯文儒雅的氣質，是那種可以讓女人放心託付終生的男人。難怪情路不順暢的汪曉峰常在黎璃面前調侃邱子安是上外頭號殺手。

既然遇到了，等到收工後兩人自然一同坐車回學校。學校門口擺著的路邊攤，有一個在炸臭豆腐，香味勾引著黎璃。

「你吃不吃？我請客。」一塊錢買八塊，她怕自己吃不下浪費，想拖他下水。寢室裡大家制定了減肥計畫互相督促，八點過後謝絕一切零食，此刻她聞著香味實在忍不住了。

節食，違背人性！

邱子安沒反應過來她想吃什麼，下意識「嗯」了一聲，他的疑問語調被黎璃聽成了陳述語氣，掉頭跑到炸臭豆腐的攤位前買了一份。

「一人四塊，我很公平。」黎璃在保麗龍餐盒裡放了很多醬，遞給他一根牙籤。待他接過，她立即用牙籤叉了一塊蘸了醬的臭豆腐放進嘴裡。剛出油鍋的食物燙嘴，她一邊叫著「哇，好吃好吃」，一邊張開嘴巴用手拍著搧風。

「這個好吃嗎？」邱子安狐疑地問。他對名字裡帶有「臭」字的東西敬而遠之，先入為主認定難吃。

黎璃消滅了第二塊，含含糊糊說道：「嘗試的意思，不就是讓你先嚐一口嘛。」

他看看黎璃，叉起被炸成金黃色的臭豆腐，淡然地說：「我第一次聽說嘗試是這個意思。」說著，咬了第一口。

邱子安在那個夜晚覺得黎璃有點特別，說起來讓人不敢相信，她竟然是用四塊臭豆腐打動了他的心。

汪曉峰第一個看出邱子安在追黎璃，被黎璃猛Ｋ一頓罵了兩句「無聊」兼請吃了一頓飯。黎璃不相信出色的邱子安會喜歡自己，按照母親的說法她屬於橫看豎看倒過來看都找不到半點漂亮影子的女生。

「女人，不會全都是因爲美麗才被愛。」汪曉峰的湯匙伸進她的洋芋泥裡，偷舀了一勺。他們坐在燈光明亮的肯德基裡，底樓靠窗的位子。

「這句話應該告訴你的男性同胞。以上，鑑定完畢。」黎璃喝著橙汁，閒閒調侃。

他猛搖頭，一臉痛心疾首。「黎璃，妳不能爲了一個可能是近視，可能是青光眼，還有可能是白內障的男人，就一竿子打翻一船人。」她想了想才明白這三個眼科疾病說的都是裴尙軒，不甘心汪曉峰詆毀他，賭氣辯駁：「那你呢，怎麼不見你來追我這個醜女人？你不是在那船上，根本早就在水裡了。」

他怔愣，一時間說不出話來，半晌才搖著頭歎息：「妳沒救了，黎璃！裴尙軒有那麼好，值得妳這麼維護他？朋友和喜歡的人，差別就在這裡對不對？妳自己想想，他對妳和妳對我，態度是不是一樣。妳是聰明人，用不著我再說下去了。」

黎璃死死咬著唇，不說話。心中頗爲後悔，畢竟汪曉峰的出發點是爲她好。囁嚅半天，她揚起睫毛偷偷觀察他的神色，不安地道歉。

「我不是氣妳。」汪曉峰歎了口氣，「算了，我不說了。」想想鬱悶，隨即奪過她那份洋芋泥，三下五除二掃進肚中。

汪曉峰是個好男人，可惜打動不了黎璃的心。十四歲那年，有個少年莽撞地闖進她的心田，再沒離開過。

有時候，並非價値連城的貴重才能打動人，往往是平凡日子裡突然的溫暖更讓人動心。黎璃便是如此，將十四歲生日那天得到的溫暖延續了一生一世。

邱子安捧著一束玫瑰站在黎璃面前，她才相信他真的在追求自己，錯愕之餘難免不受寵若驚。德語系堂堂才子，學校頭號「girl killer」，黎璃承認自己也是個平凡虛榮的女生，她在那一刻原諒了裴尙軒對美女的偏愛。

愛美之心，人皆有之。在瞭解聰明的頭腦、善良優秀的內在之前，人們首先看到的是臉。

她收下生平第一束紅玫瑰，心跳如常。黎璃決定給自己一個機會，試著忘記柳千仁帶給自己的噩夢，以及學會放棄裴尙軒。

一九九八年元旦，黎璃買了一本帶鎖的日記本，封面是夢幻的粉紅色。她希望這是自己最後一次買日記本，最後一次寫下新年願望。

今年，我不要再喜歡裴尙軒！

她端詳著光滑簿面上漂亮的楷書，帶著幾分欣慰。練了幾個月毛筆字，沒想到鋼筆字水準也大大提高了，算是無心插柳吧。

就好像加入書法社團，她壓根兒沒想到會有個白馬王子在等候自己。

一九九八年二月十四日，星期六，黎璃和邱子安去電影院看《鐵達尼號》原版片。這部橫掃全球票房的好萊塢大片號稱超級催淚彈，邱子安拿出折疊得方方正正的手帕，笑稱自己已做好萬全之策，以備她不時之需。

黎璃用胳膊肘頂了頂他的胸膛，「有進步，以前你嚴肅得要死，現在會開玩笑了。」

他按著胸口被她撞擊的地方，俊秀的臉龐掠過一絲不快。黎璃慣於察言觀色，立即收起了笑聲。

「What's up?」剛才明明氣氛融洽，怎麼說變就變了。

他搖搖頭，藉口去給她買爆米花走開了。黎璃隱約覺得他在不滿，但想不明白爲了什麼。難道是因爲自己批評他以前很嚴肅嗎？

「黎璃！」背後傳來她熟悉的聲音，微帶著詫異。她一下子慌亂，不知道該用什麼表情面對裴尙軒。老天，上海這麼大，怎麼偏偏在這裡遇到！

裴尙軒以爲自己認錯了人，可前面女孩的背影和站姿越看越像黎璃，遂冒著錯認的風險喊了一聲。見對方沒動靜，他想也許眞的認錯了。裴尙軒拉著女友的手剛想離開，她卻回過了頭。

的確是黎璃，大大方方衝他揮揮手，說了句「Hi」。

「丫頭，妳在這裡幹嘛？」他拖著女朋友上前，來不及介紹她們認識就先奔主題而去。「一個人看電影？」

今天是情人節，滿大街成雙成對的情侶。

「我男……boyfriend，他去買爆米花了。」黎璃自我打氣半天，男朋友這個稱呼仍然說不出口，不得不改用英文。

裴尙軒張了張嘴，發不出聲音，好像跳上岸的魚嘴巴徒勞地一張一合。就在氣氛空前尷尬之際，邱子安拿著一滿杯爆米花走了回來。

黎璃鬆了口氣，主動爲他們做介紹。「這是我男朋友邱子安，裴尙軒是我的死黨，這位漂亮小姐是他女朋友。」

「你好。」邱子安微笑致意，彬彬有禮。

裴尙軒看看邱子安，再看看黎璃，油然而生失落感。他無法解釋這一詭異現象，似乎恍然大悟多年的死黨終有一天會成爲別人的女友，別人的妻子。而在這一刻之前，他根本沒設想過這一可能性。

和黎璃告別後，女友拉著他去逛太平洋百貨，說看中了一款眼影要徵求他的意見。裴尙軒意興闌珊，敷衍地說：「妳已經夠漂亮了。」頓了頓，刻薄補充道：「比剛才見過的那個漂亮不知多少倍，妳看她都能找到個不錯的男人，妳擔心什麼。」

女孩咯咯笑起來，嬌嗔地瞥了他一眼，揑起粉拳輕輕捶了捶他的肩膀。「尙軒，你壞死了。不過你的樣子，看上去好像在吃醋呢。」

吃醋？他嚇了一跳，我在吃那個男人的醋？這不可能！「胡說八道，妳小說看太多了。」不耐煩地抬起下巴，嘴角線條在一無所覺情況下繃得死緊。「妳不是要買眼影嗎？動作快一點，商場裡空氣太差。」

女孩「嗯」了一聲，體貼地讓他在原地等自己，快步走向萊雅專櫃。裴尙軒站在超級名模巨大的廣告畫前，無法克制地想著電影院裡那一對。

這丫頭，沒一點男女經驗，不要上當受騙才好！

他把自己的反常情緒歸咎於擔心，在一九九八年情人節這一天，裴尙軒被黎璃有了男朋友的事實弄得心煩意亂。

黎璃差一點喜歡上邱子安，眞的只差了一步。

她對愛情電影說不上熱衷，最近一次進電影院是去看《四個婚禮和一個葬禮》，考到北京的李君暑假回來，請她去看的。

她本來說好和李君一同報考北京的大學，但因爲裴尙軒的一句話改變了主意。他只說了一句「黎璃，不要去那麼遠」，她就心甘情願留在了上海。

李君到北方讀了一年書，比高中明顯消瘦，據說是飲食不習慣。一回到上海，李君先拉著黎璃去城隍廟吃小籠包。

李君帶著一個男生一同回上海。男孩個子很高，笑起來相當靦腆，不聲不響坐在一邊吃蝦肉小餛飩，黎璃問李君是不是她的男朋友。

「同學，想來上海玩，就帶他一起回來了。」李君大大咧咧回答，臨走時買了一包五香豆讓他帶回北京作爲上海的土特產送人。黎璃分明覺得這兩人之間有曖昧湧動，晚上打電話糗她口是心非。

李君的口吻頗爲無奈：「黎璃，有時候，如果是自己並不想要的喜歡，那會變成一種負擔。」

她聽了心有戚戚焉，彷彿預見自己向裴尙軒告白會帶給他的困擾。黎璃不想讓他爲難。

坐在黑漆漆的影院中，銀幕上傑克對蘿絲說：「You jump, I jump.」四目相視，眼神裡有激情的火花迸射。黎璃知道他們會相愛，愛情故事到處是千篇一律的俗套。

她無動於衷看著他們墜入愛河，猜想若是鐵達尼號不沉沒，他們能不能眞的天長地久。愛情或許是不顧一切，但婚姻肯定會遇到般配的問題。不過電影和童話故事一樣，基本上到「王子和公主幸福生活在一起」結束，她倒是更喜歡《克拉瑪對克拉瑪》這樣的片子，現實而深刻。

邱子安在她左邊，安靜專注地看電影。黎璃偶爾轉過去看看他側面柔和的曲線，在黑暗中微微動心。

至少，他們在學歷上相配。

她分心了，直到鐵達尼號開始沉沒。她的眼眶不由自主濕潤，爲了災難面前人性的偉大與生命的卑微。

一方手帕遞過來，是邱子安爲她老早準備的。

黎璃接過去抹眼淚。新洗過的手帕，帶著淡淡的肥皀香，和他給人的感覺一樣，溫馨舒適。工作後黎璃看到某位作家寫過：「女人很容易會愛上給自己擦眼淚的男人。」她想起自己就差一點喜歡了別人，幸好他只是把手帕給了她。

看完近三小時的電影，外面下起了雨，纏纏綿綿細密如針。邱子安脫下外套，罩在兩人頭上跑到車站。

二月十四日的夜晚很冷，剛才脫衣服受了涼，他連著打了兩個噴嚏。

「這麼小的雨，沒什麼關係。」黎璃不好意思，儘管他的舉動讓她覺得很體貼，但理性認爲冒著感冒的危險追求浪漫，實在得不償失。

他從衣袋裡摸出另一方手帕，捂住鼻子又打了一個噴嚏，含蓄斯文地微笑。「我生病，總好過妳生病。」

她忍俊不禁，笑得眼睛瞇成了細縫。「邱子安，這句話聽起來好像『you jump，I jump』，汪曉峰還說你根本不會說甜言蜜語呢。」

他臉上起初還含著笑容，在聽到她提起汪曉峰的名字後，沉下了臉。黎璃敏感地察覺到他的異常，聯想到方才他突然的嚴肅。

「黎璃，我不希望妳和其他男生過於接近。」邱子安看著她，貌似輕鬆一筆帶過。她猝不及防，一下子找不到說詞，睜大眼睛瞪著他。

車來了，他們一前一後上車，坐在最後一排。公車穿行於夜上海空蕩蕩的馬路，寂寞的霓虹在潮濕的地面投射冷豔迷離的光，白天喧囂的擁擠與此刻的靜謐成了對比。

黎璃不說話，搖搖晃晃的車讓她和他時不時肩膀相撞。她看著他的側面，心動的感覺找不到了。

「是吃醋還是命令？」寢室樓下，黎璃跑出來重新叫住邱子安。她站在他面前，雖然個子不高，但氣勢不輸人。

邱子安挑了挑眉，恍若不解。黎璃重複了一遍他說過的話，末了說道：「我想你誤會我和汪曉峰的友情了。」

「不是誤會，是希望妳停止。」他推了推眼鏡，索性把話說清楚。「汪曉峰，還有剛才碰到的那個人，我不想看到自己的女朋友有複雜的男女關係。」

他說得這麼直接，黎璃啞口無言。邱子安抬起手，輕柔地撫摸著黎璃的頭髮：「黎璃，我相信妳是潔身自愛的好女孩，一定會體諒我的苦衷。」

她不可能喜歡他了。

在黎璃向邱子安提出分手之前，她先被裴尚軒盤問了半天。時間是情人節之後第二天，他約她去吃串烤。

省略旁敲側擊，裴尚軒見到黎璃第一句話便是：「年齡，籍貫，家庭背景，所學專業，有無不良嗜好，以前有沒有交過女朋友，交過的話有幾個，暫時就先這些問題，以後想到再補充。」

「幹嘛？」她眨著眼睛，被他連珠炮般的問題砸得尚未反應過來。

裴尚軒不滿地冷哼，接著出於習慣拚命揉了揉她的頭髮。「丫頭，有了男朋友也不告訴我。要不是昨天碰到你們，妳是不是打算到時候發張結婚請帖就當通知我了？」

原來爲了這個。黎璃聳聳肩膀兩手一攤：「沒必要了，我打算分手。」她輕輕鬆鬆沒事人似的，讓裴尚軒看著替她著急。

「黎璃，昨天妳才告訴我他是妳男朋友，對吧？」把烤好的羊肉串搶到手裡不給她，裴尚軒拍拍桌子示意她別想著吃，認眞聽自己說話。「妳這個分手也分得太迅雷不及掩耳盜鈴之勢了吧。」他一時口誤，將兩個成語混在一起用了，黎璃噗哧笑了起來，碰翻了可樂杯子。

「黎璃，妳嚴肅點。」見她不肯好好配合回答問題，裴尚軒有點生氣。「妳根本不是這種人，不會拿感情開玩笑。是不是他要和妳分手？」

她收起笑容，目光專注凝視著他，從那雙深邃的眼睛裡找到眞誠的關心。黎璃心頭一暖，像十四歲那年生日感覺到的溫暖。「笨蛋，就是因爲不想開玩笑，所以必須分手。」

「理由呢？」他追問，直覺她隱瞞了細節。裴尙軒把黎璃視作最好的朋友，他看不得黎璃受到傷害。可惜他不知道，最早傷了她的人正是他。

最後，當他翻開十五本日記，他想自己確實是一個笨蛋。

她愛了他這麼多年，而他竟從不曾察覺。

理由是什麼，她不能告訴裴尙軒。邱子安的最後一句話讓黎璃明白自己是與幸福無緣的人，就算她能走出柳千仁的陰影，這世上又有多少男人能夠坦然接受和一個不純潔的女人共度餘生？

一九九八年的上海，「性」依然是一個隱晦的名詞。即使暗流湧動，仍無法正大光明。在二〇〇五年，當保險套自動販售機隨處可見，當未婚懷孕墮胎案例時常見諸報端，黎璃不清楚自己該慶幸束縛女人的枷鎖終於卸下，還是該悲哀道德的淪喪。

黎璃輕描淡寫道：「你和女朋友分手，每次都有理由嗎？」

裴尙軒在羊肉串上撒了孜然粉，遞給她。「不合適就分手了。」

她低頭咬下一塊羊肉，火候過了有點焦味，都是他一心二用非要和自己說話。黎璃大口嚼著，含含糊糊說道：「我也一樣，不合適。」

他不再問，垂著頭專心烤雞翅膀。黎璃的視線停駐於對面的俊臉，從半垂落遮住前額的碎髮慢慢往下，滑過英挺的眉毛，高高的鼻梁，最後到薄薄的嘴唇。

他是個好看的男人，但絕不是她見過最俊美的一個。可是她最喜歡的人只有他，不管將來他變成什麼模樣，他給她的溫暖永遠鮮活。

冷空氣光臨上海，他們出門時天空飄著雪花，一片片落在肩頭。黎璃仰起臉望著天空，伸手接住雪花。六角形的雪落入掌心，立刻融化成水。

「下雪了。」有一年春節上海下了一場大雪，年初一那天他們在巷子裡碰到，聊完自己拿了多少壓歲錢後裴尚軒提議去虹口公園賞雪景。

兩人身上都沒帶錢，他帶著黎璃繞到後門，趁四下無人翻牆入內。

鵝毛大雪下了一夜，地上積了厚厚一層。雖然和北國沒法相比，但依舊讓甚少經歷雪天的他們興奮不已，在附庸風雅吟了兩句書本上學來的詩歌後，馬上原形畢露打起了雪仗。

裴尚軒和黎璃在虹口公園內堆了一個小雪人，沒有眼珠，也沒有鼻子，僅僅是圓滾滾的身子上安了一個圓圓的腦袋，很難看。

他哈哈大笑，指著雪人又指了指黎璃，跳著腳說道：「和妳好像。」

她歪著頭看，的確和自己一樣醜。黎璃咧著嘴，笑得比平日裡更燦爛。

那天她的手凍得冰冷，裴尚軒在回家的路上，將她的手放進衣袋裡溫暖。

黎璃終於想起來了，在歲月裡遺失的片段。她轉過臉看了看身旁高大俊朗的男人，他的視線射向天空，專注凝望從天而降的雪。

「冷嗎？」他收回眼光，發現她的手赤裸著暴露在空氣中，皺了皺眉頭。「又忘了戴手套。」嗔怪的語氣，彷彿下一秒又會批評她不懂照顧自己。

裴尚軒牽起黎璃的手，輕輕握著，放入大衣口袋中。

任時光匆匆，身邊紅顏如走馬燈轉換，能享受這一寵溺動作的人只有黎璃。他忘了告訴她，也忘了問自己爲什麼。

九八年世界盃阿根廷和英格蘭八強決賽那一場，黎璃和汪曉峰在學校附近的小酒吧裡看了一百二十分鐘，以及隨後的十二碼罰球大戰。

「精采，太精采了。」阿根廷的任意球，英格蘭歐文的反擊都讓汪曉峰忍不住大聲叫好，黎璃第一次和男性友人一同看球，起初有些拘束。

看到英格蘭進球，黎璃就著急。她一不迷貝克漢，二不迷歐文，一心一意支持自己的阿根廷，雖然球隊裡依然沒有卡尼吉亞的身影。她很不滿意汪曉峰爲英格蘭加油，中場休息時氣呼呼質疑他立場不堅定。

汪曉峰一臉壞笑，樂呵呵說道：「博愛主義好啊，就算對一個失望，馬上還能找到另一個替補，妳不覺得專情是一件很累人的事？」

黎璃默然，拿起桌上的啤酒喝了一口。汪曉峰總是明裡暗裡揶揄她對裴尙軒的癡心，她明白他是一番好意，希望她能幡然醒悟，但是心裡仍舊不舒服。

喜歡裴尙軒，那是自己的事，與他人無關。

汪曉峰問過黎璃究竟喜歡裴尙軒哪一點，以至於這麼多年都捨不得放下他。通常來找他訴苦的女生總是期期艾艾說不出個所以然來，畢竟愛情很多時候屬於非理性行爲，往往就是一時衝動突然墜入了情網。

可是黎璃回答了他。「溫暖，只有他給我這個感覺。」她不可能忘記，在冷冷的冬天，從少年那裡得到的暖意。

她出生在冬季，命中註定是嚮往著溫暖的人。

所以汪曉峰無話可說，再次確認黎璃是個死心眼，不到黃河心不死。他不清楚為何她不願意告訴裴尙軒，情願默默喜歡著。

他暗自認為黎璃其實在病態地享受著暗戀，天長日久的癡情成為一個動人的故事，首先感動了自己，於是囿陷其中無力自拔。

黎璃從不為自己申辯，獨自舔舐傷痕，默默等待傷口結痂。在她拒絕邱子安之後，時不時聽到為白馬王子鳴不平的議論，她依然故我，把流言蜚語拋在空氣裡。

有一個人說她不會拿感情開玩笑，對於黎璃業已足夠。她就是太認眞對待感情，沒辦法欺騙追求完美的邱子安。

她的身體已不純潔，而她的心靈一刻都沒有停止過喜歡裴尙軒，所以黎璃堅決要求分手。

聽到她提出分手，邱子安顯然吃了一驚。許是出色的他從未遭受如此徹底的拒絕，他神色古怪看著黎璃，問她是不是在開玩笑。

「不是。」她只回答了兩個字。

「I wanna a reason.」

黎璃低著頭，劉海遮住了前額。她踢著腳下的小碎石，決定選一句最不會傷害人的話。「你太優秀，讓我有壓力。」抬起頭，神色平靜直視斯文儒雅的面龐，「而我，想活得輕鬆一些。」

早晨六點，英格蘭後衛將球踢向了法蘭西深黑色的夜空，阿根廷人戰勝宿敵英格蘭闖入八強。這兩個國家因爲福克蘭戰爭，因爲馬拉杜納的上帝之手成爲一對死敵，也許仇恨永遠糾纏不休。

黎璃在這一天想：生活，怎麼可能有眞正的輕鬆呢？

第十三章　生命中不能放棄的人

接到初中同學提議聚會的電話時，黎璃稍稍有些意外。除了高一那年聚過一次，這些年她幾乎與大家斷了聯繫。原因說來仍是為了裴尚軒，那次聚會中她的老同學們全都用幸災樂禍的口吻議論裴尚軒和韓以晨的是非，此後黎璃便用「忙」作為藉口推託。

她認為像自己這樣對聚會不甚熱心的人早該列入放棄的黑名單中，不料竟還有人記得她。黎璃愣了半天，才認出這個聲音是當年坐在自己後面的女生，號稱全班最老實的陳倩。

陳倩和她閒聊了幾句，叮囑黎璃一定要來，末了順便提起裴尚軒的名字，聲稱好久不見若是聯絡得上，請他務必出席。

黎璃「哦」了一句，並未替他應承下來。她不清楚裴尚軒對待舊日同學抱著何種心態，特別是那一日很有可能會遇到另一個人——韓以晨。

去與不去，這個決定或許同時意味著他們是否能真正放開那段往事。

黎璃這樣想著，掛斷了電話。

進入四年級，課程少了很多，大家忙著寫論文、找工作、考研究所。學校也體諒學生的難處，畢竟隨著畢業分配改革自主擇業的推廣，解決出路問題成了最迫切的要求。雖然綜合前兩年看，明星大學的畢業生在就業市場上十分搶手，但在沒有定下最終目標之前，人心浮躁。

黎璃的室友各自都有目標，曹雪梅打定主意繼續深造，三年級下半學期就開始準備考研究所的資料了；張玉琴則打算出國，託朋友搜集了國外多所大學的資料，全寢室被她動員幫忙參考，黎璃居然在自己被分配到的那一疊裡看到了南加州大學的列印文件，於是想起柳千仁也在那裡，不動聲色將資料翻了過去。

隔著一個太平洋的距離，她的日子輕鬆多了。

星期三下午空閒，黎璃跑去七浦路裘尙軒的店面找他商量同學聚會的事。他給了她手機的號碼，還有Call機，但每次說不上幾句話他就忙不迭掛斷電話做生意去了，讓黎璃對著聽筒猛翻白眼。

他的生意越做越紅火，在七浦路小有名氣。有幾個小混混曾想過敲詐勒索，結果被裘尙軒揍得哭爹叫娘找不著北，這件事後人人都知道他不好惹。

星期三是工作日，顧客相對稀少，裘尙軒難得抽出時間聽黎璃把話說完。「你去不去？」黎璃今天過來的目的就是爲了問這句。

英俊的男人半垂著頭，手指在計算機上飛速移動，似乎正在全心全意算帳。黎璃湊過去看了看，發現液晶螢幕上顯示的是一串毫無意義的數字，便順手按了C鍵，咧著嘴嘲笑他的逃避。「裘尙軒，讓流言蜚語閉嘴的方法就是大大方方站到別人面前，只要你證明自己過得很好，你看誰還敢對你指指點點？」

他默不作聲，別轉視線望著店外的水泥地面。黎璃挪動腳步轉到裘尙軒面前，強迫他面對自己。「裘尙軒，你自己也說沒有做錯事，爲什麼不敢坦蕩蕩走出去？」

「妳沒經歷過，妳當然說得輕鬆！」他賭氣吼了一句，黎璃的表情霎時僵硬。他的委屈可以朝她發洩，而她經歷的噩夢卻連展現傷痕的機會都沒有，只能獨自舔舐傷口。

黎璃後退半步，聳了聳肩不屑一顧道：「膽小鬼，我懶得管你。」

「求之不得。」裴尙軒冷哼，懶得掩飾不耐煩。他覺得黎璃正逐漸向多管閒事發展，越來越囉嗦，每次和她通話他都感覺厭煩，三言兩語便急不可待掛了電話。剛開始他心裡還有些負疚，覺得對不起多年的死黨，但漸漸習以爲常。

慣性寵壞了裴尙軒，他任性地揮霍著黎璃的友情。他以爲她會一直在那裡，等著他回頭。她是冰雪聰明的人，察言觀色亦是強項，自然沒有錯漏他的神情。聯想到近期他的「忙碌」，黎璃恍然大悟。她的嘴角微微勾起，譏誚寫在笑容裡。

說什麼一輩子的朋友，說什麼比所有的女人都重要，果然和他以前說過的話一樣，僅僅是信口開河，當眞的人是傻瓜。

「裴尙軒，隨便你怎麼想，我問心無愧。」黎璃轉身，向門口走去，「我從來不覺得和你做朋友是一件丟臉的事。」

裴尙軒動了動嘴皮想叫住黎璃，但心裡忽然閃過一個念頭：這樣，她不會再來煩自己了吧？她在店鋪門口略停了停，像是在等他叫住自己。「你不想去，另一個理由是不想見到某個人，對嗎？」她的聲音不大，卻剛好傳入裴尙軒耳中，震得他耳膜疼痛。

他沒發出聲音，眼睜睜看她離開。黎璃說得沒錯，他眞正恐慌的是不知道用什麼心態面對韓以晨，沒來由的心慌意亂，遠勝於恐懼遭人在背後嘲笑。

黎璃從七浦路走回學校，漫長的一段路，像一輩子都走不完。上海的九月俗稱「秋老虎」，天氣悶熱，行人揮汗如雨。陽光灼人火燙，鼻腔吸進的空氣也帶著高溫的熱度。

她漠然行走，後背汗濕，薄薄的襯衣緊緊貼在身上。黎璃經過放學後的中學門口，夾在一大群揹書包的孩子之間。在他們稚嫩的面龐，她看到了自己與裴尙軒的過去。

再也回不去的過去。

站在上外校門口，背後的大連路汽車喇叭聲沸反盈天，令人心越加煩躁不安。黎璃告訴自己這輩子的路走完了，她終於可以放棄他了。

聚會的時間和過去一樣，定在國慶日。初中畢業後大家風流雲散，各自有不同的發展，未必是人人「一心唯讀聖賢書」，以考大學爲目標。據陳倩相告有好幾個已成爲上班族，休息天未必人人有空，所以發起者通知大家十月二日聚會。

陳倩說話的語調仍和過去一樣，小心翼翼生怕被人指責似的。她一邊聽著一邊回想從前，記憶又一次鮮活起來。

想起了裴尙軒對自己的嫌棄，她咬住嘴唇，舌尖舔到了血。

黎璃心情不好。出門前猶豫半天，心想假如現在刮起八級颱風或是下冰雹，自己就有充分的理由不去。可惜秋高氣爽，陽光明媚。

她遲到了一刻鐘，剛走到包廂門口便看到胖了一圈的張勇衝自己猛揮手。黎璃迅速堆起笑容走過去，誇張地質疑張勇是不是吃了發酵粉，怎麼胖成這個模樣了。

燙了波浪長髮的吳麗娜咯咯笑，纖纖玉指往黎璃臉頰戳了兩下：「黎璃，妳這張嘴巴還是這麼毒。」

「Me? That's impossible.」她輕鬆地開著玩笑，熱情招呼已到的同學。目光四下一掃，並未看到韓以晨的身影。

「有些人搬了家，電話也換了，看來全班想要再聚在一起，有點困難呢。」吳麗娜將披散到胸前的長髮掠到腦後，拖著黎璃在她身邊坐下。她瞧了瞧左手邊的人，是當年班上另一個大美女邱月蓉，畫著玫瑰色豔麗的眼影。

黎璃落座，想起多年以前自己對她們說過「美女Double」的理論。若是兩個美女之間再加一個醜女，對比效果就更明顯了。她在心裡冷笑，安之若素坐下了，順勢揶揄邱月蓉和吳麗娜：「兩位美女陪我一個人，我怕被男生的醋淹死。」

大家都笑了，邱月蓉還誇張地擰了擰黎璃的手背，假意譴責她居然敢開自己的玩笑。突然席上有人問起黎璃裴尚軒來不來，她頓了頓，神色自若撒謊：「我搬家了，好久沒和他聯繫。」快六點鐘了，她想他應該不會過來。裴尚軒，他在意的人裡面，獨獨沒有黎璃。

「大家都很關心他，不知道他現在怎麼樣了。」體育股長郭大宇以前喜歡過韓以晨，對於被裴尚軒搶走了夢中情人心存芥蒂。黎璃記得上一次聚會也是他最先提到這個話題。那時她見不到裴尚軒，現在卻是和自己約定——不再想他。

她伸出手按上桌子中央的旋轉餐盤，一邊和大家調侃英語裡把這個稱作「Lazy Susan」一邊將茶壺轉到自己面前，倒了一杯茶。「和我們大家一樣，一年三百六十五天。」淡淡的諷刺，聰明人一聽便知。

吳麗娜聲音尖利，邊笑邊說：「黎璃，妳還像以前那樣幫著裴尙軒。」

「在背後說我壞話啊，美女。」包廂門口傳來戲謔的聲音，黎璃回過頭，意外地發現裴尙軒站在那裡。

「諸位同學，好久不見了。」他神采飛揚，銳利的視線飛快地將包廂內每個角落都掃了一遍，並未見到美麗的容顏。他暗中鬆了口氣，手臂一伸拖進來一個漂亮女孩，「不介意我帶女朋友過來吧？」

黎璃轉頭瞧著面前的茶杯，眼不見爲淨。

這頓飯頗有意思，裴尙軒甫一落座便接過被大家推來推去的點菜權，翻著菜單報了一串菜名。坐在他旁邊的鄧劍峰和他一同看菜單，表情詭異。黎璃直覺是裴尙軒點了最貴的菜，否則那服務員幹嘛笑得像朵喇叭花似的？

末了，裴尙軒合上菜單，笑瞇瞇環視在座諸人：「不知道夠不夠？」他的視線跳過了黎璃，而她也不看他。

鄧劍峰拚命使眼色，於是大家心知肚明那幾個菜加起來不便宜，左顧右盼拉著旁人一起說：「夠了夠了，不夠再點好了。」

裴尙軒拍拍女友擱在桌上好看的手，風流倜儻一笑：「我們倆出去吃飯都要這麼多，難道大家都減肥？」

女孩吃吃笑，笑得在場的人好不尷尬。

黎璃抬起頭，鄙夷不屑的眼神。裴尙軒顯然聽進了她的勸告，耀武揚威來炫耀自己「過得很好」了，活像財大氣粗的暴發戶。

他的目光在她的方向停下，看到她臉上的輕蔑——在他們相識的這些年裡第一次出現在這張圓臉上的神情。裴尚軒不以爲然保持著愉悅笑容，甚至帶著點惡狠狠的宣戰口吻說道：「老同學好久不見了，這頓飯我來買單。」

裴尚軒用一桌酒席加一個美女堵住所有人的嘴巴，他證明了自己過得非常好，比大家都要好。

只是黎璃淡漠的神情成了這個夜晚最不協調的記憶，比韓以晨的缺席更讓他耿耿於懷。於是在和昔日同窗含笑道別後，他甩開漂亮女孩纏上來的手臂，沉著臉叫她自己回家去。

「尚軒，你幹嘛生我的氣？我又沒說錯話。」女孩不樂意，嘟著嘴撒嬌。

裴尚軒不予理睬，挑著眉一言不發，又擺起了酷哥的架子。見狀，女孩識趣地閉嘴，乖乖轉身走人。

他邁開步子朝黎璃回家的方向追去，在滿街燈火中找尋熟悉的身影。國慶放燈已成了上海傳統節目，出門看燈的人絡繹不絕，摩肩接踵的擁擠讓裴尚軒不住咒罵人太多。

他眼尖，在燈火通明的肯德基門口發現了她，黎璃被一群湧出店門的年輕人暫時堵住去路，停下了腳步。

「黎璃！」他放聲高呼，生怕身形矮小的她再度舉步重又淹沒人海。

她聽到了，轉頭尋找叫自己的人。裴尚軒繞過前面不疾不徐走路的情侶，朝她奔來。停在她面前，看到她生疏的表情，他一時間想不起該如何開口。吶吶半天，粗聲說道：「丫頭，幹嘛不坐車？」

她從鼻孔裡哼出冷笑，「笨蛋，沒看到交通管制嗎？」黎璃朝前走，不想多理會他。

「可以叫計程車繞道走，妳家離這裡又不近。」他兩三步追上，走在她身邊。剛才在人流如潮中找不到她的焦急不見了，他的腳步透出幾分輕快。

黎璃瞥了瞥他，裴尚軒穿著一件做工很不錯的襯衫，是她向來討厭的藕荷色。可他穿起來很好看，襯衫有兩顆鈕子沒扣上，露出一部分胸肌，魅惑誘人。剛才吃飯時他就坐在她對面，黎璃一直在鄙視自己的心神不寧。不只是她，同班其他女孩對裴尚軒的關注度也高於別的男生。原因大家心照不宣：英俊的外表已有巨大的吸引力，何況這個男人還很有錢。

他是個帥哥，比大學象牙塔裡的男生多了一份在社會上摸爬滾打過來的成熟。黎璃暗中歎氣，覺得每個迎面而來的女孩似乎都在偷看他。

她決心放手，在轉身後猶戀戀不捨回頭觀望。沒出息！黎璃狠狠鄙視自己，嘴角漾開諷刺的微笑：「你不知道我趕流行在減肥？」她引用了他才說過的話。

裴尚軒按住黎璃肩膀，迫使她抬頭與自己對視。他心裡窩著火，還有一點點委屈，明明是她教他不要逃避，要證明自己「過得很好」讓所有人徹底閉嘴，現在反像是自己吃力不討好做了對不起她的事。

「黎璃，把話說清楚，妳什麼意思？」

她不會給他機會瞭解，真正讓她不舒服的是他帶來的女孩，她嫉妒所有能頂著「女朋友」這一頭銜正大光明走在他身邊的人。但是，她有什麼資格質疑裴尚軒當著自己的面與別人態度親熱？她和他非親非故，充其量不過是從中學開始的死黨而已。

她扭動身體掙開他的手，退開半步保持距離。「裴尚軒，我今年大四，要考專業八級，高級口譯，要寫論文，要找工作，我沒那麼多閒工夫來擔心你。」她看著行道樹上掛著的彩燈串，眼神寂寂。

裴尚軒心裡猛地一緊，像是從高處一腳踩空摔了下來，說不出的怪異。爲了甩脫這股彆扭，他挑釁道：「妳不來煩我，我倒要燒香謝謝老天保佑了。」

她終於把視線轉向他，竟如釋重負歎了口氣。「這樣最好，互不相欠。」

互不相欠？裴尚軒沒聽懂。

黎璃的導師找她談過話，希望她能報考研究所繼續深造。黎璃表面上柔順地回答「我會仔細考慮一下」，實則老早做了決定。她要找工作，減輕柳之賢的負擔。

柳千仁雖然有獎學金，閒暇時間還找了一份兼職，但柳之賢仍然每個月給他匯幾百美元生活費。爲此他不得不天天替學生補課，到了雙休日更是一天開四個補課組。

黎美晴心疼丈夫的操勞，免不了對黎璃抱怨柳千仁的母親袖手旁觀太過分了，這個兒子她至少也有份。這話聽在黎璃耳朵裡，自然聯想到黎美晴借題發揮暗示自己不能再給柳之賢添亂了。

她一字不提導師勸自己考研究所，倒是柳之賢在一次晚飯時關心詢問起她有何打算。

「我想把高級口譯證書考出來，找工作機會更多。」黎璃開學後報名了高級口譯班，她用獎學金付了不算便宜的學費。起先黎璃還有些猶豫，想專業八級也就夠了，但汪曉峰用「沒有投資就沒有回報」這一理論說服了她，黎璃下決心要拿到這張「上海市緊缺人才證書」。反正從小到大，自己除了會讀書之外沒有其他天賦。她習慣集中全部精力做一件事，從而達到事半功倍的成效。

「黎璃，妳的成績不錯，想不想讀研究所？」柳之賢認眞問道。

黎璃心中一暖，說不感動是虛僞。她想幾年前自己的決定並沒有錯，她做不到把這個和藹善良的好男人唯一的兒子送進監獄。雖說每個人必須爲自身作爲負責，但有時候義理人情不能相容。

「叔叔，我讀了這麼多年書，想早一點工作。」她婉言謝絕。

柳之賢遺憾地搖頭，感慨道：「等妳工作了，就會覺得讀書好。不過，我們尊重妳的選擇。」

黎美晴看了女兒一眼，挾了一筷子魚香肉絲給她。

黎璃晚上輾轉難眠，這是柳千仁的床。柳之賢把千仁的房間打掃乾淨給她住，黎璃本想拒絕，但繼父「空著也是浪費」的理由更有力，她硬著頭皮搬進這間彷彿仍留存他氣息的屋子。特別是這張床，儘管換上她的床單、枕巾，連棉被都是自己那條，她依然覺得柳千仁無所不在。

黎璃開了檯燈，擁被而坐。橘黃色的溫暖燈光令人安心，她披衣下床跑到書櫥邊隨手抽了一本書重新回到床上，從眼鏡盒裡取出在家才戴的框架眼鏡。

一不留神撈過界，黎璃拿了柳千仁這半邊書架的書——米蘭・昆德拉《生命中不能承受之輕》。她看過這本小說，而且還是原文書，她本想即刻放回去。

不知爲何她沒有下床，反而掀開封面。扉頁上有柳千仁的題字，漂亮瀟灑的鋼筆行楷。他手書的是米蘭．昆德拉說過的話：「生命的本身是沉重，人們渴望的輕鬆根本不存在。」

黎璃默默翻過，一頁頁看下去。中文版有不同的韻味，她一邊閱讀一邊回憶原文，順便當作翻譯練習。

讀完一頁，視線移向旁邊那一頁開頭，頁眉處與印刷字體完全不同的幾個漢字突然跳入眼簾，黎璃眨眨眼確認這不是錯印。

生日快樂！和扉頁上的題字出於同一人之手。

黎璃沒在意，當他是信手塗鴉，兀自看文。翻頁時無意中瞧見頁數，第125頁。隨著書頁翻動，薄薄的紙張透出了前一頁的「生日快樂」，黎璃忽然怔忡。

125，十二月五日，是她的生日！

她看不下去了，摘下眼鏡關燈睡覺。簡簡單單力透紙背的四個字，像是陰魂不散在腦海裡盤旋，伴隨著柳千仁的影子。

黎璃睡不著，無法克制地回想起四年前的七月。假如他們不是由於父母的關係才相逢，他和她的人生必定迥然不同。

她說不出自己有哪一點特質讓柳千仁喜歡，他總是說討厭她，卻不知不覺讓恨跨過了界線，變成了矛盾的愛。

她在黑暗中歎息，自己對於柳千仁，抑或也是生命中不能承受之輕？

一九九九年三月，黎璃在交通大學考完高級口譯筆試部分，來到太平洋電腦廣場順便探望裴尚軒。春節之前他找過她，問她大學裡電腦課程學了些什麼。黎璃把自己大一時候的電腦書整理出來，全送了他。

後來他打過一次電話，說自己不做服裝生意了，在電腦城賣電腦。

黎璃的電腦知識停留在DOS、Windows3.2，裴尚軒在電話裡嘲笑她落伍，說Windows早就改朝換代了，同時批評DOS命令太不人性。

他笑嘻嘻地說：「妳腦子聰明記得住這些，可世上畢竟像我這樣的笨蛋佔了多數。」

黎璃也忍不住笑了，先前和他的不愉快煙消雲散。「難得，你有自知之明哦。」損他兩句亦是她從小到大的愛好。

電腦城裡音樂聲震耳，由於是雙休日，各家店鋪前都是人頭攢動的熱鬧景象。裴尚軒告訴過她自己的鋪位號碼，她隱約記得在二樓，但等到自動扶梯將她送上樓，她卻立刻在迷宮一樣的格局中失了方向。

黎璃走到最近的一家店鋪，店內人人都在忙，她好不容易插嘴問道：「請問，你認識一個叫裴尚軒的人嗎？」

正在應付顧客討價還價的小夥子抬起頭，詫異地看看黎璃說道：「裴老大啊，左拐，一直往裡走，美女最多的那家就是。」

她啞然失笑，道謝後朝裴尚軒的店鋪走去，一路被好幾個人問「小姐，要配電腦嗎？」她起先還禮貌回答一句「謝謝，不用」，到後來索性目不斜視徑直朝前走。

隔著擺放主機板、顯示卡、記憶體的玻璃櫥窗，黎璃看著裡面忙碌的人。所謂的「美女」看來是他請的店員，一共三個，在不大的店內或站或坐向顧客介紹產品做報價單。黎璃對比她們時髦前衛的妝扮，難怪剛才替自己指路的青年一臉驚訝了。

「黎璃，妳來了啊。」背後的聲音嚇了黎璃一跳，回頭見到拿著紙盒的裴尚軒。

她點點頭，「考完試，順路來看你。」

「等我一下，我把硬碟拿進去。」他很快走進店內，把手中的盒子交給離門口最近的女孩，匆匆交代一句後大步流星走回黎璃身邊。

他的鼻尖覆著一層薄汗，黎璃從書包裡掏出紙巾遞給他。「這裡好熱。」她找不到話說，只好抱怨中央空調溫度設定過高。

「空氣很不好。」裴尚軒附和，回頭看看自己的店，「地方太小，等客人走了請妳進去坐坐。」他抓抓頭，不好意思說道。

「我和你還客氣什麼。」黎璃輕輕捶了他一拳，「生意好不好？」看這番門庭若市，想必生意興隆。兩人偶爾通電話談起他的生意狀況，他總是笑著打哈哈。黎璃就怕這傢伙是打腫臉充胖子，把不好硬說成好。今天親自過來看了看，她稍稍放下了心。

他笑容得意，嘴裡卻故作謙虛：「還好還好，這裡租金不便宜。我們都把徐家匯叫做『徐家貴』。」說著，哈哈大笑。

「老闆，進來一下。」裡面的美女似乎和客人談不攏價錢，著急地向他們招手要他過去拍板決定。

裴尙軒示意黎璃在外面稍等片刻，回到店內拖了張搖搖晃晃的椅子坐下，接過美女店員手裡的計算機。

黎璃站在外面，耳朵裡一片由專有名詞以及流行歌曲構成的嘈雜噪音，她和他眞的就像在兩個世界了。

她走進去，拍了拍他的肩膀，裴尙軒回頭。

「我先走了。」她大聲說，怕他聽不清楚。

他露出抱歉的神色，站起身踢開椅子急忙道：「我送妳。」

黎璃搖頭，把他按下。「我認得回家的路。」頓了頓，她的聲音陡然降低，恍似自言自語：「你很好，我放心了。」

裴尙軒後來常常聽到這句話，看似簡簡單單實則蘊藏無比深情。放心，她的一顆心全都是他。只要他好，她便安心。

可惜他不懂，他甚至暗暗嘲笑黎璃和自己老媽的杞人憂天有得拚。

黎璃從四月份開始異常忙碌，論文答辯、工作面試、高級口譯口試接踵而至，她的日程表排得滿檔。

汪曉峰和她一樣忙得天昏地暗，他們最近一次碰面是在大學對面的電腦製作室列印畢業論文。他選了一家德國公司的Offer，目前在實習階段。

「妳呢，工作有眉目嗎？」他一邊整理列印出來的論文，隨口問道。

黎璃參加過幾次面試，悻悻然再一次證明才能比不上美貌受歡迎。英語專業最爲普及，幾乎每個學校都有英文系，競爭激烈。她對自己的筆試、口試都極有自信，奈何和那些身材高挑容貌俏麗的女孩一比，後者明顯受到招聘單位人事部門的偏愛。

有時候，並不是努力就一定會有收穫，人生大抵如此。

她嚷著要汪曉峰請客。臨近畢業飯局多了起來，以餞行爲名、以慶祝找到工作爲名、以慶賀拿到國外大學Offer爲名……總之變著法兒找尋理由就是要聚在一起吃喝玩樂。

除了考上研究所的曹雪梅，一心等美國Offer的張玉琴，寢室裡另外幾個都找到了工作，黎璃差不多一星期沒在食堂吃過飯了。

汪曉峰帶黎璃去虹口公園旁邊的麥當勞吃晚飯，他們坐在二樓，聽店裡播出任賢齊的〈對面的女孩看過來〉，汪曉峰樂不可支。

「有什麼好笑？」黎璃瞪起眼睛。

他伸出手，探過去摸摸她的頭，她不由想起另一個男人的習慣動作。

「黎璃，我就再做一次『婦女之友』，請妳做頭髮。」

不顧黎璃的抗議，汪曉峰把她拖到四川北路上一家挺有名的美容美髮店，態度強硬將她按上座椅。黎璃衝鏡子裡洋洋得意的男人怒目而視：「雞婆！」

「我是男人，看女人比妳有經驗，相信我沒錯的。」汪曉峰拿著厚厚一本髮型書，和美髮師認眞討論黎璃的臉型適合什麼髮型。

她看著鏡子裡的他，明白自己爲何彆扭。她希望讓自己改變的人是裴尚軒，不是別人。

「黎璃，其實妳很可愛。」汪曉峰合上書，看著鏡子裡的女孩慢慢說道：「妳一定要記住這一點。」

黎璃沒說話，與鏡子裡的他默默對視。

裴尚軒，那是她生命中不能承受之輕。她無法放棄！

第十四章　下一千年，仍然要遇見你

黎璃畢業之前找到了工作，在一家美國獨資企業做總經理助理。總經理Paul是個一點中文都聽不懂的美國老頭，黎璃流利帶紐約口音的英語，讓他十分滿意。

面試那天，黎璃破天荒化了個淡妝才出門，讓黎美晴愣了半天沒回過神。五一勞動節期間，裴尚軒的父母請她到家吃飯，席間問起她找工作的事。她嘟嘟噥噥抱怨用人單位以貌取人。

裴尚軒恨鐵不成鋼似的表情，捏著她的臉批評黎璃如她這般年紀的女孩，哪一個會像她這樣頂著兩個黑眼圈就去面試。

黎璃委屈地說自己在準備論文答辯，被他嚴詞駁斥爲「狡辯」。吃過飯後，裴尚軒把她拖到太平洋百貨萊雅專櫃，從粉底液到睫毛膏買了一整套，專櫃小姐樂得合不攏嘴，一個勁誇耀黎璃有這麼體貼的男朋友。

裴尚軒剛想說話，她搶了先。「是個多管閒事的死黨。」黎璃沒好氣地澄清誤解，方才一瞬間他皺眉不贊同的表情，讓她看了頓時意興闌珊。

「什麼叫多管閒事？」高大英俊的男人不顧形象大叫著抗議，「我怕妳找不到工作，嫁不出去還養活不了自己。」

黎璃沒告訴裴尚軒自己其實找得到工作，而且還是相當搶手的職缺。

她取得了高級口譯證書，在人力市場給幾家翻譯公司投了簡歷後，當即有人問她有沒有興趣做同步口譯。黎璃實習時做過一次，打起十二萬分精神不容懈怠，一天工作結束她累得一動不動。

黎璃很踐地說不做，即便同步口譯每天報酬不菲。她對賺錢沒有野心，沒必要去受那種神經高度緊張的罪。

她和Paul相談甚歡。這個肥胖的美國老頭慈眉善目，黎璃從以前就認為大多數胖子都是好人，於是最後選了這份Offer，上班地點在偏遠的浦東金橋開發區。她把畢業生就業協議表交給學校就業辦之後，跑到太平洋電腦廣場找裴尙軒喜氣洋洋告訴他自己找到了工作。他一邊在計算機上按了個數據機的最低價給顧客看，一邊抱怨她沒事跑那種荒無人煙的地方去幹嘛。

「笨蛋，當然是去工作。你當上班是玩啊？」黎璃翻了個白眼。

來買數據機的兩個女生忍不住吃吃笑起來，互相使了個眼色，梳馬尾辮的女孩嬌滴滴說道：「老闆，再便宜一點嘛。看在你女朋友找到工作這麼高興的份上，好不好啦？」

女朋友，誰啊？黎璃先是錯愕，一會兒才反應過來她們誤會了自己和裴尙軒的關係。她瞄了一眼坐著的男人，他笑嘻嘻既不承認也不否認。她本想像買化妝品那天一樣發表聲明澄清，但是看看他的樣子渾然不在意，黎璃不作聲了。

是別人誤會，是你不辯解，不關我的事哦！她在心裡默唸三遍，心安理得暫時享受頂著裴尙軒「女朋友」這一頭銜的甜蜜感覺。

裴尙軒最終再讓了五元錢，待兩個女孩提著袋子興高采烈走後，他馬上勾著黎璃的脖子把她的頭髮亂揉一氣。

「喂丫頭，就爲了妳，我虧本了。」

她用胳膊肘頂他，口頭抗議：「得了吧你這奸商，就五塊錢你還能虧本？」甜絲絲的幸福感一時半刻散不去，僅僅是他不辯解由著別人誤解自己是他的女友就讓黎璃開心，若是有一天眞能與他攜手同行，她不知道自己會興奮成什麼樣了。想著，不禁悲從中來，喜歡裴尙軒終究是自己一個人的事。

「我不管，妳要補償我的損失。」他耍賴要她請吃飯，不經意間說出心聲：「妳上班的地方好遠，平時見上一面不容易。」

恍惚令她想起四年前那一句——黎璃，不要去那麼遠！

正是這些無意義的柔情讓她捨不得放手，好似候鳥追隨溫暖而飛，裴尙軒是黎璃生命中的暖色。

其他人再好，也比不上他。

二〇〇三年，黎璃坐在威斯汀酒店金碧輝煌的鑽石廳內，望著英俊新郎和美麗新娘一桌桌敬酒，被賓客起鬨當衆親吻做餘興節目。中國人的結婚喜筵有相似的熱鬧，不同之處在於主角。

金童玉女般的新人終於來到黎璃這一桌敬酒，她站起來端給他一杯紅酒。帥氣的伴郎嬉皮笑臉想要擋酒，裴尙軒撥開他豪爽地接過。

「妳是我一輩子最好的朋友，這杯酒我非喝不可。」他看著黎璃，臉上的笑容甚是耀眼。

她也給自己滿上，同樣燦爛的微笑。「是啊，我們一輩子都是好朋友。」紅酒杯碰在一起，然後他和她同時仰頭飲盡杯中微酸的酒液，同座的人紛紛叫好。

黎璃在很早以前便預見了結局，但是就像外婆對她說過的那樣，她是一個不到黃河心不死的人。

一語成讖。

二〇〇〇年元旦，這一天比過去或黎璃將要經歷的未來任何一天都意義非凡。她幸運地活在這個世紀，趕上了千年的交替。

上一個千年，中國還處於封建王朝，歷史上那個朝代叫做北宋。

一九九九年的最後一天是星期五，黎璃接到裴尙軒約她晚上去酒吧慶祝新年的電話。當時她正在飯店參加公司的Annual Party，端著盤子挑選生魚片。Paul的太太Alice站在她旁邊，比黎璃先聽到電話鈴聲響。

裴尙軒陪她去買手機，她不喜歡諾基亞，選了摩托羅拉。後來不管是手機被偷還是升級換代，她都是摩托羅拉的忠實用戶。裴尙軒不止一次取笑摩托羅拉該給她頒一個忠誠獎，她笑笑指責他喜新厭舊。

他不懂她的固執，更不明白她一生最大的執著是裴尙軒。而她也不懂，這個遊戲愛情的男人居然有一天會結婚，一點幻想餘地都不留給她。

黎璃謝過Alice的提醒，放下托盤從衣袋裡掏出手機接聽。裴尙軒磁性的聲音傳入耳中，邀請她晚上去酒吧迎接千禧年到來。

她前幾天接到大學室友、高中同學聚會的電話，也接到過汪曉峰約她泡吧的電話，黎璃無一例外用「有約在先」推辭了。她在等裴尙軒，想和他一同迎接新千年。

他們在這一個千年相遇，下一次千年有誰能夠等得到？

幸好在她失望之前，他打來了電話。

Alice在她掛斷電話後微笑著問了一句：「Boyfriend?」黎璃頓時羞紅了臉，結結巴巴解釋那只是自己的朋友。

「單是，Lilian，妳看起來，很形負。」Alice和Paul參加了漢語學習班，雖然發音不標準，但依然抓住機會猛練中文。黎璃作爲Paul的助理，聽慣了夫妻倆的中文，立刻明白Alice在說什麼。

自己的情緒，難道已經無法掩蓋了？黎璃心頭一緊，心想晚上絕不能露出破綻，她不希望和裴尙軒落到連朋友都做不成的地步。

既然他說是兄弟，那就做兄弟吧。

她在離開飯店前去了一次洗手間，和從裡面拉開門出來的女人打了一個照面。黎璃愣住，對方顯然也頗感意外，兩人在門口尷尬地僵立。

黎璃率先恢復鎭定，挑眉笑道：「韓以晨，好久不見了。」

記憶中和眼前女子的最後一幕糾葛是在高一某天，黎璃跑去虹口中學，求韓以晨放過裴尙軒。

她說：「黎璃，我把他還給妳。」

黎璃相信韓以晨從開始就搞錯了一件事：裴尙軒不屬於任何人，包括自己。

他是自由飛翔的鳥，而她並非他的同類。
「好久不見。」韓以晨的美麗隨著時間流逝有了雋永的韻味，裴尙軒很久以前就對黎璃說過韓以晨是那種越來越漂亮的女生，少年想不出形容詞，只會用最直白的語言誇獎。
過去黎璃認爲他是「情人眼裡出西施」，此刻卻不得不贊同他的眼光。有一種女人，擁有得天獨厚的美貌不說，連隨時間而來的蒼老都望而卻步。她的美，就像一朵花從含苞待放到盛開，展現著不同時期的風采。即便最後凋謝，依然是華麗謝幕。
她見過許多美女，活潑嬌俏的、火辣性感的、氣質嫻靜的……裴尙軒身旁總是走馬燈似的換著新鮮亮麗的面孔，令黎璃變得麻木不仁。唯獨韓以晨，她承認自己輸得心服口服。
兩人說了幾句無關痛癢的話，不外乎「在哪兒工作」、「最近好不好」，她們本來就不是親密的朋友，何況中間隔著歲月的河流，還有一個叫裴尙軒的少年。
「我去洗手間。」黎璃用這句話作爲告別序言，她猶豫再三，仍然沒說裴尙軒晚上和自己有約。
彷彿一旦說了，韓以晨又會像當年那樣橫空出世，把他硬生生從自己身旁搶走。儘管心裡清醒，裴尙軒和韓以晨應了那一句成語——覆水難收。
韓以晨含笑微微點點頭，彼此都沒提出互留聯絡方式的潛台詞很容易解讀：邂逅，不必當作重逢。
在黎璃推開門走進洗手間之前，她突然問道：「黎璃，妳喜歡他的，對嗎？」好些年前，她在暮色蒼茫的教室裡問過她同樣的問題。

「知道與否，有什麼意義？」黎璃仍舊不正面回答，輕鬆反問。

她把年少時愛過的人拱手送出，不論是誰接收，她都已沒有資格過問。韓以晨輕輕一笑，同黎璃告別。

黎璃坐在五星級飯店洗手間雪白的潔具上，用手蒙住臉。她的腦海裡迴盪著裴尙軒的聲音：「我喜歡她，眞心喜歡過。」

她眼睜睜看韓以晨走掉，她很自私。

裴尙軒身邊來來去去這麼多女人，他唯一喜歡過的只有韓以晨。黎璃一直看著他，他掩飾得再好，在她面前依然無所遁形。

黎璃帶著負疚感來到衡山路上的哈魯酒吧，華燈初上，整條街觸目所及除了人還是人，好像全上海的市民集體出動似的。酒吧內更擁擠，座無虛席，站著喝酒的不在少數。黎璃在人堆裡擠來擠去尋找裴尙軒，音樂震耳欲聾，就算她打電話他估計也聽不到鈴聲。

黎璃踮著腳尖伸長脖子，試圖越過前面的人看看角落裡有沒有自己在找的男人。她的身高在一五六的刻度停止了向上發展，成爲心頭一大憾事。黎璃買衣服很尷尬，以她的高度穿S號，但她又沒有能穿上S號的苗條身段。上衣倒也罷了，但是褲子就很麻煩，每次都要黎美晴把褲腿剪去一截重新車邊，當然每一次煩勞黎美晴的結果就是免不了被嘮叨「再胖下去，妳怎麼嫁得出去？」

幸而最近工作繁忙，她的腰圍小了兩吋，勉勉強強吸口氣能套上S號的褲子了。

背後有人拍了拍她，黎璃以爲是裴尙軒欣喜回頭，身後站著一個笑起來單邊臉頰有酒窩的男人。她不認識他，打算轉回去繼續尋找。

聲音鼎沸，他捂著耳朵大叫：「妳是黎璃吧？」

「你是？」她印象中沒有他，疑惑他準確叫出了自己的名字。

「我是裴尙軒的朋友潘文輝，他在那邊。」他側過身，指著自己走過來的方向。「他在打牌騰不出空，讓我過來接應妳。」

黎璃心頭不是滋味，原以爲只有裴尙軒與她兩人迎接新千年到來的時刻，但很快釋然了。她不是第一天認識裴尙軒，這傢伙改不了喜歡熱鬧的性格，呼朋引伴是平常事。

裴尙軒和他的朋友們靠牆坐著打牌。看到黎璃過來了，裴尙軒趕緊推開依偎在懷中的女友，讓黎璃坐到他旁邊幫忙算牌。

「老大，哪有你這樣打牌的？」對手之一不滿叫囂。

他抬著下巴挑釁道：「切，我樂意，不行啊？」

黎璃見他摟著一個女孩，早前見到韓以晨產生的愧疚被某種幸災樂禍的情緒替代。她回過神，過去踹了他一腳：「牌品如人品，你這傢伙別無理取鬧。」聳聳肩，看看桌前素不相識的三男二女，黎璃像過去很多次那樣再度做自我介紹：「我叫黎璃，是這小子初中開始的死黨。」

「原來你就是黎姐，常常聽老大提起妳。」裴尙軒的對家哈哈大笑。

剛才被裴尙軒搶白的男人瞟了一眼傲慢的男人，「黎姐，妳的人品一眼看上去就比老大好多了。」

「你們還打不打牌？」裴尙軒氣勢洶洶喝道，但笑瞇瞇的神色顯然並未眞正生氣。他朝潘文輝努了努嘴，「阿文，替我招呼黎璃。不過不要灌醉她哦，這女人酒品比人品差了十萬八千里。」

「收到。」潘文輝打了一個響指，問黎璃能不能喝啤酒。她嗔怪地瞪了裴尙軒一眼，擺著手告訴他隨便哪種飲料都可以。

潘文輝的身影很快淹沒於層層疊疊的人群中間，黎璃找了一張椅子坐下，暗中歎氣。自從一九九七年他把她騙到人民廣場，她在大庭廣衆之下拂袖而去，裴尙軒便有了她「不合群」的想法，每次把她拖去參加聚會都會想方設法讓自己的朋友注意到黎璃。她說過他好幾次要他停止再做這種無意義的事，他都當作耳邊風。

如果單純想擴大她的交際圈倒也罷了，偏偏有時候他的目的是變相替她介紹男友。裴尙軒總是取笑以她接近於零的男女經驗値，自己看人的眼光必定比她高明，再加上父母時常叨唸希望黎璃這樣的好女孩將來有個好歸宿，他便把替她找男朋友的事情放在了心上。

黎璃知道他是一番好意，但他所謂的朋友在她眼裡，與狐朋狗友無異。她不好意思當面反對，每次都要絞盡腦汁想個藉口迂迴婉拒。

她坐在一邊看他們打牌，潘文輝回來遞了一瓶啤酒給她。他拖來一張凳子在她旁邊坐下，有一句沒一句閒聊。酒吧內聲音嘈雜，他們不得不儘量提高嗓門說話。

言談間她得知潘文輝畢業於同濟大學建築系，因爲配電腦認識了裴尙軒。他喜歡笑，一笑左臉就會出現個很深的酒窩，奇怪的是右邊就是沒有。

「很特別吧？」見黎璃在觀察自己，潘文輝孩子氣地在臉上戳了戳。黎璃忍俊不禁，「噗哧」笑了出來。

她一本正經地點點頭，問道：「另外一個到哪裡去了？」

潘文輝呵呵笑著，同樣一本正經回答：「我媽說我生下來太可愛，被鄰居親啊親的，親不見了。」

黎璃正喝著啤酒，沒心理準備，酒嗆進了氣管。裴尙軒聽到她咳嗽，探過身子問她怎麼了。她邊咳邊抬手，示意自己沒事。

潘文輝賣力地拍著她的後背順氣，挺無辜地辯解：「黎璃，我沒那麼好笑吧？」

她連吸幾口氣，側過頭似笑非笑瞧著他反問：「你說呢？」輪到他挑眉，繼而放聲大笑，連連說著：「有意思，很少見到沒被我電倒的女生。」

裴尙軒看著他們相視而笑的一幕，突然升起一種被隔絕在外的孤獨。他早就明白黎璃是與他不同世界的女孩，她聰明優秀，除了外表不佳之外基本上找不到缺點。反觀他自己，學歷不高，進過少教所，即便現在賺了錢他還是自卑，覺得背後總有人在指指點點說他「坐過牢」。他的自卑揮之不去，便不斷用揮霍來滿足失衡的心理。

黎璃去金橋開發區上班後，他們見面的機會寥寥無幾。偶爾碰頭，他驚覺多年的死黨在慢慢蛻變：以前亂糟糟的頭髮精心打理出了層次，她不但學會了化妝，穿衣品味也有了很大進步。裴尙軒惶惑不安，恍似看到即將破繭而出的蝴蝶，預感總有一天她會飛離。

比如此刻，儘管他支開旁人獨獨讓潘文輝招呼黎璃的根本目的是爲了撮合他倆，可是他們的默契仍讓他不舒服，好像這兩個來自於同一世界，錯落凡塵。

酒吧裡的電視機現場直播各國迎接千禧年到來的盛況，離零點還差十秒，全體起立倒數計時。

「十、九、八……三、二、一！」歡呼聲幾乎掀翻屋頂，裴尚軒緊緊擁抱黎璃。「Happy New Year.」

她籠罩在裴尚軒的氣息之下，心潮澎湃。奈何下一秒懷中空了，他放開她側身與女友親吻。黎璃尷尬別轉頭，愕然發現酒吧裡雙雙對對的情侶都在相擁熱吻，自嘲一笑。對情侶來說，的確唯有接吻才最應景。

潘文輝放下環抱的雙手，輕輕拍著黎璃肩膀。她回頭，看到他深深的酒窩。

「黎璃，新年快樂！」說著，他湊過來給了她一個輕柔的吻。

這是第二個吻她的男人，她的初吻被柳千仁奪走了。

他們都不是裴尚軒。

慶祝千禧年的狂歡派對散去後，黎璃在計程車後座打開皮包，取出小巧的日記本，在一月一日這頁寫下「今年我不要再喜歡裴尚軒」。

她看著落鎖的日記本，搖下車窗把鑰匙扔到飛速倒退的大街上。

黎璃和潘文輝在分手時交換了電話號碼，她是出於客套，壓根兒沒想過他眞會打電話給自己。她對潘文輝的記憶僅限於半邊酒窩以及那個說不出含義的吻，那晚還說了什麼她記不得了。

他約她吃火鍋，黎璃還在想推辭的藉口，他反應極快開口道：「除非是女性生理痛，其他藉口我一概不接受。」

這人，說的什麼話！她又好氣又好笑，調侃道：「加班呢？」

他隔著電話笑，她似乎能看到他臉上迷人的酒窩。「How much? I pay your boss.」她不禁莞爾，這個男人的霸道讓她抗拒不了。

黎璃想這是不是自己年復一年堅持不懈的心願終於傳達給上天，所以特意派了一個人到她生命中，讓她能眞正放開裴尙軒？

她答應和他約會，下班前還特意噴了Alice送給她的香水。她一直覺得Chanel的味道太重不適合自己，不過據說這是一款很性感的香型。

黎璃到達約會地點，潘文輝已經在等她了。他殷勤地替她脫下外套，突然從她的圍巾旁變出一朵紅玫瑰，故作吃驚道：「是哪位男士搶在我之前了？」

她睜大眼睛，強自鎭定接過紅玫瑰，嫣然而笑：「謝謝。我猜測是送花人搞錯了對象。」並非第一次收到花，但這位送花人與之前的相比，震撼指數比較高。

潘文輝笑不可抑，酒窩若隱若現，像是盛著醉人的美酒。黎璃垂下頭，將花湊近鼻端裝作嗅聞轉移注意力。她鄙視自己的無用，難得有個男人向她獻殷勤，她居然又想到了裴尙軒。

還眞應了她的想念，手機鈴聲響起，她看了看來電顯示——裴尙軒三個字隨著振鈴音歡快跳動。黎璃暗自罵了句髒話，沒好氣問他有什麼事。

「請妳吃飯。」他先打電話到她家，黎璃的繼父透露說她今晚不回家吃飯。裴尙軒左思右想，總算找到理由打她的手機，其實他想問她和誰在一起。元旦那天潘文輝親吻黎璃的畫面他看在眼裡，連著幾天都沒心思做生意。

他說不清楚自己哪裡不對勁，死黨有人喜歡，他該高興才是。尤其是追求她的男人正是他認爲足以與黎璃匹配的精英。

黎璃壓低嗓音回答：「我沒空。」她想了想，索性說謊堵住他接下來的疑問，「加班。」潘文輝挑了挑眉毛，不動聲色將羊肉放進火鍋。

她不清楚裴尚軒有沒有聽到店裡亂哄哄的人聲，迫不及待想掛斷電話以免他起疑。就在她準備說「再見」時，裴尚軒的聲音再度傳入耳中。

「黎璃，妳以前說過的話還算不算數？」

她愣了，過去說了那麼多話，誰知道他在問哪一句？她確信他聽到了店內服務生高聲吆喝的「歡迎光臨」，一個個中氣十足堪比三大男高音。黎璃慚愧，還有什麼比謊言被當場揭穿更難堪？

「對不起。」她低聲道歉，對面的潘文輝將涮好的羊肉片放進她的調料碗中。黎璃看了看他，沒看到他有何不悅。

「妳和潘文輝約會？」電話那頭的男人咄咄逼人追問。她莫名其妙之餘火氣隨之上揚，我可從來沒過問你裴尚軒換了幾個女朋友，你憑什麼來管我的事情？黎璃一言不發，掛了電話。

她把手機放進皮包，衝酒窩迷人的男子抱歉地笑笑。「對不起，這個電話太長了。」

他笑著搖頭，深邃的眼神比酒窩更吸引人沉淪。他凝視黎璃，直言不諱道：「這個電話其實並不長，不信妳查通話紀錄，絕不會超過兩分鐘。」頓了頓，潘文輝笑瞇瞇接下去說：「黎璃，說謊的時候，每一秒鐘都很難熬。」

一針見血！她動了動嘴唇，放棄辯解。

潘文輝斜睨沉默的黎璃，孩子氣的笑容忽然顯出幾分詭譎。

燒開後的湯料表面升起白霧，嫋嫋彌散，她的鼻尖沁出了薄汗，本是熱氣騰騰黎璃卻猛地打了個寒顫。她有奇怪的直覺，這個男人就像面前沸騰的火鍋湯底，看不透底下究竟藏了多少東西。

「我可不可以理解為，這是你的經驗之談？」她不甘示弱回敬。

潘文輝聳聳肩，拿起她放在桌邊的紅玫瑰。「黎璃，愛情就像玫瑰花，很美麗但是有刺。人生差不多也是這樣。」他別有深意微微一笑，在她愕然的注視下將花扔進不鏽鋼鍋，瀟灑地拍了拍手。

黎璃心裡一哆嗦，隱隱有不好的預感一閃而過。速度太快，她抓不住。

被裴尚軒的電話一攪和，黎璃和潘文輝的約會不歡而散。他客氣地詢問是否有榮幸送她回家，嘴上彬彬有禮，但神情相比之前卻生疏了幾分。

那個從她圍巾旁變出紅玫瑰的男子，彷彿是別人。黎璃微微搖頭，淡然一笑。

第十五章　流光易景，不離不棄

黎璃沒料到再度聽說潘文輝這個名字，居然是和一樁詐騙案聯繫在一起，而被騙的當事人正是裴尚軒。

騙局並不複雜，潘文輝藉口公司需要添置一批品牌筆記型電腦，找裴尚軒合作。他還帶了自稱IT經理的男人到裴尚軒的鋪子談價錢。

裴尚軒向來重友情講義氣，對潘文輝介紹的生意深信不疑。他進了一百多台Sony筆記型電腦，交給了潘文輝。然後潘文輝帶著這批貨一去不復返，而他所說的公司根本就查無此人。

黎璃接到電話聽說此事後立刻請假，叫了計程車用最快的速度趕到裴家。裴尚軒的父母沮喪地坐在客廳裡，她沒看到他。

「叔叔阿姨，尚軒呢？」她惶恐，生怕自己晚來一步他已做了傻事。電話裡裴母泣不成聲，直說「怕他過不了這一關」，害她一路提心吊膽。

「他把自己關在房間裡，不吃不喝一天了。」裴母搖頭歎息，「小璃，妳去勸勸他。錢財身外物，上當就上當，當作花錢買教訓，下次再賺回來就是了。」

黎璃連忙點頭，安慰兩位長輩自己會盡力說服他重新振作。她朝他的房間走去，想著他走過的這些年，心中悽楚。她應該早點給裴尚軒提個醒，潘文輝並不像外表那樣和善可親。這個有單邊酒窩的男人，笑起來像個天真的孩子，實則心計深沉。可惜事到如今，已經太晚了。

她責備自己爲何要爲了一個無關緊要的電話同他賭氣，裴尚軒本是她生命裡最重要的朋友，可她竟爲了其他男人和他生氣，沒有及時提醒他小心謹慎。

他的房門只是虛掩，輕輕一推就開了。黎璃在門外先爲自己打氣，若是連她都忍不住情緒沮喪，還怎麼去鼓勵他。

她推門入內，被眼前驚險的場面嚇得差點尖叫。裴尚軒坐在窗台上，像是隨時都可能摔下樓去的樣子。

他一動不動，渾然不覺有人接近。黎璃鬆了口氣，至少他不像準備自殺，尋死覓活的人對外界異常敏感，絕不會任人走近。

她在他面前站定，這個距離即便他想跳樓，她也能及時拉住他。

「裴尚軒，我來了。」她想不出開場白，只得用這一句。聽到她的聲音，他抬起了頭，頹唐的模樣讓黎璃看著心酸。

她認識他十年，頭一次看到他這麼沮喪，彷彿整個世界傾頹崩毀了。被朋友出賣、背叛，向來是人生之痛。

黎璃心裡一激動，忘形上前抱住這個自己一直喜歡著的男人。「裴尚軒，我不會背叛你，永遠不會。」並非純然安慰，多半是她眞情流露。

裴尚軒無動於衷，默然半晌才悶聲悶氣開口說道：「我不相信。」

「你不相信我？」黎璃重複一遍，胸口好像被重拳擊中，疼痛發悶，說不出的噁心。他不相信她，這麼多年過來，他居然不相信她！

「什麼朋友，都是騙人的。你一落難，每一個都躲得遠遠的裝作不認識。」他不顧她的感受，繼續說下去：「我再也不會相信了，沒什麼值得相信了！友情這玩意兒，一文不值。」

黎璃突然出手，拳頭飛上那張俊臉，帶著狠絕的味道。他被這一拳揍偏了頭，歪向一邊。

「裴尙軒，你混蛋！」有時候眞的不想再管這個不識好歹的笨蛋，衝動、任性像脫韁野馬，肆無忌憚踐踏著關心他的人。可是她放不開，特別是現在。

裴尙軒回過頭，目光從她臉上掠過，異常明顯的排斥。嘴角勾起微笑的弧度，他的聲音裡含有一絲金屬的冰冷：「是，我就是他媽的混蛋，妳快點滾吧。」

從他嘴裡蹦出的「滾」字讓黎璃頓時一陣天旋地轉，她踉蹌後退了半步，勉強站穩。「裴尙軒，我哪裡對不起你，你要這樣對我？」雙唇抖顫，她的眼淚再也忍不住了。

裴尙軒心頭一顫，本能地想上前像過去那樣將她摟在懷中安慰。身形微動，他硬生生阻住，害她流淚的正是自己傷人的話，他根本沒有立場去安慰她。冷冷淡淡別轉視線，他眺望窗外陰沉的天色。

他不肯看她，彷彿她和那些欺騙他，在他落難時甩手而去的人一樣。黎璃瞥見桌上的刀片，一個箭步竄過去捏在手裡。

「裴尙軒你這個笨蛋好好聽著，黎璃一輩子都會是你的朋友，永遠不會背叛你。」他意興闌珊送上一瞥，腦子裡還在想著再說些什麼話讓她知難而退，眼前的情形讓他觸電般彈起身體，飛撲到黎璃身前。

「妳才是笨蛋！」他奪下她手裡帶血的刀片，拉著她就往門外跑，嘴裡亂七八糟嚷著：

「媽，快找紅藥水，快點！爸，老爸，家裡還有沒有OK繃？」

她拉住了他，裴尙軒回頭。黎璃的左手掌被刀片割了一條長長的口子，血肉模糊。

「你，現在可以相信我嗎？」她一字一句，滿懷期待望著他的眼睛。

裴尙軒從小到大鮮少有流淚的記憶，即使小時候被父親用藤條教訓，即使當年他被送進少教所，他都沒有掉過一滴眼淚。但此刻，他抱著黎璃，像個受了委屈的孩子那樣嘶聲慟哭。

裴尙軒不敢告訴黎璃自己欠了八十萬，以黎璃的個性一定會想方設法替他分擔債務。在他最倒楣的時候，她沒有像其他人那樣離他而去已是最大的支持，於情於理他都不能將黎璃捲進來。

晚上他送受傷的黎璃回去，回到家後父母在客廳等他，問他將來有何打算。上當受騙既已成事實，再後悔也追不回損失，還不如考慮現實的問題比較實在。

他的庫存全都抵押給了別人，過幾天就有人來收店，沒辦法再經營下去。除了父母和一個不離不棄的朋友，他一無所有。

父親在進臥室前說了最後一句話：「大難臨頭夫妻各自飛的都不少，黎璃這個孩子很難得。」

裴尙軒當然明白黎璃是個好女孩。正因爲太好，對比出了他的不堪，讓他自慚形穢。他私底下甚至固執地認爲黎璃這樣心腸柔軟的女孩應該成爲某個男人的初戀，而不是交給劣跡斑斑的自己。

鋒利的刀片劃開她的掌心，鮮血淋漓觸目驚心。那一刻他希望時間能回到過去，還一個清清白白品行高尚學歷與她相當的裴尙軒，讓他有資格愛她。

他走錯了方向，只能站在遠處送上給她的祝福——能讓妳幸福的人，一定會出現。

黎璃的手被紗布裹了一層又一層，傷口很深，光止血就用去半天。她沒想到自己竟然那麼用力，可見人在情急之中便顧不得其他了，當時她腦子裡只有歃血爲盟這個念頭，除此以外一片空白。

她感覺不到疼痛，皆因心裡的痛楚更甚於肉體。裴尙軒對她的否定比以往歲月中任何一次都刺骨冰寒，她可以忍受他說「不喜歡醜八怪」，那是無法辯駁的事實，連家人都不覺得她好看；她可以忍受他身邊不斷來去的漂亮女生，在心底自我安慰那至少證明他還沒有找到眞愛；她無可救藥地喜歡著他，就爲了十四歲那年他在寒風中替她擦亮的火柴，那一點點溫暖令她義無反顧。

在沒有人喜歡自己的年少，是裴尙軒第一個向她伸出了友情的雙手。

最初的愛，即便隔著最遠的距離，依然清晰。一九九四年柳千仁毀了黎璃的清白，她偏執地認定自己的戀慕再沒有資格袒露在日光下。二〇〇〇年她用鮮血重複了誓言：如果我們不能相愛，那麼就做永不背叛的朋友。

直到後來他們才明白，愛就是愛了，不需要資格。所謂的「資格」只是掩蓋自己怯懦的一個藉口，黎璃和裴尙軒眞正害怕的是被拒絕。

店鋪被人收去的那天，裴尙軒在電腦城外佇立良久。大衣口袋裡的手機拚命響著，他任性地當作沒聽到。

父母把準備給他結婚的房子轉手賣了，二〇〇〇年的房價是上海樓市飆升前最後的低點，算上這筆錢統統還債後，他仍有近二十萬元的債務。

漕溪北路人來人往，以太平洋電腦廣場、美羅城、六百、太平洋百貨、港匯、東方商廈共同構築起徐家匯商圈，這裡是上海另一處名利場。

他想起黎璃在遙遠的過去眺望著黃浦江對岸一幢幢拔地而起的高樓對自己說：「裴尚軒，我們不可避免會和這個城市一樣變得冷酷吧？」

當年他有聽沒有懂，現在卻深有感觸。城市經濟的發展不只改變了生活，還有人的思想。成王敗寇，曾經圍繞在他身邊的人教會了他這句話。

「笨蛋，我就知道你在這。」身旁傳來熟悉的聲音，他的嘴角浮現一抹笑痕，沉甸甸壓在心上的失落忽然就空了。當初說會變得冷酷的人，卻是唯一未變的那個。

裴尚軒從衣袋裡掏出手機，十通未接電話都來自同一個號碼。他笑笑，抬手揉她的短髮：「我沒事的，請事假不划算。」

黎璃滿不在乎咧嘴一笑，手肘朝他胸口頂去，「你今後的人生從這裡起步，我怎麼放心得下你這個笨蛋？」

他握住她的手，攤開掌心。那道傷疤很長，斜向切過生命線、事業線、愛情線，像是把一生分成了左岸右岸。黎璃從他的眼神中讀出了慚愧，不自然地笑言：「萬一有天我們失散了，等到白髮蒼蒼臉和身材都變形走樣的時候，憑這個傷疤你就能認出我了。」

他沒說話，仰望徐家匯上空緩慢移動的廣告飛艇，有飛翔的鳥掠過天空。深遠的目光投注於黎璃臉上，他的笑容明亮乾淨。

「我沒告訴妳，春天我單獨去過一次那塊濕地，眞的看到那一年我最喜歡的一隻鳥，牠飛回來了。」他摸著她的頭髮，呢喃道：「所以我一定能認出妳，不管妳變成什麼模樣。」

她猛然鼻子發酸，原來他未曾忘卻。

整整一年，裴尙軒都在拚命賺錢。他白天送快遞，晚上在KTV做服務生，每天只睡四個小時。黎璃向公司總務處的負責人推薦了裴尙軒所在的快遞公司，他來取了一次快遞後，午飯時間她就聽到前台接待小姐在熱烈討論「很帥的快遞員」，黎璃不動聲色悶頭吃飯。

他是個英俊的男人，英俊到不容忽視。

黎璃把自己的悲劇歸咎於自不量力愛上了一個英俊男子，他們站在一起的畫面沒有美感，這個認知一度讓黎璃挫敗，在一九九四年之前是唯一使她卻步的理由。後來發生的事情取而代之成爲主要矛盾，但骨子裡她仍自卑。

外表仍然是現實世界評判人的標準之一，哪怕是把「人不可貌相」這句話倒背如流。

她在很小的時候便已瞭解，自己這一生都不可能成爲美女，連被人誇獎一句「漂亮」的機會都不會有。

二〇〇一年三月，黎璃收到汪曉峰的結婚請柬。她看著請帖內側貼著的新人婚紗小照，新郎嘴邊顯眼的黑痣都透著幸福二字。

畢業後他們各散西東，偶爾會吃一頓飯敘敘舊。試用期剛過兩個月，汪曉峰就得到去德國培訓的機會，一走便是半年。他約她去酒吧慶祝新千年，另一個理由就是餞行，但黎璃因爲裴尙軒的緣故推託了。

他不以為意，回國時仍給她帶了一瓶香水作為禮物，據說是在科隆市的香水博物館買的。琉璃製作的香水瓶五光十色，黎璃愛不釋手。汪曉峰見她這麼喜歡，得意洋洋笑了。

「它和妳很像。」他盯著瓶子說道，「要經過千錘百鍊，大家才知道好處。」

黎璃心裡微微一動，鎮定地翻了個白眼：「千錘百鍊，乾脆再加一句『永不磨損』得了。」

他哈哈大笑，手上拿的薯條在番茄醬裡胡亂戳著，一邊說道：「黎璃，妳這丫頭真是個怪人，明明看得通透居然還要做死心眼，無聊。」

「有聊無聊，都是我自己的事。」明白汪曉峰在暗示什麼，她啐了一口，繼而埋怨他把番茄醬弄得一塌糊塗轉了話題。

這是他們最近一次見面，沒想到僅僅半年他竟然要結婚了。

黎璃沒空出席婚禮，提前一週約汪曉峰見面送上禮金。他嘴上說著「不好意思」之類的客套話，收紅包的手卻一點都不慢，飛快地收進西服內側口袋。

「瞧你這虛偽的樣子。」黎璃揶揄，往他的咖啡裡扔了兩顆方糖，「甜死你這口是心非的男人。」

汪曉峰笑嘻嘻挑著眉毛喝了一口咖啡，「口是心非總比視而不見好。」自從知曉黎璃的秘密後，他就以揭她傷疤為樂。原先是出於好心，希望某一天能起到當頭棒喝的效果，但天長日久的戀慕豈是說放手便能輕易轉身的？久而久之，黎璃的單戀和他找不到女朋友的事成為兩人互相的玩笑。

黎璃不甘示弱，儘管他馬上要告別單身漢生活，她依舊能找到糗他的話：「說起來你這個『婦女之友』居然找到了老婆，我可真是大吃一驚。」

他收起嬉皮笑臉，指著臉上的黑痣一本正經說明：「因為她是第一個說我這顆痣性感的女人。」

她差點把嘴裡的紅茶噴出來，這算什麼理由。「拜託，要是早幾年我這麼說了，難不成下禮拜站你旁邊的人就是我了？」

他看了她好一會兒，才笑了笑半真半假道：「妳不說我也喜歡。」

她不問真偽，問了也改變不了什麼。倒是汪曉峰的臨別贈言她記在了心上。

他說：「黎璃，不管是誰，總會在一個人眼裡獨一無二。」

裴尙軒是黎璃眼裡獨一無二的那個人，漫長的十五年，她只看到了他。

汪曉峰擺結婚喜酒那天，黎璃陪同Paul出席在國際會展中心召開的上海外資企業家座談會。隨著越來越多外企進駐上海，市政府每年都會和企業代表見面懇談，同時頒發對上海經濟發展最有貢獻獎項。

黎璃在宴會上意外地遇到了柳千仁，他們幾乎是同時看到彼此。她目睹柳千仁勾起漂亮的嘴角挑釁一笑，接著他向身旁諸人微笑頷首說了幾句話，之後離開他們朝她走來。

她沒有逃開，雖然有一剎那她想立刻回到Paul身邊去，就算是聽男人談論汽車也比和他面對面來得有趣，但黎璃最終選擇留在原地。他是她最可怕的噩夢，她不能逃。

柳千仁從美國寄回來的照片和信件，黎璃一次都沒看過。乍然相逢，她不自覺比較記憶中表情陰鬱的男子和眼前的他。

柳千仁以前很瘦，是那種被大學室友戲稱爲「竹竿」的身材。漂亮的五官，總是譏誚冷笑的表情，加上纖瘦的外形，怎麼看怎麼陰森。他去了美國幾年，身材健壯了很多，把身上那套手工不錯的西裝穿得異常有型。

他也在看她，柳之賢寄來的照片中黎璃出現的頻率並不多，最後一張便是她的畢業照，穿著黑色的學士服，嘴唇抿得死緊，一臉嚴肅。他對比著離開上海前所見的她，仍然是記憶中平凡的五官，只是比過去略瘦。

現在的黎璃，身穿淺灰色套裝，化著精緻淡雅的妝容，彷彿毛毛蟲展開了翅膀。不一定是最美的蝴蝶，卻已能自由飛舞。

他走到她面前停下，黎璃的呼吸剎那間沉重。

「好久不見。」柳千仁率先打破沉默。

她咧開嘴，還以不冷不熱的笑容。「沒聽叔叔說起你會回來。」她沒心理準備與他重逢，以爲他就此在美國落地生根不再回來。

「下個月正式回上海工作。」他從精巧的名片夾中抽出一張製作精良的名片遞給黎璃。礙於社交禮節，她畢恭畢敬用雙手接過。柳千仁在一家世界著名的軟體公司任職，頭銜是華東區市場銷售總監。

黎璃早忘了他的專業，也沒關心過他去南加州大學讀什麼學位，此時看了他的名片才隱隱約約記起他大學學的是電腦。

她收起名片，抬著頭搜尋自己老闆的身影，不想再與他多做糾纏。柳千仁舉起香檳酒杯，淺淺飲了一口，她避之不及的模樣無端讓他火起，故意挑起話頭令她不得不應付。「聽爸爸說，妳搬出去住了？」

「啊。」黎璃點了點頭。她在外面租房住，一般都是在柳之賢三四通電話後，她才回家一次。黎美晴對她的態度沒什麼改變，只不過話題從嘮叨她的長相上升到長得不好難怪沒人追她。黎璃免不了想自己和母親一定是前世有仇怨，所以這輩子互相看不順眼。

深黑色的瞳仁裡有華麗穹頂枝形吊燈的倒影，顯出詭異之色。黎璃心底一個哆嗦，強自鎮定迎戰挑釁。

「黎璃，」柳千仁湊近她壓低了嗓音，「我還是很討厭妳們母女倆。」

她目送他瀟灑走開的背影，手臂上的寒毛根根倒豎。

自從上班後，黎璃覺得時間似乎比學生時代走得更快。常常是一眨眼，已經到了週末；再一眨眼，一個季度也已過去；最後眨了眨眼，二〇〇一年的日曆翻過去，換成了新的。

裴尚軒還清了債務，不甘失敗的他雄心勃勃計畫著投資做建材。黎璃默不作聲，拿出大部分積蓄借給他開店。

他承諾一定會還給她，比銀行高兩倍的利息。黎璃笑了笑，沒說什麼。她相信他不會倒下，再弱小的生命個體都有頑強求生的本能，何況他是裴尚軒。

她愛了很多年的男人，怎麼可能輕易就被擊垮？

二〇〇二年夏天，世界盃在中國的近鄰日本、韓國舉辦，中國隊第一次踏上世界盃賽場，和巴西、土耳其、哥斯大黎加分在一個小組。當今足壇最紅的明星是貝克漢，他的英格蘭和黎璃的阿根廷聚首F組。

一九九八年，英格蘭和阿根廷在八強決賽狹路相逢，驚心動魄的一百二十分鐘後，是讓人大氣都不敢喘的十二碼罰球大戰，最終阿根廷淘汰了英格蘭。她和汪曉峰在學校附近的小酒吧裡熬夜看球，汪曉峰問她：「妳不覺得專情是一件很累人的事？」

那一年她大學三年級，不滿汪曉峰不是阿根廷的鐵杆支持者。此後阿根廷同荷蘭的四強決賽，黎璃跑去小舅舅那裡借宿。外婆過世後黎國強仍住在老房子裡，失業在家。

黎國強的兒子和四大天王中的黎明同名。小孩子被寵壞了，成天吵著要高級玩具，稍有不順心就大哭大鬧。嚴麗明本就瞧不起失業的黎國強，他半夜看球使夫妻矛盾升級，她一氣之下帶著兒子回娘家住了。

阿根廷被荷蘭隊淘汰，黎國強忽然恨聲道：「媽的，這日子沒法過了。」

她的小舅舅從風度翩翩變成潦倒落拓，此後碌碌無爲，被老婆兒子嫌棄。

生活的挫折可以成就人，也可以摧毀人。黎國強和裴尙軒是兩個極端，一個隨波逐流，另一個則奮發圖強。

二〇〇二年，黎璃失業了。Paul卸任離開中國，新上任的總經理提拔了秘書室最漂亮的一個，黎璃拿到三個月工資作爲賠償。她誰也沒告訴，揹上行囊去雲南旅遊。

她原計劃去日本，親眼見見自己的偶像卡尼吉亞，但是把大部分積蓄借給裴尙軒後，她不得不考慮現實狀況。

她在麗江打了一個電話給裴尙軒，語氣平淡告訴他自己失業，正在外地療傷。

他先是氣急敗壞責怪她年紀一把還要人操心，接著勸黎璃自己經歷過更糟糕的事情。「世上沒有過不去的坎，我就是先例。」

這次，輪到裴尙軒來鼓勵她了。黎璃莫名其妙就高興了起來。

「還有，我做了幾筆生意，等妳回來可以先還妳一部分錢。」她不說，他亦明白此刻她將要面對的經濟問題。以黎璃和自己的交情，肯定不會主動開口要他還錢，他卻不能就此裝糊塗。

「笨蛋，你多長一個心眼我就謝天謝地了。」遠在千里之外，她不忘提醒他避免重蹈覆轍。有些事，發生一次就足夠了。

六月十二日黎璃回到上海，第一件事打開電視機收看阿根廷和瑞典的小組賽最後一輪。九十分鐘之後，阿根廷和瑞典踢成1：1，被無情淘汰。此前已有另一個奪冠大熱門衛冕冠軍法國折戟沉沙小組賽，和阿根廷一同出局。

她喜歡著的卡尼吉亞坐在替補席上，對裁判不滿領受了一張紅牌。他留給黎璃蒼涼的背影，那頭飄逸的金髮在歲月流逝中淡去了顏色，她的偶像老了，她也是。

黎璃即將年滿二十六歲，沒談過眞正的戀愛，暗戀著一個男人，被另一個男人奪去童貞。她的人生是一齣荒誕劇，散場時間未定。

電視裡還在播放〈阿根廷，別爲我哭泣〉，裴尙軒的電話到了。「妳果然回來了。」他記得一九九〇年六月，她興高采烈告訴他：「我喜歡上了一個人。」

驀然回首，已經過了這麼久，她的喜歡卻沒有改變。電話接通聽到熟悉的聲音，那一瞬間他想：被她喜歡的人，一定很幸福。

裴尚軒一直不知道自己就是那個幸福的男人。

黎璃電話裡的聲音略顯沙啞，看球時她替阿根廷著急，喊得太激動了。

「這麼大的人了，妳不會哭了吧？」聽出她情緒低落，他開玩笑想讓她心情好轉。黎璃低聲笑出來，說自己才不會這麼脆弱。

門鈴響，她匆忙和他打了聲招呼，掛斷電話跑去開門。透過貓眼，她看到門外站著一個男人。

「你來幹嘛？」黎璃開門，用身子堵住入口，沒好氣地質問柳千仁。

他不理會她的問題，嘴角挑起耐人尋味的弧度：「妳去哪裡了？家裡沒人，手機關機，妳不知道很多人在找妳？」

她更加不悅，冷哼一聲：「柳千仁，我沒必要向你報備行蹤吧？」

他的表情很奇怪，彷彿是憐憫，又像帶著不捨。黎璃正在疑惑，他沉聲道：「黎璃，妳媽媽病了。」

第十六章　無法和你說再見

柳千仁開車送黎璃到長海醫院住院部樓下，開了車門讓她下去。他目視前方，淡然說道：「我不上去了。」

她看著他的側面，一言不發下車，飛快跑進住院部大樓。

黎璃做夢都想不到吃得下睡得著罵人也很有氣勢的黎美晴會生病，而且是直腸癌末期。電梯不斷上升，她的心卻像是沉到很深很深的海底，不見天日。

推開病房門，三人一間的病房空著兩張床。聽到門口的響動，病床邊的柳之賢回過頭，對黎璃做了一個噤聲的手勢。

她躡手躡腳走近，注視著病床上的母親。黎美晴睡得很沉，與她最後一次回家看到時相比，臉頰明顯消瘦。黎璃覺得是自己的隱形眼鏡沒戴好，趕緊抬起手揉了揉眼眶。再看，黎美晴的臉色依舊蒼白如紙。

她相信了，母親得了絕症，隨時都可能撇下自己。立時心頭升起茫然，母女倆關係並不親密，什麼「女兒是媽媽貼心的小棉襖」之類的形容無論如何都聯繫不到黎美晴和黎璃身上。她們不曾分享過女人之間的秘密，當然更不曾討論過如何對待感情問題。

幾年前在外婆的追悼會上，黎璃曾有過不好的聯想。此刻她相信，是老天爺給了自己懲罰。快要失去的時候，她才明白血濃於水的道理。

柳之賢拍拍黎璃，示意她到外面說話。他們走出病房，他小心翼翼在背後合上門。

「叔叔，媽媽怎麼會變成這樣？」她的嗓子眼像有硬塊堵著，哽得難受，有想吐的暈眩感。

「癌細胞轉移到腸子。醫生說這麼多年，已經不容易了。」柳之賢神情淡漠，哀莫大於心死的慘澹神色。

黎璃聽不懂，什麼這麼多年，什麼轉移，她一頭霧水。「叔叔，我媽以前得過癌症？」

柳之賢終於流露了另一種表情——驚訝，不過他很快恢復常態，搖頭歎道：「妳不知道啊，美晴得過子宮頸癌，把子宮摘除了。」

黎璃瞪大雙眼，不敢置信地看著柳之賢。他沒看她，自顧自說著：「這幾天她都痛得睡不好，剛才醫生給打了杜冷丁，才能睡一會兒。」

她閉上眼睛深呼吸，方能克制心頭的痛楚。二十多年，黎璃一直埋怨母親的冷淡，但從來沒有反思自己是否也有錯。她被動等著母親朝自己走過來，黎美晴不過來，她也不願意走上去。

「叔叔，你是什麼時候知道的？」她有記憶開始，並沒有關於黎美晴住院的印象，由此推測那是很久以前的事。

柳之賢伸手從衣袋裡摸出菸盒，像是剛想起病區內禁菸，又放了回去。黎璃鼻子發酸，柳之賢以前不抽菸的，這些日子想必情緒糟糕，在黎美晴面前還不能表現出來。

「我們是在醫院裡認識的。」柳之賢看著長長走廊盡頭的玻璃窗，陽光照了進來，在大理石地面燦爛地跳躍，「我有隱疾，千仁的媽媽在外面有其他男人。」黎璃愕然，雙眼大睜，做夢都想不到事實眞相竟與柳千仁所說截然相反。

「叔叔，你為什麼不告訴千仁……哥哥？」極為困難地擠出「哥哥」二字，黎璃頗為諷刺地想柳千仁加諸於自身的遭遇簡直是荒唐。黎美晴根本沒有對不起他，更遑論是她。

「妳媽媽醒了，進去吧。她這幾天一直唸叨妳。」柳之賢透過門上的觀察鏡時刻關注病房內的動靜，看到黎美晴翻了個身，馬上緊張兮兮推門而入。黎璃跟在後面，不清楚該怎麼面對病重的母親。

倒是黎美晴一如既往，開口便是一句罵人的話：「死丫頭，到哪裡去了？找也找不到，不知道家裡人會擔心啊？」可惜沒了平日的氣勢，聲音顯得有氣無力。

黎璃的眼淚一下子奪眶而出，黎美晴收住了口，使了個眼色暗示柳之賢想和女兒單獨談話。等丈夫離開，她抬手拍拍床沿，叫黎璃坐過去。

「妳小時候想知道爸爸是誰，我總是罵妳，妳怪不怪我？」黎美晴瞧著女兒抽鼻子的模樣皺起眉頭，「妳這丫頭，繼承的都是我和妳爸的缺點，怪不得長這麼醜。」

還是老樣子，沒有變啊！黎璃咬住嘴唇想笑，但一想到今後母親再也不能說自己難看，不禁悲從中來。「媽，妳就不能說說我比以前好看多了啊？」不想增添黎美晴的傷感，她難得反駁了一回。

黎美晴笑了笑，伸手在她腿上拍了一下，嘴裡恨聲道：「一點都沒瘦下來，能好看到哪兒去？」她注意到母親浮腫的手，手背上有打點滴留下的針眼，觸目驚心。

「我不要知道那個男人，這輩子我只要媽妳一個人。」黎璃的眼眶又濕潤，想起已過世的外婆說過親生父親是個沒良心的男人。她自然把黎美晴的病和沒良心的父親劃上了等號。

黎美晴長歎口氣：「妳爸就想要個兒子，情願交罰款也要生一個。」說著陷入沉默，好似回憶起當年的痛苦，「我開心，妳從小就爭氣，有妳這個女兒，媽很高興。」

黎璃抬手掩住嘴，眼淚沾濕了手掌邊緣。她以爲和母親是前世有仇，原來她們都不懂表達，浪費了那麼多年。

「妳和我很像，都是死鑽牛角尖的性子。這麼多年對妳惡聲惡氣，媽只是想讓妳更聰明一點，把自己打扮得好看些，能找個對妳好的男人，我走也走得放心。」黎美晴露出了痛苦之色，杜冷丁的效用過去，疼痛再度在衰弱的軀體裡肆虐。

黎璃把手遞過去，「媽，痛的話就抓我。」她用力擤鼻子，「妳還不能走，妳還沒看到我找到好男人，妳怎麼能扔下我不管？」

「傻丫頭，」黎美晴指指抽屜，「給我，拿止痛藥。」

她有預感，自己就要失去母親了，再一次目睹死亡得意猙獰的臉。黎璃彷若被遺棄在荒野孤立無援，她的腦海裡盤旋著一個名字，那個承諾要比她活得長久的男人。

裴尚軒走進黃浦公園，隔著樹叢看到防汛堤上的身影。他快步上前，生怕她做什麼傻事。聽到背後的腳步聲，黎璃回過頭。

「我能做什麼？」他一路都在思索這個問題，一見她便脫口而出。漫長的歲月裡，始終是黎璃在支持他，現在輪到他伸出援手了。

黎璃淒涼的聲音讓他難過，她顫聲說：「我媽媽，癌症末期。」他的心在那一瞬間顫抖，想起六年前黎璃靠著自己的肩膀說過的話——我不想再看到死亡，再也不要了。

這個看上去堅強的女孩，事實上非常脆弱。他掛了電話，把清點盤貨的事情扔給店員，招了一部計程車馬上趕往黃浦公園。

忘了從何時起，她喜歡到黃浦公園看風景。坐在防汛堤上看江水拍岸，看江鷗競翔，黎璃的心情會慢慢陰轉晴。

後來她告訴他，這個習慣從十四歲生日那天開始。那一天，有個男孩在外灘替她過生日，要她做一個勇敢的女生。

她沒有勇氣了，會來這裡尋找當日的感動。

黎璃拍拍身邊的空位，示意他坐上來。「不嫌熱的話，把你的肩膀借我靠一下。」

上海的六月非常炎熱，雖已是日暮黃昏，但餘熱不減。裴尙軒笑著罵她傻瓜，說這麼多年的朋友做下來，就幫這麼點忙是他不好意思才對。

她的頭靠上他的肩，閉上眼睛不發一言。像是長途跋涉，走了很長很長的路，到了終點卻發現走錯了方向。她已經沒有力氣再回頭走一遍，所能做的不過是站在原地淒涼四顧。

他也沉默，安慰只是止痛藥暫緩痛苦，卻不能拔除疼痛的根源。親人離世本就是人生最痛的體驗之一，唯有時間才能慢慢洗去厚重的悲哀色彩。

「裴尙軒，你一定要長命百歲，比我活得長。」黎璃低聲重申請求。

裴尙軒眺望對面的東方明珠、金茂大廈、國際會展中心，上海日新月異，他們的友誼經歷了歲月的考驗，歷久彌新。

「好。」這是他第二次答應她。

二〇〇五年，裴尙軒找到了爲什麼她一定要求自己比她活得更久的答案。因爲愛著，所以不能眼睜睜看著那人死去。

黎璃在醫院陪護了兩個多星期，起初黎美晴還能勉強坐起，在旁人攙扶下走動幾步。但她的病情急遽惡化，到了不得不依靠呼吸器維持生命的地步。裴尙軒來過幾次，幫忙照顧黎美晴。

黎美晴認得他，她說話的聲音很輕很細，斷斷續續不連貫，大部分內容要靠聽者揣摩。裴尙軒問她是不是想說感謝，果然黎美晴眨了眨眼。

還有一句話他沒聽到，那是晚上黎璃替換柳之賢守夜時母親說給她聽的悄悄話。

黎美晴說：「有他照顧妳，我放心了。」

六月三十日，醫生開出了病危通知單。黎璃躲進洗手間失聲痛哭，她給裴尙軒發了一則簡訊。他回覆說立刻趕過來陪她。

黎美晴已處於彌留狀態，黎國強帶著妻兒過來見姐姐最後一面。他們爲了爭房子吵過架，有一段日子甚至彼此不來往，但人之將死，昔日的恩恩怨怨都不重要了。

黎璃不需要再掩飾紅腫的雙眼，到了這般田地，病人自己最清醒不過。她握住黎美晴的手，向母親俯下頭，語帶哽咽：「媽，下輩子我們還要做母女。妳答應我，媽。」下輩子，一定要做一對親密無間的母女。

黎美晴無法說話，吃力地點點頭。她睜大雙眼，盯著柳之賢看。

「小璃，能不能讓我和妳媽媽單獨待一會兒？」柳之賢讀懂了妻子眼底的意思，向她提出請求。

黎璃走出病房，輕輕帶上了門。靠牆站立的英俊男子抬起頭看著她，漂亮的臉一片茫然之色，彷彿痛恨多年的敵人突然消失不見，頓時找不到方向了。

他的父親隱瞞了事實，他被仇恨蒙蔽了很多年。黎璃想了想，決定不說穿眞相，既然柳之賢決定瞞著柳千仁，那一定有他的理由。

「柳千仁，請你原諒她。」黎璃吁了口氣，緩緩說道：「她欠你的，我已經還給你了。」

他的身子明顯一震，在她的注視下推開門入內。黎璃斜靠著牆，感覺全身的力氣都被抽光，天知道她是用了多大勇氣才對他說出了這句話。

柳千仁很快從病房走出來，他徑直走到黎璃面前停下。她仰起頭，準備聽他冷嘲熱諷的話語了。此刻她沒力氣反擊，無論他說什麼都無關緊要。

他舉起手，雙手按住她的肩膀，讓她產生錯覺的憐惜眼神專注地凝視自己。「我愛妳，黎璃。」

柳千仁將她擁入懷抱，抱得很緊。黎璃動了動身子掙扎，他不肯放手。她累了，心力交瘁，對這個自己討厭的男人無力抗拒。

裴尙軒沒有來，他說的「很快」直到黎美晴過世被推入太平間，他始終沒有出現。

黎璃以爲他爽約，她不知道的是他來過醫院，在柳千仁擁抱她的那一刻。他看到了他們緊緊相擁的鏡頭，決然轉身。

過。

裴尙軒大步走在太陽底下，很猛的日頭，曬得人渾身冒汗。他筆直往前走，與陌路人擦肩而過。

他說不出煩躁情緒從何而來，只是親眼目睹黎璃被另一個男人摟在懷裡，心頭像是被人挖開一個大洞，冷颼颼的風從洞裡穿了過去。

他知道黎璃是個好女孩，看到這麼多年她的身旁沒有其他男人，他竟然天眞地以爲她屬於自己一人所有。

黎璃會找到能給她幸福的男人，總有一天會離他而去。在他失去這個最好的朋友之前，他要尋找替代她的人。

他在很久以後意識到，有些人在你的生命裡獨一無二，不可替代。

黎璃是裴尙軒一生最重要的女人，裴尙軒是黎璃一生最愛的男人。他們早已認定彼此，卻陰差陽錯放開了手。

二〇〇三年，裴尙軒打電話給黎璃，告訴她自己要結婚了。黎璃正在寫公司產品線的英文介紹，茫然若失下按錯了鍵，文檔未保存，她一個上午的工作完全白費。

「Shit.」掛斷電話，黎璃低聲咒罵。

她找到了新工作，柳千仁介紹黎璃到自己公司的市場部參加面試。她本不願領他的情，在醫院的那句「我愛妳」她裝作忘記了這回事，而他也不再提起。

黎璃和柳千仁都住在外面，不同之處在於她是租房，而他買了一間三房兩廳的複合式住宅。

她的生活沒他過得好，無端覺得自己居於下風。

黎美晴過世後，孤單一人的柳之賢常常叫他們回家吃飯，她和柳千仁不可避免經常相見。有一次他似乎無意說起公司市場部有職位空缺，柳之賢便鼓勵黎璃去面試。

裴尙軒把錢還給她之後，靠著這筆積蓄她還能維持一陣子生活，黎璃本能地想拒絕，但柳之賢接下去的話讓她收回就在嘴邊的話。

「小璃，我答應美晴替她照顧妳。」說起亡妻，這個斯文溫和的男人猛然哽咽，好一會兒才繼續說：「經濟不景氣，妳找到工作，妳媽也能放心了。」

她垂下頭默默喝湯，輕聲「嗯」了一句當作答應。

黎璃和柳千仁成爲了同事。雖然不是同一個部門，但作爲華東區銷售總監，黎璃爲公司產品線撰寫的Profile、Case Study、White Paper都要給他過目。就在裴尙軒給她電話的這天，她在中午之前必須把一個新的解決方案的Profile交給柳千仁。

漂亮男子出現在市場部辦公區域之前，與黎璃同一個Team的女孩接到柳千仁助理的通風報信，紛紛拿出化妝鏡整理儀容，唯獨黎璃呆呆坐著，直到那張俊美的臉在眼前倏然放大。

她嚇了一跳，向後仰靠避開柳千仁的接近。他直起身，雙手環胸毫不客氣地諷刺：「Lilian，公司付妳薪水不是爲了讓妳發呆的。」接著問，「我要的Profile呢？」

「還沒寫完，我——」

「我不要藉口。」柳千仁厲聲打斷她的辯解，眼神犀利，「下午一點，這是Deadline。」說完，他目不斜視大步離去。

待他離開，被他方才凌厲氣勢嚇住的女孩們心有餘悸拍拍心口，拖著轉椅聚到黎璃身邊，問她Lawrence爲什麼今天火氣這麼大。

「我哪裡知道？這個男人吃了火藥，神經病。」敢如此鄙夷不屑公司上下未婚女性愛慕的黃金單身漢，只有她一人。

黎璃狠狠敲擊鍵盤，像是把滿腔鬱悶都發洩在無辜的鍵盤上。她沒吃午飯，在一點鐘把列印好的文件扔到柳千仁的辦公桌上。

他從皮椅裡優雅起身，深邃的眼眸緊盯著黎璃。許久未曾有過的眩暈湧了上來，就像多年前那個凌晨，她手足無措額頭冒虛汗。「有什麼地方需要修改你發郵件給我，我出去吃飯了。」剛想走，手腕被他扣住。柳千仁將她拽入懷中，環住她的腰。「那個男人要結婚了，妳還不肯死心？」雲淡風輕的一句話，黎璃卻變了臉色。

「電話竄線，我剛好聽到。」不待她提問，他先給出了答案。

黎璃用力掙脫開他，退到安全地帶。「您剛才的行爲，算得上辦公室性騷擾了。」她面無表情，眼神冷漠，「死不死心，這是我自己的事，與你無關。」

柳千仁不以爲然冷笑，她分辨不了他究竟是在取笑她還是自嘲。

「妳是個傻瓜。」他總結道，非常無奈的口吻。

黎璃的確很傻。四月份裴尚軒在北京談生意，她每天提心吊膽害怕他傳染上SARS。等到他完好無損回到她面前，笑著摸摸她的頭髮說「我答應了要比妳活得更長」，她對他的愛如同當日刀片割破的手掌，銘心刻骨。

那道傷口裂開過，黎璃不得不去醫院縫針，留下糾結的傷痕。這是她愛他的證明，永不磨滅。

十月三日，裴尙軒在威斯汀大酒店擺喜酒。黎璃和新郎新娘站在一起合照，她看著他神采飛揚的臉，笑著說「恭喜」，送上紅包。

大學畢業這幾年，黎璃參加了好幾場喜宴。李君、曹雪梅當初都信誓旦旦抱定獨身主義，卻紛紛踏進婚姻圍城，被她大大取笑了一番。

她仍待字閨中，每天從家到公司再到家，兩點一線的生活。黎璃的終身大事被柳之賢提上了議事日程，到處託親朋好友留意有無合適的未婚男性。

黎璃陸陸續續相過好幾次親，總是找不到感覺。她和曹雪梅在另一個大學室友的結婚宴席上碰面，言談間說起自己的困擾。

「約會就是吃飯、看電影，很公式化，同一句話能說三次，一點意思都沒有。」黎璃無奈地兩手一攤，示意嫁不出去確實不是自己要求過高。「如果這個人，能讓我在見不到的時候想念他，我想就是他了。」

曹雪梅樂呵呵咧嘴一笑，一針見血說道：「那是因爲已經有這樣一個人了，所以妳沒空想念別人。」

人人都看得出她喜歡裴尙軒，而只有當事人認定她是好朋友，並且強迫她一同相信。她也是傻瓜，心甘情願陪著他一起說「友誼地久天長」。

裴尚軒終於結婚了，新娘不是她。就像一部美國電影《新娘不是我》，他不愛妳，所以妳只能祝福他和她。

結婚進行曲響起，黎璃轉動手中的拉炮。「乓」一聲響，五顏六色的彩屑衝了出來，漫天飛舞。

穿白色禮服的英俊男子經過黎璃身邊，他看了看她，勾起嘴角微微一笑。

幾天前他們在酒吧聊天，她問他：「你有沒有想過我喜歡你？」

裴尚軒回答：「妳始終是個理性的人。」

在裴尚軒心裡，黎璃比他所有交往過的女人都重要。他不清楚自己能不能做到用一輩子的時間去愛一個人，而朋友卻能做一生一世。

他固執地認爲他們之間只是單純的友情，不會改變。

他從她身邊走過，恍如隔開前世今生。

她對自己承諾：這一次是眞的告別。

二〇〇四年歐洲盃，德國隊未能獲得小組出線權。酒吧外天色已亮，裴尚軒抱著黎璃問：「你是不是喜歡我？」

這個問題，問錯了時間。裴尚軒結婚了，她和柳之賢介紹給自己相親的男人正在交往中。

黎璃笑容哀傷，眼裡輾轉淒涼柔情。她搖搖頭，聲音正常：「拜託，我幹嘛要喜歡笨蛋啊？」

他扯開笑臉自嘲：「說的也是，我這樣一事無成的男人，妳喜歡我才怪。」他的下巴抵著她的肩，呢喃的語調如同夢囈：「黎璃，妳一定要找個很愛妳，對妳很好的男人才可以嫁給他。」我不愛他怎麼辦？黎璃偷偷想著這個，嘴裡柔順地答應：「好。我會睜大眼睛仔仔細細挑選。」

裴尙軒又笑：「女人，妳年紀一把，就別挑剔了。」

她確信他醉了，正在胡言亂語。黎璃送他回家，按了半天門鈴不見有人來開門，這才相信他說的夫妻吵架並非隨意玩笑。

從裴尙軒的褲袋裡掏出鑰匙，倚靠她肩膀的男人已睡得不知東南西北，她不得不一把把鑰匙試過去。好不容易進了門把人高馬大的裴尙軒搬上床，黎璃累得坐在一旁大口喘氣。

你重死了！黎璃偏過頭瞪他，這傢伙倒是一身輕鬆。越想越不滿，她脫了鞋子上床，跪在他身側用手指戳那張俊臉。

在睡夢中不堪騷擾的裴尙軒出於本能反應抬手抓住罪魁禍首，順勢將她扯倒在床上。他微微睜開眼，迷迷糊糊有「對方是個女人」的認知，便欺身壓上。

「裴、裴尙軒，你……」黎璃手足無措，手臂在她倒下時不巧被壓在了身下，這個姿勢不但彆扭還導致了另一件麻煩的事──她沒辦法推開他。

「好吵。」他皺眉嘟噥，低頭找到她的嘴唇，不容分說吻住。

這是她夢裡才有的場景，未料到會在現實中眞切發生。黎璃的手臂從身子底下抽了出來，做的動作卻不是推開，而是勾住他修長的頸項。

她愛了他十四年，偷一個吻不算過分吧？黎璃自我安慰，減輕罪惡感。

顯然裴尙軒並不滿足於這一個吻，他的手不安分地移向牛仔褲拉鍊。黎璃按住了他，含著期待問：「我是誰？」

他的眼睛在這個瞬間清亮而有神，抓住她的手親吻著掌心的疤痕，清清楚楚吐出兩個字：「黎璃。」

她不再阻止他的動作，打開身體交給自己愛了很久很久的男人。裴尙軒的身分是有婦之夫，這是遭人唾棄的偷情，可她不後悔。

求不到天長地久，至少讓她能擁有他一次。

就今天，她讓理性退出了腦海。

黎璃在裴尙軒清醒之前抹去所有歡愛的痕跡，躺在客廳的沙發假寐。她的身體記住了他的味道，眞正洗去了柳千仁曾經留下的印記。

裴尙軒在床上發了半天呆，他似乎記得自己抱過一個女人，可是床上沒有任何跡象表明他和人做過愛。他走出臥室，看到沙發上睡得很香甜的黎璃。

他克制不住心顫，那個女人，莫非是她？

黎璃翻了一個身，一骨碌掉下了沙發。她揉著腦袋站起來，看到站在浴室門口的他。

「笨蛋，你酒醒啦？」她打著哈欠糗他，「酒量不行還喝那麼多，你裝什麼蒜啊。」

裴尙軒不理會她的嘲笑，直勾勾盯著她問道：「我們，上床了？」

「神經病！」黎璃氣得衝過來給他一拳，「你做你的春夢，幹嘛扯到我頭上？我要找好男人嫁，你別破壞我的名譽哦。」

他信了，不好意思閃進浴室洗澡。門關上，把她傷感的微笑關在了門外。

黎璃只要這一次回憶，足夠了。

第十七章 遲到的領悟

黎璃在和相親認識的男友交往四個月後分手了，她對他沒有感覺，甚至相當厭煩每個星期完成任務似的約會。她倒是一身輕鬆，柳之賢卻又犯起了愁，週末吃飯時還拿著兩張照片徵求黎璃的意見。

柳千仁與黎璃送柳之賢回到家後一同離開。在公司除了公事，他們平常並沒有交集，幾乎無人知曉他倆是父母再婚形成的兄妹關係。黎璃對此很滿意，她對「全公司鑽石王老五」柳千仁感覺泛泛，若非工作要求，她估計會把他當作是看門的保全。

他的車停在社區車庫，在路口要和她分道揚鑣。黎璃正暗中慶幸，柳千仁的聲音傳入耳中：

「真可笑，我竟然喜歡妳這麼多年了。」

全身肌肉不由繃緊，她神經緊張抬頭望向漂亮的男人。風吹著他柔軟的髮絲，路燈光投射在俊美無疇的臉，他的五官比裴尚軒還要好看。自從在參考書和米蘭．昆德拉的小說裡發現了他的秘密後，黎璃確信柳千仁喜歡自己，何況他還說過「我愛妳」。可是愛情不是誰愛你你就必定會愛上對方的交易，理性在此毫無用處。

他顯然也明白這個道理，眼眸裡有深沉的無奈。「假如沒有那件事，妳有沒有可能給我機會？」

她喜歡裴尚軒很多年，一路走下來已經身心疲憊。她想找個人依靠，可負疚感時時刻刻折磨著她，若做不到全心全意愛人，對別人豈非不公平？

黎璃半垂下頭，坦率承認：「對不起，我還喜歡著他。」她不用提名字，反正柳千仁瞭解「他」指的是誰。

他惆悵地歎了口氣：「黎璃，我認識了一個很出色的女人，漂亮、身材好，家裡有錢有勢，我在考慮要不要把握這個機會。」他牽起嘴角，不無諷刺笑言：「既然得不到愛情，我只好選擇現實了。」

她翕動嘴唇，話到嘴邊嚥了回去。皮包裡傳來手機鈴聲，她抬頭不好意思笑了笑，暗中卻鬆了口氣，不禁感激這個電話來得正是時候。

來電顯示是裴尚軒的名字，她按了通話鍵，耳朵裡聽到的卻是一個尖細的嗓音。她認得這個聲音，是裴尚軒的母親。說來奇怪，裴母平時聲音十分正常，一經過電磁波傳送就失真，變得又尖又細。裴尚軒和她開玩笑，說自己老媽有科研價值。

「黎璃，妳快點來勸勸他們。這兩口子又吵起來。」

她掛斷電話止不住歎息。十年修得同船渡，百年才修得到共枕眠，這對夫妻浪費了她多少口水好不容易重歸於好，居然又樂此不疲開始了三天一小吵，五天一大吵。他們不倦，看客如她已產生了疲勞感。

「對不起，我朋友有事，我先走了。」放好電話她順便向柳千仁告別，藉機擺脫尷尬的境地。

他聽到了她的電話內容，裴母的高分貝讓她不得不把手機移開耳朵兩公分。柳千仁的微笑透著戲謔，不過他說出口的話很紳士：「我送妳過去。這裡很難叫到車。」

黎璃猜測柳千仁背地裡肯定會笑她是個不折不扣的大笨蛋。喜歡裴尙軒，但一次次幫他調解夫妻矛盾，她有時候想想也覺得自己眞是他媽的濫好人。

但這就是喜歡，總希望他能幸福，哪怕不是自己給的。

路上塞車，柳千仁繞道將她送到指定地點。黎璃匆忙致謝後急急衝進大廈，裴尙軒住高層，三十樓。

她心急火燎等電梯下來，從裴母的語氣推測，估計那對性子火爆的夫妻快上演全武行了。果然如黎璃所料，房內一片狼藉，玻璃瓷器的碎片到處都是，還橫七豎八倒著兩張椅子。

黎璃小心翼翼尋找落腳點，裴尙軒的母親從廚房拿著掃帚簸箕出來，見了她頓時唉聲歎氣。

「尙軒呢？」沒看到男主角，她不免擔心。

「去醫院縫針了，和他老婆。」裴母搖頭，拉著黎璃的手突然泣不成聲，「小璃，這日子眞的沒法過下去了。妳說她都嫁到我們家了，就算想著娘家人，也不能成天把好東西都往自家搬吧？」

又是爲了這個問題。黎璃無可奈何回憶前幾次自己的說詞，準備再做一回說客。裴母用力扯了扯她的手，她才察覺自己剛才想得入神，沒聽到裴母的話。

「黎璃，別勸他們了，就讓他們離婚，一拍兩散。又不會在這一棵樹上吊死。」裴母的口吻相當憤慨。

她想或許自己眞的太保守，把愛情婚姻看成了一生一次的諾言。其實這個世界早已面目全非，歸來的候鳥找不到昔日的棲息之地了。

裴尙軒有離婚的打算，但牽扯到夫妻財產的分配兩人爭執不下，協議離婚這條路看來行不通。他問過黎璃，有沒有打離婚官司的律師朋友。

黎璃沒料到他的婚姻眞走到了絕路，心頭慼慼。當事人反倒看得開，笑嘻嘻發誓以後再也不踏進婚姻這座圍城。

「黎璃，結婚是錯誤，再婚就是執迷不悟了。」他用網上流行的段子調侃，她勉強擠了一個笑容，比哭好看不了幾分。「Sorry，sorry，我不應該在沒結過婚的人面前大放厥詞，妳別有心理陰影。」他誤解了她的表情，連忙給她打氣。

黎璃抬手賞了他一拳，撇了撇嘴說道：「你這個笨蛋怎麼樣都好，我可是一心要嫁人的。」

裴尙軒像是想起了什麼似的猛拍桌子，「黎璃，妳還記不記得初中時我對妳說的話？」她翻了個白眼，嘿嘿笑著揶揄他「毫無建設性的話，我才懶得去記」。

他不生氣，自顧自說下去：「我說過到了妳三十歲還沒有人要，我就娶……」話音未落，黎璃被水嗆到了。她壓根兒沒想到說過這麼多話，他提起的竟是這一句。

「妳快二十九歲了，變成老處女會心理變態的。」等她緩過神，他故意憂心忡忡告誡。她差一點脫口而出「我才不是」，幸而及時煞住，沒好氣地瞪了他一眼，小聲嘀咕：「我看你現在就有點變態了。」

裴尙軒眞正想問的是那天他有沒有和她發生過關係。他恍惚有印象和一個女人做愛，很興奮的感覺，而且隱隱約約叫過她的名字。可事後她的反應完全不像是有這麼回事，他便認爲是做了一場荒唐的春夢。

這麼多年黎璃身旁並沒有關係親密的男友，他直覺以她的道德觀也絕不會趕潮流玩一夜情，遂大膽推測她還是處女。他記得和韓以晨的第一次見了血，但這次他沒有在床單上發現血跡，裴尙軒如釋重負。

隱隱亦有惶恐，在夢裡他叫的名字，難道是眞情流露？

他居然把最好的朋友當作性幻想的對象，這是對友情的莫大褻瀆，打死他也要守口如瓶。

回家路上經過碟片店，黎璃進去挑了一張英國拍的愛情片《愛是您愛是我》，抱著沙發墊子看休．葛蘭演英國首相，看暗戀好友未婚妻的男人用鏡頭記錄心愛女子的婚禮，看小男孩跑到機場勇敢地表白愛慕……

眞愛永恆，即使是在離婚率越來越高的今天，依然值得人相信。

於是，黎璃一邊鄙視自己是個無藥可救的濫好人一邊拿起手機，發了一則簡訊給裴尙軒，勸他愼重考慮婚姻是否眞的到了不可挽救的地步。

他沒睡，很快回覆：「眞愛已死，記得燒紙。」

黎璃悵然若失。電影安排了一個圓滿的耶誕節，而二〇〇五年的自己仍舊孑然一身。

她拉開抽屜，整整齊齊擺放的十五本帶鎖的日記本記載黎璃沉默的愛。她不曾要求公平，暗戀從來都只是一個人的事，裴尙軒沒有做錯。

他不愛她，而她只喜歡他，簡單得就像一加一等於二。但是感情又不是加減乘除這麼容易，即便最偉大的數學家也解不出所以然。

所以黎璃不怨天尤人，這是她心甘情願的選擇，到了黃河心也不死。

柳千仁準備訂婚，在每兩週一次的家庭聚餐時告知了柳之賢，也順便通知了黎璃。他談及未婚妻的語氣純然漫不經心，哪怕對方是某個上市公司老闆的掌上明珠，不知有多少妄想少奮鬥三十年的男人前仆後繼競相討好。

他的未婚妻黎璃曾在下班時見過兩次，開一輛寶馬敞篷車來接柳千仁下班，高傲明豔的大小姐對他俯首貼耳。她看著紅色的BMW絕塵而去，耳邊迴響他說的話「既然得不到愛情，那我只好選擇現實」，他比她聰明多了。

裴尚軒的離婚案排在八月二十號開庭，那天公司安排黎璃去北京參加微軟的商務活動，她抱歉地說不能去法院旁聽了。

「妳來也幫不上忙。」裴尚軒沒好氣頂了她一句，「又不是結婚，難道還要妳來說恭喜恭喜？」

可是這段婚姻的確是我「恭喜」過的！她還記得當日自己如何辛苦才把這兩個字說了出來。黎璃將腹誹嚥了回去，尷尬地笑笑，心想要離婚的人情緒肯定糟糕，犯不著和他計較。

裴尚軒點燃香菸，望著店裡堆放的各種建材遲疑地說道：「也許，我眞的沒有愛過她。離婚也不是壞事。」

「既然不愛，爲什麼要結婚？」黎璃輕聲喟歎，隱隱有不甘心。同樣是不愛，怎不見他願意娶自己？從前他頻繁更換女友，人人都道他花心，但只有她明白從過去到現在乃至未來，他愛的人都叫做「韓以晨」。其他人，不過是她的替代品。想到此處黎璃一陣心酸，原來自己竟連當替代品的資格都沒有。

這一問，問得裴尚軒怔愣，久久不言語。和現在的太太正式交往是在二〇〇二年，確切的時間是在黎璃母親過世之後，在他看到她和另一個男人擁抱以後。裴尚軒心情複雜凝望面前的女子，她剪著俐落的短髮，素面朝天的臉他看了十多年，離「好看」這個形容詞存有很大差距。可是他喜歡看到她，這張臉比所有淡妝濃抹的女人都要令他印象深刻，包括自以為刻骨銘心的韓以晨。

想起每一任女友都說過的話——做你的死黨比較幸福，你關心她勝過自己的女朋友。當日這些話被他嗤之以鼻，當作女人爭風吃醋，還暗暗取笑她們捕風捉影的段數高深莫測。此刻想想，他笑不出來了。

還有眞實到讓他惶惑的夢境，他記得自己吻著那個女人的掌心，叫她「黎璃」。

難道他眞正愛著的人，其實一直是黎璃？

被這個念頭嚇了一跳，渾然不覺香菸快燒到手指，她兀自沉思也沒留意，直到他被燙得大呼小叫甩手扔掉菸頭。

在她面前的裴尚軒，從來不用顧忌帥哥的形象。她認識他十幾年，早就見慣他各種搞怪的樣子。

「不管怎麼樣，good luck.」她抱了抱他，輕聲祝福。

裴尚軒的心跳怦然加快，欲言又止目送黎璃轉身離開店鋪。他此時頭腦一片混亂，竭力想弄清楚自己對這個女人真實的感情。

是不是他錯誤的把愛情當成了友情，以至於錯過了很多年？

「十四歲生日我許的願，我們一輩子都要做好朋友。」是這個叫黎璃的女生，自作主張鎖定了一生，從此無論他處在人生頂峰抑或低谷，她都不曾遠離半步。

在他最絕望的時刻，是這個叫黎璃的女子，用鋒利的刀片割開手掌，她忍著痛微笑：「裴尚軒，我永遠都是你的朋友，永遠不會背叛你。」她用最激烈的方式爲自己「不離不棄」的誓言佐證，一手的鮮血觸目驚心，令口不擇言的他無地自容。

「木末芙蓉花，山中發紅萼。澗戶寂無人，紛紛開且落。」是這個叫黎璃的女孩，背完詩落寞地說：「假如有人欣賞，誰真的願意自開自落？」那時候，儘管聽不懂她的話，他卻清清楚楚看到了她身後孤單的影子。

記憶回到最初，原來他的回憶裡到處都有黎璃的身影，一幕幕影像鋪天蓋地朝裴尚軒撲過來，他無處躲藏。長久以來被忽視的事實拂去了歲月的塵埃，漸漸清晰。

直到這一刻，他終於恍然大悟被自己視爲紅顏知己的女子，早已超越了用語言所能表達的任何一種單純的感情，包含著友情、愛情、親情，永生銘記。

但是她呢，明明許了情人間才用的「一輩子」，爲何偏偏定義爲「好朋友」？那麼長久的相依相伴，她是出於習慣還是喜歡，裴尚軒無法確認。

他拿出手機準備打電話給黎璃，卻在電話將要撥出去的前一秒按了取消。說不清楚患得患失的感覺究竟是什麼，恍若一旦證實了愛與不愛，他和她的關係就將從此改變。
而他，顯然還沒做好準備如何回答這道「失去一個朋友」或「得到一個愛人」的選擇題。
等我恢復自由之後再想吧，反正我們有的是時間。裴尚軒煩躁地抓了抓頭髮，鴕鳥地想著，一邊把手機扔進了抽屜。
他不能預知未來，上天給他們的時間已走入倒數計時。假若漫長的十五年依舊不能讓他看清楚她的心，那又何必再蹉跎歲月？
有時候，命運恰恰如此殘酷。

八月二十日，北京。黎璃剛剛抵達酒店還來不及Check in，柳千仁就打來電話要她立刻回上海。他態度強硬，根本不給她詢問的機會，扔下一句「公司的決定」就掛斷了電話。
她瞪著超薄的摩托羅拉V3，半天才反應過來自己馬不停蹄又要奔赴機場去了。黎璃忽然想起以前聽汪曉峰說過他公司有個同事出差，剛坐上飛機其所在部門就被撤銷的冷笑話，心想可別讓自己也趕上了這等離奇遭遇。她打電話回部門，詢問同事公司發生了什麼大事。
「沒有啊。」同部門的Hellen給了她一顆定心丸。聽到那一頭聲音很吵，黎璃好奇追問。
「噢，上個月的體檢報告下來了，大家都在討論身體狀況呢。」Hellen的聲音消失了幾秒鐘，再傳入她耳中時帶著幾分疑惑：「Lilian，我沒找到妳的體檢報告。」
黎璃的心「咯噔」一下，產生了不好的預感。
她回到上海，在虹橋機場國內航班出口處看到在等待自己的柳千仁。俊美的男人接手她的拉桿箱，一言不發拉著她的手臂往外走。

這一次她乖乖地合作，跟著他走到停車場。上車前黎璃終於忍不住問：「柳千仁，我的驗血報告有問題？」上個月體檢，唯獨血液和尿檢兩個結果不能當場得到，她自然聯想到這上面去了。

「我的醫生朋友建議，妳最好再去醫院做個詳細檢查。」他沒打算隱瞞，以黎璃的聰明，這種事瞞不了多久。「對不起，我扣下了妳的體檢報告。」柳千仁騙不了自己，他心裡最重要的位置仍然屬於她，甚至於不願錯過任一件和她有關的事。在人事部看到市場和銷售部門那一厚疊體檢報告信封，他主動提出負責上樓發放，順便把黎璃的那份帶回了辦公室。第一頁的專家意見看得他膽戰心驚，上Google查找相關資料，無一例外指向「急性白血病」這個搜索結果。

黎璃沒空細究他侵犯自己隱私的問題了，她眼神異樣瞧著他，強自鎮定。「柳千仁，帶我去醫院吧。」

她做了血液和骨髓檢查，報告要等到下週一才能拿到。柳千仁送她回家，替她把行李拿進臥室。

他走回到客廳，看到黎璃呆坐著，神情困惑。柳千仁上前，在她身側坐下。「黎璃，妳一定會沒事的。做個檢查讓大家放心而已，並不能代表什麼。」他安慰她放寬心，不要胡思亂想。「好人有好報，妳會平平安安長命百歲。」

「大概老天爺捨不得讓好人留在人間繼續受苦，所以這次要來帶我走了。」她勉強微笑，很辛苦也很用力。

柳千仁伸出手，試探性地摟住黎璃的肩膀。她的身體微微一顫，但並沒有躲開他的觸碰。這個訊號被他解讀爲「原諒」，他有些激動，用力將她摟緊。「妳不能走，這輩子我欠了妳的還沒有還給妳，妳不可以走。」

黎璃眼眶含淚，被柳千仁的癡情打動了。他的愛是苦澀的，交纏著莫名所以的恨，甚至比自己更苦。

「妳願不願意接受我還給妳的債？」他捧著她的臉，認眞問道。眼眸深處，是久遠歲月積澱下的愛，看不見盡頭。

這個男人與自己相比，有過之而無不及。黎璃承認自己是個平凡的女人，茫然無措的生死關頭，她難以抵禦他的深情。

他的嘴唇落下，覆蓋那兩片透著蒼白的唇。她看著那雙深邃眼睛裡自己的倒影，不忍再抗拒。既然生命所剩無幾，不如就成全他的自我救贖吧。黎璃放棄了掙扎，由著柳千仁將淺淺的吻逐漸加深。

手機鈴響打破了旖旎氣氛，將黎璃拉回現實。是裴尙軒找她，她猶豫了一會兒，在柳千仁的注視下接通。

「黎璃，我打算庭外和解。」他向她通報離婚案進展，「儘快解除婚姻關係。」他的聲音透著誠摯：「妳要等我。」

她沒聽懂最後一句，下意識反問。裴尙軒似乎是深吸了口氣，大聲告訴她：「我愛妳，黎璃，我愛的人是妳！一直都是妳！」

天與地突然萬籟俱寂，她的耳朵裡只有這句「我愛妳」。黎璃咬著嘴唇，舌尖舔到了腥甜的血。十五年長久的時光，彷彿一部訴說蒼涼的老電影，演到了高潮，觀眾卻因爲沒有耐心走得精光。

「太晚了，裴尚軒。」她一字一句，「我，沒力氣再飛回來了。」不管他是否有聽清楚，黎璃關機。

柳千仁默默聽著，握住她汗濕的手，他的手心亦有汗。

她的目光從兩人交握的雙手掃過，抬起的另一隻手溫柔地撫過他的臉頰。她的嘴唇綻放傷感的笑容，眼神卻清澈無比再也找不到一絲脆弱。「千仁，謝謝你。」黎璃搖了搖頭，兩分鐘之內再一次說出拒絕：「但是，不要把愛情交給沒有未來的我。」

被黎璃掛斷了電話，還沉浸在重獲自由喜悅中的裴尚軒有些不知所措。起初他以爲是網路故障，重新撥打她的電話卻一遍遍聽到「您所撥打的用戶已關機」，這才靜下心來仔細回想她方才所說的話。

「我，沒力氣再飛回來了。」

這一句話乍聽之下沒頭沒腦，可越想越令他不安。裴尚軒聯絡不到黎璃，不知道她出了什麼狀況，只是聽她的口氣，除了無奈之外竟還隱約有一絲訣別的意味在裡面。心猛然急跳，爲腦海裡浮現的各種奇怪念頭，他一面說著「呸呸呸，別胡思亂想」，一面揚起手招了一部計程車，直奔黎璃租的房子而去。

她住的地方，當初看房的時候是他陪著一起去的。她剛搬進去那陣子他還呼朋引伴去玩過兩三次，晚了索性大家一同在客廳裡打地鋪，完全把黎璃那裡當作自己家看待。他結婚之後或許是彼此都意識到需要避嫌，他們見面的地方也僅限於外，他差不多快有兩年不曾去過她家了。

他指點司機行車路線，但他忽視了這個城市的一些道路已經從雙向行駛變成了單行道，計程車被迫繞道而行，兜了一個大圈子。

可惜他要尋找的女人在過去的十五年裡對他的脾性瞭若指掌，早早預知他的下一步行動。黎璃在掛斷電話之後明確告訴柳千仁不要讓裴尚軒找到自己，她定定地望著他，幽深瞳仁裡有著壯士斷腕一般的決絕。

他心頭掠過一絲酸楚，悶聲問道：「妳不想見他，是捨不得他爲妳難過？」

她沒有回答他的問題，自顧自起身，自言自語道：「他一定會過來找我當面說清楚，我們的時間不多了。」說著，她迅速走進臥室，整理了幾件換洗衣物放進小旅行袋裡，很快又走了出來。

他沉默地接過她的旅行袋，看著她左顧右盼默默掃視客廳內每一處，似乎在向這個地方做無聲道別。柳千仁再也無法忍受黎璃的悲觀，顧不得會不會弄疼她，一把將她扯到身邊大聲吼道：「黎璃，妳會回來的，一定能健康平安重新回到這裡！」

她笑了笑，淡淡的，對他的無禮既往不咎。「剛才我沒有對醫生坦白，最近我的牙齒常常出血，偶爾還會流鼻血，我以爲是天氣太熱內火重……」她沒再說下去，做檢查時柳千仁也在場，他當然明白這些症狀意味著情況不容樂觀。

他握住她的手，用了十二分的力氣，好像唯恐一不小心就丟了她。黎璃感受到他的慌亂，安慰地拍拍他的肩膀，笑語晏晏：「走吧，我們要和他玩捉迷藏了。」

柳千仁的車駛出社區門口，遠遠的，載著裴尙軒的計程車正朝這邊駛來。一步之差，如同他和她掌心糾結的愛情線，找不到相合處。

等待裴尙軒的是一扇緊閉的門，任憑他用盡全力敲門，始終無人回應。他忿忿不平用力踹了一腳緊鎖著的鐵門，滿心挫敗走下樓去。

到了樓下，雙腳踏著的地面正散發著積聚了整個白天的高熱。他方才跑得太猛，這會兒渾身上下都是汗，像是剛從水裡撈出來似的。裴尙軒不甘心地望了望黎璃家的窗口，忽然興起一個可怕的假設：黎璃會不會有意避開自己？

八月的傍晚依舊熱浪逼人，他卻生生打起了寒顫。

第十八章　十五年，候鳥終於歸來

二〇〇五年八月二十日晚上，裴尙軒回到闊別已久的老房子。自從搬家離開後，他再也沒有回來過，一轉眼已經好幾年了。

穿梭在縱橫交錯的巷弄，他在這裡度過輕狂不識愁滋味的少年時代，陪著他的，是一個醜醜的黃毛丫頭。

留在此處的記憶彷彿一張泛黃的老照片，凝固了時光，照片上的人也笑臉模糊。他的步子明顯放慢，裴尙軒靜靜回想，有黎璃相伴的歲月。

他不曾忘記，在失去自由的日子裡，這個女孩每個月都要輾轉換車來看望他。她固執地不肯放棄，偏偏自己也是個頑固的傢伙，自覺無顏見她就硬著心腸讓她每次都白跑一趟。裴尙軒以為黎璃終會死心，但是當父母將她整理出的參考書遞到他面前時，他雖然沒哭，卻在心裡掉了眼淚。

這個傻瓜，自己哪裡配得上做她的朋友？

那時候他這樣想著，在後來的日子裡他不止一次看見自己與她的差距，心裡其實是自卑的。他那樣頻繁地更換女友，一方面固然是他欠缺了一些眞心，另一方面又何嘗不是他隱性的示威？也只有在情場上，黎璃比不上他。

現在想想，裴尙軒不禁覺得過去眞是幼稚可笑到極點，他心安理得地自卑著，認定黎璃和自己有如雲泥之別，卻從沒真正努力拉近與她的距離。

這一次，我會走過來找妳，黎璃。

凝結的時光在這一刻開始流轉，留存在歲月裡的女孩彷彿聽到了他的肺腑之言，盈盈一笑。她輕輕巧巧地轉身，逶迤而去。

他不由自主跟上黎璃，轉過牆角木然呆立，眼前只有一地冷冷清清的路燈光，哪裡還有她？眨了眨眼，裴尚軒才看清，這條巷弄就是過去她外婆家所在，理論上她的小舅舅應該還住在此處。

他在心裡祈禱黎璃的小舅舅千萬別搬家，否則人海茫茫他竟不知道該往何處再去尋她的蹤跡。

許是上天聽到他的訴求，他走到門口的時候，黎國強剛好打開門提著垃圾袋出來。藉著門裡的燈光，他認出了裴尚軒，但想不起外甥女的這個朋友究竟叫什麼名字。

「小舅舅，你好。」在黎璃外婆和母親的追悼會上，她讓他跟著自己這樣叫人，裴尚軒照舊如此喚他。

「你是小璃的朋友，來來來，進屋裡坐。」黎國強熱情招呼他入內，快速走到對面牆角將垃圾袋放下。他走回來，邊洗手邊問裴尚軒有何貴幹。

「小舅舅，你知道怎麼樣找到黎璃？」他抓緊時間直奔主題，「她關機了，我找不到她。」

黎國強甩了甩手上的水，收手時順勢用身上的背心胡亂抹了抹。聯想到黎美晴住院期間發生過類似事件，他滿不在乎道：「事情急不急？這丫頭喜歡自個兒旅遊，說不定出去休假不想公司裡的事煩到她，所以關了手機。」

裴尚軒拚命搖頭否定他的推測，他無法向黎國強準確形容黎璃那句「我沒力氣飛回來」給自己帶來的感受。他也希望僅僅是關心則亂，奈何這麼多年朋友做下來，他深知黎璃若非遇到重大變故，絕對不可能無緣無故音訊全無，即便那次她獨自出遊也是因爲失業不想大家無謂擔心。

「小舅舅，你有沒有她繼父的電話？我眞有很急的事，一定要找到她。」他急切的模樣讓黎國強也緊張起來，急急忙忙回到臥房內翻箱倒櫃找出柳之賢的電話，一個一個數字報給裴尚軒聽。

握手機的手微微顫抖，他小心翼翼輸入每一個數字，末了還不放心地重複兩遍確認有沒有輸錯。黎國強又是擔心又有點好奇，終忍不住問他找黎璃到底所爲何事。

裴尚軒本已轉身走向門口，聽了黎國強的問題，回過頭面對著他。「我要對她說一句話，」他的前半句不免令人失望，興師動眾半天卻原來只爲了說一句話，但後半句立刻讓黎國強笑逐顏開，裴尚軒告訴他，「那句話就是『永遠和我在一起』，我不想再錯過她。」

他飛奔而去，懷揣一顆滾燙赤誠的心。可惜正如黎璃告訴他的那樣，爲時已晚。

她默默等待他很久，現在她要離開了，比很久更久。

黎璃經確診爲急性淋巴性白血病，需住院進行化療。藥物只能延緩癌細胞擴散，眞正能根治白血病的只有進行骨髓移植。而找到相匹配的骨髓，這個希望異常渺茫。

她故意將手機留在家中，以免在病魔折磨下意志動搖忍不住給裴尚軒發消息。黎璃決心從他生命中離開，毫不猶豫。他說了「愛」，這已是給她的最好贈禮，她不能讓他眼睜睜看自己死去。

住院那天，黎璃一早退了飯店的房間，坐在大廳裡等柳千仁。距離約定出發的時間尙早，她不想枯坐著胡思亂想，便將隨身的行李寄存在櫃檯，走到外面街上。

八點剛過，陽光已十分耀眼，地面溫度也在迅速上升中。大多數店家還沒開門營業，路邊只有一家文具店開著。她本已路過，忽然想起什麼，再度折返。

不一會兒，黎璃懷抱一本素色封面的日記本走了出來。她低頭看看懷裡帶鎖扣的本子，默默計算到二〇〇六年元旦還剩下多少時間。

四個月，自己有沒有機會聽到新年的鐘聲？黎璃不敢假設，快步走回飯店。

大廳裡沒看到柳千仁的身影，她取回行李坐到一旁的沙發上，彎腰從旅行袋裡掏出筆，拿著精巧的鑰匙插入鎖扣，「啪嗒」一聲打開了日記本。

翻開第一頁，她在泛著淡淡青色的紙面為四個月後的一月一日寫下了一句話——今年我不要再喜歡裴尙軒！

手指滑過他的名字，帶著幾分眷戀、不捨。這個男人，她喜歡了整整十五年，終於到了不能再愛的時候。

再見了，笨蛋！

黎璃淡然笑著，將鑰匙扔進電梯口的垃圾桶，如同完成一項儀式。

她和裴尙軒糾纏在一起的人生已經結束了，接下來是她一個人的戰鬥，他幫不了她。

第一次化療後，她什麼都吃不下。柳千仁熬了雞湯，硬逼她喝下去補充營養提高免疫力，黎璃吐了他一身。

「對不起，我不是故意的。」她連忙拿起毛巾，用力擦拭他的外套。

「沒關係，我的手藝太差，妳不想喝是正常的。」柳千仁抓著她的手，柔聲為她的無心之失尋找理由開脫，絕口不提「化療」二字。「看來非要老爸出手了。」

黎璃睜大眼睛猛搖頭，柳之賢待她如同親生女兒，她實在不忍心讓他再受一次打擊。「不要，千仁，有你陪我就夠了。」她展露甜甜的笑容，卻看到他驟紅了眼眶別轉開頭。

她黯然垂頭，心中歉疚。他說欠了她，願意傾盡今生賠償，仔細算下來竟是她欠了他更多。柳千仁下班後到醫院照顧她，她在他到來之前細心地把掉落的頭髮收起來扔掉。這個男人為她放棄了唾手可得的名利，她每天佯裝出積極樂觀的樣子免他擔憂。

可是在整個白天，黎璃經常望著天空發呆。好幾次聽柳千仁說起裴尙軒四處打聽她的下落，她想自己與他的時間總是錯過了。

她健康的時候，他不愛她；現在她快死了，她不能再愛他了。

黎璃給裴尙軒的愛情就像遷徙的候鳥，但這一次沒有歸期。

黎璃的失神在不經意間被柳千仁盡收眼底，帶來深邃入骨的疼痛。她愛著的，終究還是那一無是處的男人。

裴尙軒在八月二十日當晚就找過柳之賢，不明就裡的父親在撥打黎璃的手機得不到回應後，一個電話召來柳千仁要他說清楚黎璃究竟去了哪裡。他也因此，與那個她愛了半輩子的男人再度有了交集。

他們的會面並不愉快。那時柳千仁剛安頓好黎璃，在不知檢查結果的前提下，自然不希望她受到過多驚擾。另一方面，他也不敢告訴父親，怕老人家再受一次打擊。至於裴尙軒，他對此人素無好感，沒理由客氣相待。所以面對父親和裴尙軒的詢問，柳千仁一味推搪不知情。他敷衍的態度令裴尙軒分外不滿，若非柳之賢充當和事佬，以兩人劍拔弩張的氣氛動手互毆是遲早的事。

柳千仁想不通自己竟然會輸給一個毫無可取之處的男人，忍不住想知道他和她之間到底有著怎樣驚心動魄的起承轉合，以至於令她戀戀不捨。悠長歲月裡半生糾纏，他們三個人陷在「我愛妳，妳愛他，他愛別人」這一怪圈，難解難分。

「一定要說？」黎璃傾聽病房外滂沱的雨聲，輕聲細語。她抬手摸了摸頭髮，又掉了一撮。

他點點頭，接過去扔進廢紙簍。

她靠坐床頭，溫柔地笑笑，眼神疲憊。「那你要做好心理準備，這是很長的十五年。」她欠了他一個賭約，此後的人生再離不開「裴尙軒」這個名字。

她絮絮陳述，說了很久，皆是瑣碎。外面的雨已經停了，積水滴滴答答往下落，聽起來也像雨的聲音。柳千仁握住黎璃的手，他明白爲何自己的情敵捨不得放開她。這個女人會用一輩子的忠誠來對待一份感情，她渴望溫暖，卻不瞭解自己先給了別人溫暖。

「爲什麼愛他？」這是他最後的問題。

黎璃的視線掠過他，望向窗外藍天，尋找著路過這個城市的鳥群。「因爲，只有我看得見他對我的好。」

愛情，確實會讓人變成無可救藥的傻瓜。

柳千仁帶著黎璃藏起的日記本去找裴尙軒，狠狠揍了他一頓。

「她把你們的故事告訴了我，好讓我徹底死心。這麼笨的女人我頭一次碰到，以後也不會再碰到了。」他不屑掃視尙處於震驚狀態的男人，掉頭離去。

裴尙軒嘴角流血，頂著瘀青的左眼眶抱著十五本日記在大街上發瘋一般尋找鎖匠。他不敢想像黎璃居然愛了自己十五年。而他給過她什麼？只是那一塊廉價的蛋糕，幾根被江風一吹即滅的火柴。

她從小到大罵他笨蛋，可是再沒有人比她更笨。

十五把小巧的鑰匙，把女孩每一年的心事展露在他面前。

「今年我不要再喜歡裴尙軒！」

這個心願，從一九九二年到未來的二〇〇六年，經歷整整十五個春夏秋冬，仍未能如願。

裴尙軒來到醫院，出現在黎璃病床前。她的頭髮掉了很多，整天戴著帽子用來遮醜。見到他，她先是一怔，接著朝他咧開嘴沒心沒肺笑了起來。但就像過去十幾年中那樣，他清清楚楚看見她的心在下雨。

「笨蛋，你怎麼會找到這裡來？一定是柳千仁這個傢伙出賣了我，對不對？」

他鼻子發酸，眼眶被熱流不斷刺激。不行，不能再被她轉移話題。裴尙軒清了清嗓子，正色道：「妳欠著我的賭注，我想到要什麼了。」

黎璃收起僞裝出來的笑容，靜靜地望著他，等待他說下去。

「妳要在我身邊活到一百歲，這個時間不算很長吧？」他向她彎下腰，同時伸出小手指等她拉勾蓋章。

她搖了搖頭，唇角浮現一抹淒然的苦笑。「裴尙軒，我沒有那麼多時間了。」她攤開手掌給他看，「我的生命線只有這麼長，不能再陪著你。」

她的掌心有一條淡淡的疤痕，切斷了生命線、愛情線和事業線。他記得這條傷疤的由來，記得十五年歲月裡關於她的每一件事。

裴尙軒彎下腰，從隨身帶來的背包裡拿出十五本日記本，鄭重其事一本本疊在她的床頭櫃上。黎璃掃了一眼，發現收藏秘密的鎖扣都已被打開頓時臉色微變，原來她的心事在他面前已無所遁形。

他拿起最上面那一本：鄉土氣濃厚的粉紅色封皮，維尼熊笑得憨態可掬。這本日記本明顯屬於上個世紀，留在第一頁的文字也是必工必正宛如正方形。

他笑著唸出她的願望，在她漲紅了臉準備辯解前迅速翻到最後一頁，大聲唸道：「一九九二年十二月三十一日，我和黎璃今年升上初中三年級。她喜歡卡妙，這是兩年前她告訴我喜歡卡尼吉亞之後第二個說過喜歡的人，我給她刻了一張水瓶座黃金聖衣，不過後來沒看到她拿出來過，也許是被她扔掉了吧？秋天，她陪我一起去看了候鳥，她問我以後是不是還能認出這一次最喜歡的那隻鳥，我不知道。」

她不敢相信地看著他，伸手拿過第二本日記本，一邊手忙腳亂戴眼鏡，一邊迫不及待翻到最後一頁。「一九九三年十二月三十一日，我失去了自由，很久沒看到黎璃那個醜丫頭，竟然有一點點想念。可是我沒臉見她，她肯定知道我是爲什麼被關了進來，她會怎麼想，是不是和別人一樣認爲我是個壞人？」

下一本，「一九九四年十二月三十一日，又是一年過去了，黎璃託爸媽給我帶了一些書。她時時刻刻惦記著我，也來過好幾次，但我不知道見了她該說什麼。她幹嘛非要和我這種人做朋友？」

再下一本，「一九九五年十二月三十一日，黎璃考進了外語大學。和她相比，我眞不是讀書那塊料，連補習班的測驗都考不及格……」眼前一片模糊，看不清日記本上的文字了，她不得不摘下眼鏡拿紙巾擦眼淚，手裡還捨不得放下本子。

她萬萬想不到，這些年裡發生的事，他居然都還記得。即便他不曾像她那般深深愛著，這也足以證明她是他生命中最爲特別的那個人。

「妳可不可以給我機會，讓我在今後每一年的最後一天紀錄我們一同經歷過的事？」他再一次伸出小手指等她拉勾蓋章。

黎璃慢慢地抬起手，伸出小手指與他勾在一起。她眼裡含著淚，鄭重點頭說「好」。

二〇〇五年十一月八日，陽光很好。裴尙軒陪著黎璃在花園裡曬太陽。

她戴了一頂粉紅色的絨線帽，心滿意足到處秀給別人看。裴尙軒覺得很丟臉，因爲這頂帽子是他跟自己老媽臨時抱佛腳學織毛線的成果。

「說起來，初一的時候，好像妳們女生家政課就是織毛線吧？」他想起往事，發現新大陸似地嚷嚷起來。

「是啊。」黎璃雙腳懸空，興高采烈地晃著。「有什麼問題？」

「問題就是，妳會不會織毛線？」他的手臂親暱地環著她的肩，「會的話，替我織一件『愛心牌』毛衣，好不好嘛？」

她咬著嘴唇輕笑：「不會怎麼辦？」

裴尚軒挫敗地長長歎口氣，嬉皮笑臉道：「妳還有七十一年時間慢慢學，我等著穿。」

「你對我這麼有信心？」她想了想，決定不告訴他自己初中時糟糕的家政課成績。她這輩子只有一門考試差點不及格，就是家政課。那時全班都認定她聰明能幹，根本沒人有勇氣翻看她的學生手冊，畢竟一下子看見滿滿一頁90以上的分數也算一個不大不小的刺激。只有這個同桌，差一點發現她的秘密，幸而被她及時阻止。

他湊過去，薄薄的唇輕輕觸碰著她的嘴唇，神情嚴肅說道：「這不是有沒有信心的問題。做裴尚軒的老婆，就要會織毛衣。」霸道的語氣，說得理所當然，好比當年在黃浦江岸邊神氣地命令她「以後要勇敢點」的少年。

被「老婆」那兩個字震懾，黎璃愣了愣。她還沒緩過神，裴尚軒攤開的掌心已伸到面前，一枚雅致簡潔的鑽石戒指安靜地躺在他的手心。

「嫁給我，黎璃。」他起身離座，單膝跪地，熱切地凝視她的臉。對面長椅上坐著的一對情侶留意到他的舉動，衝這個方向竊竊私語。

陽光照在身上，暖洋洋的天氣總是讓人昏昏欲睡。很多年以前，他是她的同桌，在這般溫暖的陽光籠罩下無所顧忌地打瞌睡。很多年過去了，他們告別了年少，卻彷彿又回到原點。

她搖搖頭，留戀的眼神看著他手心的戒指。「我不能……」話音未落，他的手臂勾住她的頸項，將她拉向自己。

「明年世界盃，我們要不要打個賭？」額頭相抵，他含笑問道。「我賭德國，妳還是支持阿根廷嗎？」

「嗯。」這一生，她再也不可能喜歡第二支球隊，第二個人。

「賭注妳記著，黎璃。」裴尚軒看著她，一字一句：「下輩子，我要先愛上妳。」字字關情，她沒辦法拒絕。她用了十五年時間喜歡他，比半生還要長。

她舒展開手指，看著他將指環套進她左手中指，慢慢推到底。裴尚軒坐回黎璃身旁，用力抱了抱她。落葉鋪成一地金黃，又到了每年一次候鳥遷徙的季節。

黎璃望著天空，有鳥群往南方飛去。她用胳膊肘頂頂他，示意他看天上。

「有機會，我們再去看候鳥。」她有些累了，靠著他的肩膀半閉上眼睛，近乎耳語的呢喃。

天空不留痕跡，鳥兒卻已飛過。

「好。」裴尚軒許下承諾。

It is a promise, the promise for return.

十五年，歸來的候鳥帶回了幸福。

番外　2014，要不要打個賭？

我會一直記得二〇一四年的那個夏天。

二〇一四年五月，我淪爲失業大軍中的一員。六月，朋友讓我去他的酒吧兼職。他擔心世界盃開始之後人手不足，特意讓我過去幫忙，反正我「閒著也是閒著」。看在兼職薪水還不錯的份上，我同意接受一個月的時差顛倒。等我這個對世界盃毫無概念的人意識到開賽時間多數集中在零點到六點這個時間段，我不禁有一種「受騙了」的感覺，然而巴西世界盃已經在眼前了，我推不掉這份差事！

六月十六日早晨六點，阿根廷第一場小組賽吹響開場哨的時候，酒吧的門被推開了。我努力撐起眼皮，有氣無力說了一句：「歡迎光臨」。

耳畔飄過一聲輕笑，我看清楚了他的模樣，頓時清醒過來。

進來的男人有一張好看的臉，好看到讓我下意識整了整衣服和頭髮。他穿著白色T恤和米色長褲，清爽的夏季度假風格。

「一杯馬丁尼。」聲音也好聽極了。

我心情愉快地調了一杯馬丁尼給他，心裡感慨突擊的調酒培訓總算派上用場了。他和那群早早佔領了最佳看球位置的阿根廷球迷截然不同，居然坐在了我的對面，慢慢喝起那一杯酒。從他的姿態我判斷他應該不是球迷，至少不是阿根廷球迷，雖然此刻阿根廷一球領先波赫，但眞正的球迷哪會這般淡定？可如果不是球迷，正常人誰會大清早來喝酒？酒鬼又不會這樣神清氣爽！我兀自揣測種種可能，藉此驅趕時不時來搗亂的「瞌睡蟲」。

前面那群球迷呼喊「梅西」、「迪馬利亞」、「阿奎羅」名字的時候，他會轉過頭看一眼大螢幕，我得以欣賞到他的側臉——筆挺的鼻子，線條優美的下巴。

這樣的男子，在他的少年時代，一定得到過很多女生的愛慕。我的記憶裡也有相似的影子，隔壁班的男生，眉目俊朗，在陽光下笑容乾淨而溫柔，讓我怦然心動。

我甩了甩頭，暗戀是世上最悲慘的經歷。妳的全部世界都圍繞這個人，而他的世界偏偏和妳無關，這種無能為力又不能與人明言的挫敗感比失業更糟糕。我望著前面的大螢幕，暗自覺得可笑，原來我已修煉到能夠自我解嘲的境界了。

梅西進球時，前方的阿根廷球迷拍著桌子又跳又叫，興奮得像是過節似的。我面前的男人冷眼看著他們狂歡，忽然開口對我說道：「妳有沒有覺得，球迷是世界上最不可理喻的生物？」

「啊？」我萬萬沒料到他會和我對話，一下子心慌了。說真的，這個男人不僅好看，他還有一種奇怪的吸引力，我不明所以，只是心跳得厲害。

「怎麼會有人，幾十年如一日喜歡和自己沒半毛錢關係的球隊？」他似是問我，又彷彿自言自語，嘴角的笑痕透出嘲諷的意味。

我笑了笑，沒有回答。

喜歡，本來就不需要理由。

同一天晚上，不，是六月十七日零點，我再一次見到了他，依舊是馬丁尼。這一場比賽的對陣雙方是德國和葡萄牙，他是爲了足球而來？還是單純的「想喝一杯」？與早晨那場球相比，德國和葡萄牙的比賽明顯好看多了，連我都忍不住爲德國隊的進球喝了幾聲采。他看看我，嘴角一勾，笑道：「妳是德國球迷？」

我搖搖頭，「哪個隊進球多就支持哪個隊，我的喜歡很實際。」

「現實主義者是最忠於自己的人，這個世界最不需要浪漫主義。」他從菸盒裡抽出一支菸，抬眼向我：「May I ?」

我拿來菸灰缸放到他面前，他拿菸的手指細長、白皙，各方面都符合我理想的男友類型。我咬咬嘴唇，心裡有幾分躍躍欲試的衝動。

「妳最好打消念頭。」興許表情出賣了我，反正他看穿了我的企圖心，用冷冰冰的語氣搶先拒絕，「我有喜歡的人。」

我翻了個白眼，最看不慣別人自我感覺良好的樣子了，我立刻忘記了一分鐘前的非分之想。

「這麼巧，我也有喜歡的人。」

他不再搭理我，轉過頭觀看德國隊和葡萄牙隊的比賽。螢幕上的C羅無奈地望向天空，似乎在向上帝抱怨「豬一樣的隊友」爲何偏偏是葡萄牙人？命運早有定數，不是你的，費盡心機也求不來。

中場休息的十五分鐘是我最爲忙碌的時刻，一杯杯裝滿的啤酒自我的手遞出去。他安靜地坐在那裡，任身邊人來人往，淡定地啜飲那杯似乎永遠喝不完的馬丁尼。

他不說話，我同樣保持沉默。吧檯的這一片區域如同平行世界的另一層空間，獨立於這個時空之外。

德國隊和葡萄牙的比分最終定格在4:0，終場哨響起，他放下了酒杯，和早晨一樣將一張一百元推給我，「不用找了。」

我真心希望，像他這樣大方的客人多多益善。「謝謝。」我回報了一個微笑。

「妳的臉上，有一隻蝴蝶。」他看著我，語氣平平淡淡，對這句話的殺傷力一無所覺。

我抬起左手，掌心覆蓋住半邊臉。從小，左眼下方的胎記就將我和「醜八怪」劃上等號，小孩子的嘲笑總是簡單又粗暴，他們不懂成年人的世界謊話連篇，因而率直得令人感到殘忍。我憎惡自己的臉，無論我怎麼用力擦洗，臉上的「髒東西」一直都在。

直到那一天，一個男生指著我說：「她的臉上，有一隻蝴蝶。」宛如一道光，直直照進了我的世界。

有時候，你喜歡一個人，理由往往如此簡單。

「你是第二個這麼說的人。」我對他說道。因爲聽過了一次，之後所有都失去了意義。

他若有所思地點了點頭，「第一個人，現在哪裡？」

「這家酒吧，就是他的。」不知爲何，我竟然對著一個陌生男人傾吐了最大的秘密。藏在心裡的千迴百轉，道於人時不過平平無奇八個字。

他深深地看了我一眼，「假如阿根廷和德國會師決賽，我會講一個故事給妳聽。」

我迅速判斷他是否別有居心，然而想到方才他義正辭嚴的拒絕，又覺得此舉絕無「把妹」之嫌，看他的模樣也不像會做多此一舉事情的人。

我回道：「我很期待。」

世界盃按照日程表一天天進行，德國隊用一場7:1橫掃巴西挺進馬拉卡納，而阿根廷也在枯燥的0:0之後，透過十二碼罰球4:2淘汰橙衣軍團進入決賽。看著阿根廷球迷歡慶勝利的場面，我突然想起差不多一個月前出現的男人。如他所願，德國和阿根廷眞的會師決賽了，他會再度光臨麼？

決賽在七月十四日，北京時間凌晨三點。里約熱內盧曾經是我嚮往的一個城市，只因某人信誓旦旦總有一天要去基督山看耶穌聖像擁抱夕陽，我就默默記在了心裡。我不止一次幻想過某一天和他走遍世界，手拉著手，像隨處可見的情侶一樣。

理想很豐滿，現實很骨感。這句流傳甚廣的調侃常常被我用來自嘲。我所幻想的，不可能變成現實。

他請我來酒吧幫忙最主要的原因正是他買到了世界盃的球票，小組賽外加一場八強淘汰賽。他去了累西腓、福塔雷薩、馬瑙斯這三個我聽都沒聽說過的城市，最後一站則是里約熱內盧。我翻看他發在朋友圈裡的照片，他終究去過了基督山，和天南海北的遊客一同與耶穌像合影留了念。

我是一名旁觀者，我始終明白這一點。

可是，從不後悔遇見他。

凌晨三點，那個男人踩著輕盈的步伐走進了酒吧。看到他，我不由想起《北非諜影》裡的台詞，「世界上有那麼多家酒吧，她卻偏偏走進了我的。」

他徑直走向吧檯，坐到我面前，如一個月前那樣要了一杯馬丁尼。

「我以為你忘了這件事。」我把酒杯推到他面前，「想不到德國和阿根廷居然都進決賽了。」從小組賽算起一共六場試煉，能進入馬拉卡納球場爭奪金盃的球隊都不容易，任何一個錯誤都有可能斷送冠軍夢想。二〇一四年，德國和阿根廷各自成功了一半，而另一半今晚只屬於一個勝利者。

他端起杯子，「妳知道上一次這兩支球隊爭奪冠軍是哪一年麼？一九九〇年，整整二十四年了。」他的表情看起來竟有幾分悲傷，我覺得他或許真是一名球迷，只是二十四年裡傷心太多回，因此才刻意表現得淡定從容。

「一九九〇年啊，我兩歲。」我掰著手指頭算了算，為自己尚未邁入「而立之年」暗自慶幸。

「我認識一個女孩，她從一九九〇年世界盃開始支持阿根廷隊。」他側過臉望了一眼螢幕，轉播鏡頭正對準了梅西，「那時候，她喜歡的球星是卡尼吉亞。」

「我不懂足球。」我尷尬地笑笑，即便被動看了一個月的世界盃，我依然沒搞清楚「越位」是什麼意思。「這個女孩是故事裡的角色嗎？」

他不置可否，「那一年，有個男生和她打過賭，賭世界盃的冠軍究竟是德國還是阿根廷。她當然選了阿根廷，結果德國人捧回了大力神盃。」

「那她輸了多少錢？」

他輕蔑地掃視我，彷彿我問了一個極度愚蠢的問題。我看得出來，對面這個氣度不凡的男人已經自動把我劃入「市儈」那一族，一臉「不想跟妳講話」的表情。見我完全沒有悔改道歉的意思，他沉默了近一分鐘，才無可奈何地揭曉謎底：「她，輸掉了十五年時間。」

他講了一個故事，漫長的十五年，糾纏的三個人。說實話，這個外表出色的男人並非一個講故事高手，他的敘述淩亂不堪，樁樁件件盡為小事，但是我仍然聽得入了神。

世間所有的相遇，都是久別重逢。我在別人的故事裡遇見了自己，那個連名字都寓含「離別」之意的女子，她的十五年宛若一部靜默的電影在我面前上映，一幕幕，似曾相識。或許暗戀的人都做過相似的傻事，為了他，千千萬萬遍亦無怨無悔。

他說完了故事，有好幾分鐘我們誰都沒開口。前方的大螢幕，德國和阿根廷的比分還是0:0，雙方球迷顯然備受煎熬，中場休息時連過來續杯的人都沒有。

「你是裴尙軒，還是柳千仁？」我打破沉默，直截了當提問。

「不好意思，我拒絕成為這個故事裡的角色。」嘴角輕挑，他的眉眼間滿是不屑和嘲弄，「我沒有自虐傾向。」

他的聲明毫無說服力，倒是擺明態度不讓我再追究。他是誰無關緊要，我更關心另一件事：「黎璃，她有沒有在看這場比賽？她還喜歡阿根廷嗎？」

他轉過頭，央視的轉播鏡頭切到了場外，一輪落日剛好被基督山上的耶穌擁抱入懷。角度、時機、天氣，各種條件組合在一起，里約爲全世界奉獻一場盛大絕美的日落。我的視線望向最前方，我喜歡的那個人正坐在阿根廷球迷中間，和大家一樣抬頭望著螢幕。此刻，所有的人都被這幅畫面深深震撼，凝神屏息靜靜欣賞。

我和他，終於在同一時空完成夙願。人群中的他回過頭，似乎朝我的方向看了一眼。

「她這種死心眼，怎麼可能放棄？」面前的男人酒已喝完，比賽勝負卻仍是謎。德國和阿根廷，裴尚軒和黎璃的賭約，這一次終要分出輸贏。「二十四年了，我希望她能贏。」最後這一句，我從他的聲音裡聽出了情感。

他離開時，上半場錯失了單刀的伊瓜因被替換下場，轉播鏡頭掃過場上場下每一張臉，儘管他們身披不同的球衣，臉上是同樣緊張、焦慮的表情。黎璃深愛的阿根廷，這一回能不能如願捧起沉甸甸的金盃？

直到最後，我依然沒搞清楚這個陌生男人爲何會走進這家酒吧，爲何要告訴我這樣一個故事。然而這些都不重要，他讓我明白，我不是黎璃！

候鳥飛向溫暖，蝴蝶也會飛過滄海尋找越冬地，哪怕這一趟遷徙之旅沒有歸途。我們都渴望找到一個人，溫暖餘生。

我拿出了手機，給坐在前面明目張膽偷懶的酒吧老闆發了一條微信：嗨，德國vs.阿根廷，要不要打個賭？

番外　2006，黎璃妳輸了

黎璃和裴尙軒舉辦婚禮那天恰逢德國世界盃開幕，作爲婚禮主要策劃者的新郎有意選擇了這一特殊日子。他原先打算挑阿根廷亮相的那一天，也就是六月十一日，但是黎璃堅決不同意。她振振有詞：「福無雙至，萬一我們的幸福妨礙了阿根廷奪冠，我會良心不安的。」

裴尙軒習慣性地抬起手按住她的腦袋，她的頭髮在結束化療之後重新長了出來，細密柔軟的手感讓他相當滿意。他故意瞪大眼睛，大驚小怪道：「黎璃，想不到妳這麼迷信啊！反正妳的阿根廷肯定會輸給我的德國，我不介意六月十號娶妳。」

「阿根廷才不會再輸給德國呢！」她狠狠白了他一眼，轉身走開。黎璃還記得去年和裴尙軒訂下的賭約——下輩子，我要先愛上妳！儘管如此，她還是希望阿根廷能贏得大力神盃。這輩子，她已經得到了想要的幸福，現在只盼望有生之年能看到阿根廷捧起金盃。

醫生說她的化療非常有效，如果五年之內不復發的話，治癒的希望很大。她能熬過痛苦的化療全靠裴尙軒和柳千仁的不放棄，這兩個男人爲了她終於摒棄前嫌，不論是財力還是精神方面都給予百分百的支持。

黎璃心算過一筆帳，以自己不能勞累不能吃苦的身體狀況，短期內把治療費用還清難度頗大。她向柳千仁道謝的同時，萬分抱歉地表示自己或許要過幾年才能把錢還給他，後者用一貫輕蔑的眼神上上下下掃視她全身，冷冰冰說了一句：「那就以身相許吧。」

黎璃自知失言，一臉尷尬地望著他。她應該想到，他爲她放棄了名利，心甘情願毫不眷戀，又豈會在意她欠他的錢。他要的，從來不是物質。

眼看黎璃又咬住了嘴唇，柳千仁無奈地歎了口氣，「剛才的話，我收回。」

「對不起，」黎璃和柳千仁都知道——她給不了他想要的，現實的劇本從來不熱愛皆大歡喜。「我從沒爲你做過什麼，卻一直給你添麻煩。」她的工作是他介紹的，裴尚軒是他找回來的，連她的命也是他救的。黎璃想告訴柳千仁，他不欠她了。

柳千仁凝視著黎璃，眼神專注，像是要把她的音容笑貌深深刻入心版。他看了她好一會兒，才慢慢開口說道：「妳沒給我的人生寫上污點，這份情我永遠還不了。」她的心很小，小到裝不下第二個人，那又何必再讓她平添煩惱？柳千仁用一個冠冕堂皇的理由爲自己的感情做了註解。

就這樣吧，別再追究！黎璃告訴自己。

日曆翻到六月十日。凌晨，德國世界盃揭幕戰，東道主以4:2戰勝哥斯大黎加，比勝利更令人驚豔的是這支德國隊一掃二〇〇四年歐洲盃出局的頹勢，掀起了一場名符其實的「青春風暴」。

裴尚軒坐在電視機前看完了直播，當拉姆長途奔襲踢進漂亮的遠射時，他想起兩年前歐洲盃德國隊在小組賽折戟沉沙的那一天，他問黎璃：「妳是不是喜歡我？」

那一天她送喝醉的他回家，他記得那一場不留痕跡的春夢。在後來的日子裡，裴尚軒曾不止一次試圖向黎璃求證，可每次話到嘴邊都硬生生嚥了回去，就像中國男足的臨門一腳。他無比惶恐，萬一他們眞的做了不該發生的事情並且黎璃把這件事定義爲「酒後亂性」，非要說清楚子丑寅卯豈不是讓大家難堪？

他浪費了太多時間，幸好，還不算晚！裴尙軒感激上天給了他另一次機會，讓他得以陪伴黎璃度過餘生。

「德國隊，加油，一定要拿冠軍！」轉播鏡頭轉向教練席，裴尙軒衝著電視螢幕上的克林斯曼揮舞拳頭打氣，口中念念有詞。他本不是德國隊的鐵杆，可因爲和黎璃的賭注，如今反倒有成爲「死忠」的趨勢。黎璃頗爲失落，她更樂意裴尙軒和自己一樣支持阿根廷，但他堅定地認爲「不賭下去，我們的過去和未來就沒有意義了。」

黎璃有時候覺得男人自以爲是的「浪漫」其實挺無聊的，不過她不再嘗試統一陣營了，就如他所願「賭」下去吧。

黎璃被嚴令禁止熬夜看球賽，暫時與她同住的柳家父子受裴尙軒所託負責監督，每晚十點前必定將她趕回臥室休息。德國隊的揭幕戰零點開賽，黎璃早已沉入夢鄉。

她的夢裡灑滿金色的陽光，綠草如茵，讓人想躺倒在這片草地上舒服地睡一覺。一個俊朗的少年踢著球闖入靜謐的畫面，他的盤帶嫻熟，間或還挑起皮球顚幾下……黎璃在夢裡望著神采飛揚的少年，爲他此後的命運感到悲傷——裴尙軒曾經代表學校參加過區裡的足球比賽，雖然和「正常發揮」的中國男足一樣在小組賽階段就鎩羽而歸，但他的天賦還是得到了體育老師的肯定。要不是韓以晨出現，或許裴尙軒的人生會是另一種樣子。

黎璃醒來時依稀記得夢裡的情景，她睜開眼望著黑黝黝的天花板——天亮之後，她將要披上婚紗成爲裴尙軒的新娘。無論他的人生變成什麼模樣，她都想在他的生命裡佔據一席之地。

黎璃和裴尙軒的婚禮並不打算昭告天下大宴賓客，他們只邀請了最親密的人作爲見證者。早上九點，柳千仁開車送黎璃到民政局門口，裴尙軒和他的父母已然等候多時。他們剛從車上下來，裴尙軒就迎上前來。

「黎璃，今年的德國隊很棒，他們一定會成爲冠軍！」脫口而出的第一句讓柳千仁不客氣地賞給他一個白眼，柳之賢笑呵呵地提醒他：「小裴，你沒注意黎璃今天很漂亮麼，怎麼開口就談足球，太煞風景了。」

裴尙軒摸了摸腦袋，才意識到自己的失誤。他剛想開口辯解，黎璃替他解圍了：「贏一場球有什麼了不起，今晚阿根廷也會贏。」她突然想到「今晚」也就是通俗意義上的「洞房花燭夜」，臉頰頓時一片緋紅。

他的手，牽起了她的手，如同那些年的冬天裡用他的掌心帶給她溫暖。黎璃看著他，眼神溫柔，笑容透露出滿滿的幸福。

他們先去拍了結婚照，兩人事先約定都穿白色的襯衫，在紅色幕布的映襯下年輕了好幾歲，彷彿剛剛走出校門的大學生。

照片沖洗出來後，黎璃小心翼翼捧著它們。她仔細端詳照片上的自己和裴尙軒，果然如她所料，他們在一起的畫面缺乏美感，甚至會惹來質疑：這麼帥的男人是不是「被包養」了？不過，黎璃已經不再爲這件事難受了，讓她自卑的是他，消除她自卑的也是他。

裴尙軒湊過來看他倆的合照，身爲一名離婚男士，這當然不是他的第一張結婚照。他早就忘記當年是否有過感動，而此刻眼眶卻濕濕的，恍若候鳥飛越千山萬水的旅程行到終點，他終於回到眞正的棲息之地。

「謝謝妳。」裴尙軒剛開口，黎璃也心有靈犀般說出了相同的三個字。兩人都愣了愣，繼而爲這份存在許久的默契開懷大笑。

謝謝你一直在我身邊，謝謝你給了我幸福！這是裴尙軒和黎璃想要告訴彼此的話。

這些年裡，包括裴尙軒的婚禮在內，黎璃參加過不少場結婚儀式。她本身對相似的流程欠缺熱情，再加上向來認爲領結婚證那天才是人生最重要的日子，因此大家都尊重她不辦酒席不搞婚慶儀式的想法，只在領證當天舉辦一個小型的親友會。

民政局的辦事員將照片分別貼上兩本結婚證，遞回來時，他們已成爲「夫妻」。黎璃的神情像是做夢，她看著裴尙軒，笑容裡含有深情，也透出幾分傻氣。

「傻瓜。」裴尙軒低下頭，飛快地親了她，「還記得我說過如果妳到三十歲還沒嫁出去，我們就結婚麼？」

他說過的話，她都記得。少年無心的玩笑，卻不料自己竟用去十六年時間等這句話成爲現實。黎璃抬起頭，視線離開了他的臉，轉向他身後的家人們。裴尙軒的父母掩飾不住滿臉喜色，和柳之賢熱絡地聊天；柳千仁站在父親身側，一臉忍耐的表情，顯然對長輩間的話題興趣寥寥，礙於禮貌又不得不旁聽……黎璃有一點傷感，可惜母親不在，她沒機會看到自己披上婚紗嫁給最愛的那個人。

沒錯，儘管黎璃不願意舉辦儀式，裴尙軒卻堅持要她穿上婚紗。他說：「黎璃，披上婚紗是每個女人一輩子最美麗的時刻，妳値得擁有。」聽上去像極了廣告詞，然而她被說服了。

裴尙軒立刻發動所有認識的人尋找合適的場地，他記得自己曾經向黎璃抱怨過前妻對婚禮儀式各種細節吹毛求疵到了近乎變態的地步，當時她說了一句：「換作我，只想要一個小小的聚會，就在領證之後，穿上婚紗和家人、最好的朋友一起拍張集體照留念就可以了。」稍作停頓，她補充道：「當然，拍照之後搞一場冷餐會慶祝也不錯。」

裴尙軒撇了撇嘴，不贊同她的觀點，他搖搖頭，一副過來人的經驗之談：「黎璃啊，婚禮儀式大多數是做給家裡的長輩、朋友看的，長輩會覺得不熱鬧怎麼能算結婚！妳的想法藏在心裡就好，千萬別讓妳未來的公公婆婆知道。」

他記得她的反應是輕輕一笑，並不以爲然。

裴尙軒決定給黎璃一場夢想中的婚禮，小小的聚會，身邊圍繞所有愛她的家人和朋友。在黎璃好友汪曉峰的幫助下，裴尙軒很快聯繫到一家願意承接Party的西式會所。他和汪曉峰一起去看過場地，有草地、有花園，還有宮殿一樣的白色房子。

裴尙軒當即拍板預訂六月十日一整天的包場，黎璃從汪曉峰那裡打聽到租金的數字，第一反應便是責怪汪曉峰怎麼不攔住他亂花錢。汪曉峰在手機那頭委委屈屈地訴苦：「妳又不是不清楚妳家那位的脾氣，當年他有多強硬能讓妳不跟我去天安門看香港回歸，今天他就有多強硬非租不可。」

黎璃無話可說，汪曉峰總是一針見血直指要害。他接下來的話讓她釋然了，不再糾結裴尙軒的「浪費」，他說：「黎璃，男人爲自己女人花錢，天經地義！」

「妳家那位」，「自己的女人」，汪曉峰用來定義裴尙軒和黎璃關係的詞彙組合讓她心裡樂開了花，黎璃放下手機，情不自禁地笑了。

那麼多年，她終於可以名正言順對所有人宣示主權：裴尙軒和黎璃，在一起了！

於是二〇〇六年六月十日，黎璃第一次見到裴尙軒爲她準備的婚禮場地，她驚訝得說不出話來。整片草坪被無數彩色的氣球點綴，插滿白色玫瑰的拱門彩帶飄飄，通往白色宮殿的樓梯撒上了紅玫瑰花瓣，比她的夢想更美。

選好的婚紗在樓上等待它的主人，那也是裴尙軒執意送給她的禮物。黎璃原先打算租一套婚紗拍照即可，哪知他一聽到「租」這個字眼，立馬否決。爲了把她的念頭徹底掐滅，裴尙軒還拉攏柳家父子站在自己一邊，用3:1的投票將黎璃微弱的反對打壓了。

「明年、後年、大後年，一直到一百歲，妳都可以穿這套婚紗拍照呢。」裴尙軒的異想天開難得竟得到柳千仁點頭贊同，黎璃像看天外來客似的瞧著他倆一唱一和，漸漸明白他們是變著法兒鼓勵自己努力活下去。

這是她欠著裴尙軒的賭注——在他身邊活到一百歲。

二〇〇六年六月十日，即將年滿三十歲的黎璃穿上白色婚紗，在髮型師和化妝師的妙手之下，全身鏡裡的女子從未像今天這樣可以用「美麗」二字來形容。鏡子裡出現了伴娘李君的身影，她湊到黎璃身旁，嘖嘖歎道：「黎璃，妳眞好看。」

「等妳結婚那天，妳也是最美的。」黎璃笑容甜蜜，整個人都散發出幸福的光彩。李君的婚期定在下半年國慶期間，準新郎和她同一公司，兩人在入職培訓時就互相看對了眼。她的戀愛過程一帆風順，黎璃打心底為她高興。

打開門，門外站著柳千仁，手裡拿著她的捧花。李君識趣地先走一步，將空間留給他們。

「祝妳幸福。」手中的花，遞到她面前。

「謝謝。」她接過花束，碰到了他的手指。

他上前半步，順勢將她擁入懷中。她沒動，任由他抱著自己，他的呼吸就在耳畔，緩慢而沉重。

短短的一分鐘，猶如一生那麼漫長。柳千仁放開黎璃，轉身向樓下走去。

黎璃望著柳千仁的背影，她祈禱今天以後他能放下自己，也放過他自己。

她一步步走下樓，柳之賢在樓梯口迎接她。「黎璃，婚紗真漂亮，小裴眼光不錯。我相信美晴也會為妳高興。」柳之賢伸手替她整了整頭紗，表情充滿欣慰和喜悅。

「謝謝……爸爸。」從來沒使用過這一稱呼，黎璃說出口的時候略微遲疑，第一個字的音量明顯輕了不少。柳之賢視她如己出，黎璃早就想叫他一聲「爸爸」了，但總找不到合適的時機。今天，再沒有比此時更恰當了。

這兩個字的分量到底有多重，黎璃並不瞭解。她只見到柳之賢紅了眼眶，摘下眼鏡擦了擦眼角。「好，好，爸爸太開心了。」柳之賢清了清喉嚨，把哽咽吞回肚中。這麼喜慶的日子，不能流淚。他彎起胳膊，等她把手伸過來，「就讓爸爸送妳到另一個能照顧妳的人那裡去。」

黎璃挽住柳之賢的胳膊，一步一步走向外面陽光明媚的所在。她的家人、朋友都在外面等候，漫長的歲月裡，他們陪她從少不更事走向成熟。十六年，大家都在改變。

她走到屋外，踩上鋪滿玫瑰花瓣的階梯。她愛著的那個人一身白色的禮服，站在樓梯下方開滿白玫瑰的拱門前，正等待著她。

陽光下，他神采飛揚。很多年以前的六月十日，她對他說：「我喜歡上一個人。」依稀彷彿，回到年少時光。

十六年，黎璃對裴尚軒的「喜歡」，從來沒有變過。

六月三十日，星期五，黎美晴四周年祭。

非祭掃高峰時期的松鶴墓園寧靜肅穆，踏足此間，讓人不由自主深刻領受「生命無常，需珍惜當下」這一眞理。

裴尚軒和黎璃穿行在林立的墓碑間，黎美晴的墓地在中間位置，不得不從別人墓地前經過。黎璃不斷地向墓主人說著「對不起，打擾了」，一路行到母親墓前。

「媽，我帶尚軒來看妳。」黎璃從裴尚軒提著的塑膠袋裡拿出抹布，彎下腰擦拭母親的遺像。他也沒閒著，拿出另一塊抹布，繞到墓碑背面擦拭，一邊傾聽黎璃和母親的絮叨。

「醫生說如果五年內不復發，我應該會好起來。」她先報告自己的病情，接著說道：「另外，我把自己嫁出去了，新郎妳也認識，就是裴尚軒。」

「喂，黎璃，我抗議！」裴尚軒從墓碑後探出腦袋，一臉不滿。「妳語氣太平淡了，激動一點，興奮一點嘛，妳聽我示範。」他繞回來，站在黎璃身側，摟住她的肩膀，一本正經開始彙報：「伯母您好！我是裴尙軒，對，就是您認識的那個渾小子，我這個月和黎璃成親了，榮幸地成爲您的女婿。」

「你的語氣，和我有什麼差別？」黎璃壓根兒沒聽出有何不同，斜睨他一眼，奪回發言權：「爸爸本來要和我們一起來看妳，但今天學校裡爲他開退休歡送會，他說明天一定過來陪妳說說話。」說到這裡，黎璃轉過頭看著裴尙軒笑了，她繼續說下去：「媽媽，眞的很開心妳選對了人。」

裴尙軒湊到黎璃眼前，眉毛一挑，嬉皮笑臉問她：「那我呢？妳選對人了麼？」

她咬著唇假裝苦惱，假裝不情不願地回答他：「錯了也沒辦法，誰讓我十六年前打賭輸給這個名叫裴尙軒的傢伙呢。」

他抓住黎璃，也不管正身處墓地，給了她一個綿長的熱吻。黎璃起初頗爲顧忌，用力推了推裴尙軒提醒他注意場合，奈何他意志堅定自己力氣又不夠大，就聽之任之了。

「今晚，德國和阿根廷的四強決賽，我們支持的兩支球隊在十六年後終於又相遇了。」兩額相抵，他撂下戰書：「別忘了我們的賭注。」

「你眞的願意下輩子再遇見我？」她心懷忐忑，唯恐當日他出於同情才許下來生願。黎璃的擔心不無道理，大部分人聽說一個快死的人其實暗戀了自己十幾年，很難不被打動，何況裴尙軒又那麼講義氣。雖說前世來生皆有自我安慰的成分，可一旦說出來便有了幾分生生世世的意思，她不要強迫中獎似的承諾。

「我賭德國在所有重大比賽中都能戰勝阿根廷，讓那個名叫黎璃的女孩生生世世都擺脫不了裴尚軒，妳敢不敢賭？」他的表情好像開玩笑，眼中的深情卻告訴黎璃這是眞心話。他莊重地抬起手，等著她擊掌爲誓。

「賭注你記著，」她伸出手，含淚猶帶笑，「我永遠愛你。」

「啪」一聲，手掌相合，再一次許下纏綿的約定。

二〇〇六年七月一日凌晨，德國和阿根廷經過一百二十分鐘的鏖戰，最終戰成1:1平局。隨後進行的十二碼罰球大戰中，德國隊憑藉門將萊曼的出色撲救，最終以4:2，總比分5:3淘汰阿根廷進入四強。

番外　2010．Don't cry my girl

二〇一〇年七月三日晚上，剛過九點半，衡山路的酒吧幾乎就被德國和阿根廷球迷佔領了。今晚，這兩支宿敵又一次相逢在四強決賽場地，舞台從四年前的德國柏林換到南非開普敦，阿根廷的教練變成了一代球王馬拉杜納，當家球星梅西如今已有「足壇第一人」之稱；德國隊的教練席上，金色轟炸機將接力棒交給了助手勒夫，陣中老將巴拉克、卡恩、萊曼業已離開，四年前還是小將的拉姆成爲德國隊長……四年時間，世界早已天翻地覆，不變的是球迷一如既往的熱愛。

裴尚軒走進酒吧，在正對大螢幕的卡座找到了柳千仁。後者的簡訊讓他非常意外，在他的印象裡，柳千仁對足球毫無興趣，每當自己和黎璃談論和足球有關的話題，柳千仁都會用一種「你們兩個眞無聊」的眼神不屑地掃過來，想不到他竟然會約自己去酒吧看球。

裴尚軒在柳千仁旁邊坐下來，把手裡的礦泉水瓶放上檯面，「陪你這個僞球迷看球可以，喝酒就不奉陪了。」

「怎麼，修身養性？」柳千仁的面前，擺著一杯馬丁尼。

「我的骨髓採樣和一名患者初步配對成功了，現在等我的全身檢查報告看是不是能捐獻。我得爲別人多多考慮，保證我的幹細胞健康有活力。」裴尚軒簡要說明了自己不能喝酒的原因。他沉默了一會兒，表情漸漸悲傷起來，「可惜，她沒等到。」

他口中的「她」指誰，柳千仁心知肚明。黎璃在二〇〇九年春天候鳥歸來的季節離開了這個世界，她走得十分安詳，恍若一隻在遷徙旅途中飛累的精靈，只是收起了翅膀小憩。當天黎璃已經說不出話了，但她用眼神向他們告別：是時候了，放我飛吧！

在此之前黎璃曾經復發過一次，那時候化療對她的身體還有作用。二〇〇九年春節過後她再一次持續低燒，這一回她似有預感，在入院前整理了一個資料夾，分門別類存放所有的票據保修卡說明書理財產品合約……到最後，裴尙軒依舊是她放心不下的「笨蛋」。

裴尙軒看著黎璃一天天衰弱，無能爲力的痛苦擊倒了他。他跪下聲嘶力竭求醫生救黎璃，當著柳千仁的面泣不成聲，那一刻柳千仁原諒了裴尙軒讓黎璃苦苦等待十五年，他付出的感情足以匹配黎璃的深愛。

早在二〇〇五年黎璃確診時，柳千仁、裴尙軒就成爲了中華骨髓庫的志願者，希望能夠和黎璃配對成功。無奈，他們終有一天或許能挽救別人的生命，卻救不了自己最喜歡的那個人。

黎璃倒是看淡了生死，她在醫院住得久了，幾乎天天都能聽到走廊裡家屬的痛哭。死亡，在此處如同家常便飯。醫生不是神，他們救不了死神一心要帶走的人。

人生快結束的時候，閉上眼睛回想一下，如果甜多於苦，那至少證明沒有白活一場。這是黎璃認識的一位病友對她說的，她後來遠遠望見他躺在手推車上，臉上蓋著白布，他的母親在推車旁亦步亦趨，哭得撕心裂肺……黎璃心有戚戚，活著的人永遠是最痛苦的，她要讓裴尙軒傷心了。

黎璃手寫了一份放棄搶救意願書，簽字後交給自己的主治醫生。她明確表示臨終之際放棄「心肺復甦術、氣管插管等搶救方法，不要上呼吸機等生命支援系統」，從醫二十多年的汪教授第一次遇見這樣的病人，他以爲黎璃已經放棄了活下去的念頭，違心地安慰她還有希望，不要輕言放棄。

黎璃微微一笑，她的臉瘦成了尖下巴，這個微笑多少有點「我見猶憐」。她照鏡子發現自己的下巴變尖了，心想眞是天大的諷刺，多少年辛苦減肥不見成效，到最後倒是該死的疾病成全了瘦臉的夢想。「汪教授，謝謝您。我會努力配合治療，但如果眞到了那一天，請您不要那麼努力地救我，我想有尊嚴地離開。」

他面對的是一名深思熟慮的患者，讓人由衷欽佩。當汪教授將黎璃的意願轉述給家屬時，裴尙軒沉默了很久，然後對他們說起黎璃初中辭去班級衛生股長的往事。他的聲音飽含深情，聽得出他對那個勇敢、堅強、自我的女生又敬又愛。

「她從來都知道自己要做什麼，我尊重她的決定。」他用這句話說服了柳家父子，他們捨不得黎璃走，同樣捨不得她再吃苦。

黎璃以她想要的方式體面地離開，她的神情似是睡去。然而這一次，所有人都明白將是長眠。

二〇一〇年七月三日晚上十點，德國和阿根廷的四強決賽開始了。裴尙軒一掃嬉皮笑臉的表情，專注地盯著前方大螢幕。

開場三分鐘，史汪斯泰格開出任意球，湯瑪斯·穆勒搶到前點一蹭，皮球飛進了球門……裴尙軒用力拍著桌子，和全場德國球迷一同歡呼起來。柳千仁面無表情喝自己的酒，覺得旁邊的男人幼稚得要死。

這場比賽，裴尙軒總共拍著桌子歡呼了四次。他第四次站起來時，計時器已走到第八十九分鐘，克洛澤的梅開二度鎖定勝局，德國隊又一次戰勝阿根廷進軍四強。裴尙軒坐下來，轉頭問柳千仁：「你說黎璃在天上看到阿根廷踢成這樣，會不會氣得下來找我算帳？」

「我認爲，你想太多了。」柳千仁白了他一眼，冷冷回道。

「可是，我很想她。」裴尙軒的下巴擱在桌上，方才的興奮勁頭不見了，他有氣無力地說道。

我也想念她。柳千仁在心底對自己說。裴尙軒可以光明正大將思念說出口，他只能放在心裡。十六年前的今天，他犯下一生最大的錯誤，從此欠了一輩子。愛情這件事，毫無公平可言。

「我以爲這一次有梅西的阿根廷總該贏了，沒想到輸得這麼慘。」柳千仁的偏心顯露無遺，黎璃支持阿根廷，他理所當然更關心這支球隊。愛屋及烏，當年他罵過裴尙軒殘忍，其實少年不過是說了一句大實話。

我喜歡的，妳也要喜歡！

裴尙軒挺直身體，望著螢幕上黯然神傷的兩代球王——馬拉杜納擁抱著梅西，安慰和被安慰的人都哭紅了雙眼。唯因愛得深沉，才會感受到慘痛。忘了從何時起，〈阿根廷，別爲我哭泣〉這首歌就彷彿成爲藍白軍團每屆大賽的宿命結局，從馬拉杜納、卡尼吉亞到巴提斯圖塔、雷東多到里克爾梅、阿亞拉、艾瑪爾再到如今的梅西，黎璃又要失望了。

二〇〇六年阿根廷十二碼罰球負於德國止步八強，黎璃衝進浴室抱著毛巾抹淚。他跟在後面，緊張兮兮趕她回房間睡覺，被黎璃狠狠打了幾拳洩憤。她對阿根廷的愛根深蒂固，此刻他這個德國球迷就像眼中釘，自動送上門討打不說，被打還不敢還手！

當日她打人的力道著實不小，裴尙軒下意識揉了揉肩膀，今天的賽果黎璃若在肯定罰他跪鍵盤，雖然他是無辜的。他沉浸在自己的想像中，直到被柳千仁的問題打斷，他問道：「除了開淘寶店，你有沒有想過別的事業？」

裴尙軒在淘寶開了一家賣女裝的店，資金來自柳千仁。他之前做過服裝生意，如今將平台搬到網上，算是抓住了電子商務的新機遇。他的生意不錯，可是弱點也出現了——沒有原創設計的支撐，他不得不面對低價競爭。

「你有什麼建議？」不管以前有何恩怨，裴尙軒對柳千仁的頭腦還是佩服的，他開淘寶店就是得到柳千仁的指點和支持。

「我和幾個朋友打算自己創業，做智慧型手機應用。我看好你的銷售和市場推廣才能，有沒有興趣加入我們？」經過一年多的考察，柳千仁終於給裴尙軒頒發了認可證書。這個男人挺過了黎璃過世的打擊，具備賣房還債的勇氣和魄力，他就算被擊倒也絕不會被打垮。

黎璃曾經對柳千仁說：「裴尙軒說我選錯了球隊，我這麼理性應該選德國隊。他不知道，他自己更像德國戰車，百折不撓，永不屈服於命運。」

她愛著的人，不可能一無是處。

「好啊。」裴尙軒一口應承，也不問他的創業公司進展到什麼程度，準備給自己開多少薪酬。這個男人還有一個優點顯而易見，當他認同你是他的朋友，赴湯蹈火在所不辭。

就像他曾經爲一個女孩做過所有「朋友」應該做的事。

柳千仁輕輕一笑，向裴尙軒舉起自己的杯子：「敬黎璃！」

「Don’t cry for me, Argentina.
The truth is I never left you,
all through my wild days,
my mad existence,
I kept my promise,
don’t keep your distance……」

CCTV5的編導又開始煽情，瑪丹娜清亮的歌聲配合梅西哭紅的雙眼一遍遍在螢幕上重播，令人心碎。

「讓我們面對現實，讓我們忠於理想。四年之後，德國隊會在巴西等你們。」裴尙軒舉起了他的礦泉水瓶，「黎璃，可別在天堂哭呦。」

天堂再美，也沒有人會替妳擦眼淚。所以，don’t cry my girl.

後記

二〇〇五年十一月的某一天，後知後覺的我突然意識到「哇靠，再過半年，德國世界盃要開始了！」、「哇靠，我家克林斯曼現在是德國隊主帥耶！」……於是，我開始構思一個時間跨度從一九九〇年至二〇〇五年，和足球有關的故事；於是黎璃和裴尙軒就這樣走進了我的腦海；於是，他們又走進所有暗戀過的人心裡。

我相信世間的感情必有共通之處，所以黎璃十五年的等待，爲裴尙軒付出的一切引起了諸多共鳴。也許有人會說黎璃太傻，但正如我在初版的後記中所說「感情之事，如人飲水，冷暖自知」，愛情有時尙且毫無理性，更何況黎璃還找到了自己愛裴尙軒的理由——他對我的好，只有我看得到！

二〇一〇年八月，在悅讀紀編輯翡翠的堅持下，《十五年等待候鳥》初版付梓刊印。從結束網上連載的二〇〇六年至二〇一〇年，德國和阿根廷居然兩度在世界盃四強決賽碰面，德國也連續兩次戰勝阿根廷。作爲德國死忠球迷的我自然是激動不已，然後我發現了一個可怕的現實：居然有那麼多喜歡黎璃的妹子因爲她支持阿根廷！大家有沒有考慮過作者啊？讀者們，請考慮一下作者的感受好不好啊！

直到那時，我才發現自己似乎寫了一個「能打動人的故事」，微博和百度搜一下居然有那麼多讀者評論、轉發關於《十五年等待候鳥》的感想，不誇張地說，我幾乎每一篇都有認眞拜讀過（大家指責作者是後媽的資訊也收到了，謝謝）。對於一個不喜歡寫偶像劇情不喜歡完美女主角，堅持走現實冷酷主義路線的作者來說，能有一篇小說被讀者記得，我深感榮幸。

日曆翻到二〇一三年十二月三日，一位名叫「林水妖」的版權代理人忽然發私信給我詢問影視版權的事情，我誠實地回答：這故事挺難改編的，我擔心別人的投資回報率。然而，林姑娘的熱忱和效率打動了我，經過半年的溝通，我終於在德國隊第四次戰勝阿根廷，在遙遠的巴西捧起大力神盃的那一週完成簽約，將《十五年等待候鳥》的影視版權交給了觀達影視，我相信他們會用心善待這個承載了大部分人青春記憶和苦澀暗戀的故事。

二〇一五年十一月二十九日，《十五年等待候鳥》在上海開機。感謝觀達影視的周丹總經理選擇這個故事，感謝張若昀、孫怡、鄧倫、張雪迎、李宗霖、朱元冰、劉美含這批新生代演員願意演出這個故事，感謝所有台前幕後爲它忙碌的編劇、導演和工作人員，是你們讓黎璃、裴尙軒、柳千仁、韓以晨和其他角色成爲現實中與我們同呼吸共命運的「人」，謝謝！

十二月初，當林姑娘告訴我，她想操作這本「每看一次都會大哭一場」的小說再版的事項，我毫不猶豫就把版權交給了她。故事和人一樣，都需要伯樂慧眼賞識，一旦找到，那又何必再等？喜歡它，就是最好的理由！

於我，爲再版寫就的三篇番外覆蓋二〇〇六～二〇一四三屆世界盃，這是初版時我無法預測到的未來，也是我無法回答的關於黎璃的生死問題。如今，我用這樣的方式結束這一實則跨越了二十四年的故事，我希望你們能在這裡看到圓滿。

盈風

2015.12.31 於上海

All about Love / 26

十五年等待候鳥

國家圖書館出版品預行編目資料
十五年等待候鳥／盈風 著.
— 初版. — 臺北市 ： 春天出版國際, 2016.02
面； 公分. —（All about Love ；26）
ISBN 978-986-5607-16-6（平裝）
857.7　　105001393

ISBN 978-986-5607-16-6
Printed in Taiwan

本書中文繁體版由四川一覽文化傳播廣告有限公司代理
經作者孟瀅瑩授權出版

作　者　盈風
總編輯　莊宜勳
主　編　鍾靈

出版者　春天出版國際文化有限公司
地　址　台北市信義區信義路四段458號3樓
電　話　02-7718-0898
傳　真　02-7718-2388
E－mail　frank.spring@msa.hinet.net
網　址　http://www.bookspring.com.tw
部落格　http://blog.pixnet.net/bookspring
郵政帳號　19705538
戶　名　春天出版國際文化有限公司
法律顧問　蕭顯忠律師事務所
出版日期　二〇一六年二月初版
定　價　240元

總經銷　楨德圖書事業有限公司
地　址　新北市新店區寶興路45巷6弄6號5樓
電　話　02-8919-3186
傳　真　02-8914-5524

A L L
ABOUT
L O V E

A L L
A B O U T
L O V E